JAMBES CASSÉES, CŒURS BRISÉS

DU MÊME AUTEUR

TOUJOURS AVEC TOI, Gaïa, 2010 ; Babel n° 1256.

LES OREILLES DE BUSTER, Gaïa, 2011 (prix *Page des libraires* "littérature européenne", prix des lecteurs de l'Armitière) ; Babel n° 1149 (prix "Lire en poche" de littérature traduite).

LE PEIGNE DE CLÉOPÂTRE, Gaïa, 2013 ; Babel n° 1346.

PATTE DE VELOURS, ŒIL DE LYNX, Gaïa, 2015 ; Babel n° 1619.

LE PIANISTE BLESSÉ, Gaïa, 2017.

JAMBES CASSÉES, CŒURS BRISÉS, Gaïa, 2019 ; Babel n° 1794.

Titre original :
Brutna ben och brustna hjärtan – en alldeles omöjlig jul

ISBN 978-2-330-16073-9

MARIA ERNESTAM

JAMBES CASSÉES, CŒURS BRISÉS

roman traduit du suédois par Anne Karila

BABEL

CHAPITRE UN

Jeudi 7 décembre

— Il coûte combien, celui-là ?

La femme avait choisi un sachet de petites brioches au safran et le tendait vers le ciel comme pour mieux l'examiner. Absurde. Il faisait sombre comme n'importe quel jour de décembre à sept heures du soir, et le terrain de sport de l'école était éclairé chichement. Les flammes vacillantes de quelques bougies d'extérieur n'étaient pas d'une grande utilité.

— Vous les avez faites vous-même ?

Lisbeth se força à sourire.

— Non, ce sont les élèves qui les ont faites. Pour financer leur voyage. Et pour la Croix-Rouge.

D'où avait-elle sorti cela ? *La Croix-Rouge ?* Il s'agissait en l'occurrence du marché de Noël de l'école ; les élèves y vendaient ce qu'ils avaient confectionné, afin de financer des voyages scolaires, entre autres un séjour au ski à Trysil, en Norvège. Et la voilà qui essayait de faire croire à une cliente potentielle que l'argent bénéficierait à une œuvre plus généreuse encore.

Deux couronnes[1] la brioche au safran. Dix couronnes les cinq. *Allez, achète-les donc, s'il te plaît ! Maintenant !*

Lisbeth baissa les yeux pour cacher son désespoir. Cela faisait presque deux heures qu'elle était assise sur cette chaise, derrière cette table. La montagne de sachets en plastique remplis de brioches au safran avait peut-être un peu diminué. Mais ce n'était qu'une illusion. À chaque fois qu'elle pensait avoir bien vendu, des parents arrivaient et déchargeaient encore plus de sachets avec encore plus de brioches au safran. « Bonsoir Lisbeth, excuse-nous d'être un peu en retard. Voilà nos… attends… tiens. Notre Ella les a faites toute seule. »

Eh oui, on voyait bien qu'Ella, Axel, Maja et Stina les avaient faites eux-mêmes, les brioches, et Calle, Julia et Peter aussi. Les unes avaient belle allure, les autres étaient biscornucs, et les raisins secs étaient le plus souvent tombés au fond du sachet. Certains enfants avaient en outre laissé libre cours à leur créativité naturelle et fabriqué des monstres au safran dans lesquels on planterait les dents probablement à ses risques et périls.

Elle tendit à la femme un de ces sachets de monstres.

— Et que diriez-vous de celui-là ? Pourquoi ne pas mettre un peu de fantaisie sur le plateau de biscuits ? Et puis comme je vous le disais, c'est pour la Cr…, enfin, surtout pour un voyage scolaire…

Elle avait failli dire à nouveau « la Croix-Rouge ». *Mais qu'est-ce qui me prend ?*

1. Une couronne suédoise vaut un peu moins de 10 centimes d'euro (en 2018). *(Toutes les notes sont de la traductrice.)*

— … pour les voyages scolaires des enfants, comme je vous le disais.

La femme déposa le premier sachet, prit le deuxième. L'examina. Le reposa. Reprit le premier.

— Mmm… oui… je ne sais pas, je vis seule, vous savez. On mange peu, dans ce cas, et j'essaie autant que possible d'éviter les sucreries. Peut-être pour un jour où je recevrai, alors. Encore que tout le monde ait beaucoup à faire, avant Noël. Des voyages scolaires, vous disiez. De mon temps il n'était pas question de partir en voyage, ça non. On allait à l'école pour apprendre à compter et à écrire. Mais la Croix-Rouge est une organisation qui mérite qu'on la soutienne, je leur envoie aussi de l'argent. On veut bien aider quand on peut, il y a tant de pauvres gens dans le monde.

Lisbeth lorgna le terrain de sport par-dessus l'épaule de la femme. C'était vraiment joli, ces stands avec tout ce que les élèves avaient bricolé. Il y avait des brioches au safran en veux-tu en voilà, mais aussi des boules de graines pour les oiseaux, et des bougies, achetées dans le but d'être revendues à profit. Quelques personnes se frottaient les mains au-dessus d'un brasero près duquel on servait des saucisses chaudes et du café.

Mais elle, elle grelottait. Forte de son expérience des années précédentes, elle avait mis un caleçon et un gros manteau. Le manteau était chaud, certes, mais il était aussi usé. Elle le mettait habituellement pour travailler au jardin et s'était aperçue trop tard que les manches étaient effilochées et tout le devant taché de terre. Quant à ses bottes en caoutchouc, elles la protégeaient bien de l'humidité, mais pas du froid.

Un peu plus loin, les gens se pressaient autour du stand d'Elina. En s'installant sur le sien, Lisbeth avait préféré ne pas regarder dans cette direction. Elina, leur reine des pâtissières, dont la boutique était renommée bien au-delà des limites de la commune. Elina qui semblait confectionner pain, brioches et gâteaux avec une facilité qui frisait la folie.

En outre elle trouvait visiblement plaisir à se lever au petit jour et à s'activer jusqu'à en avoir la tête auréolée de farine. Lisbeth, elle, n'était pas du matin, surtout l'hiver. En revanche, il lui arrivait de se coucher tard pour profiter de ces longues soirées tranquilles, même si elle savait qu'elle le regretterait quand son réveil sonnerait le lendemain matin.

Et voilà ! Lisbeth avait laissé son regard et ses pensées divaguer, chose impardonnable quand un client mordait à l'hameçon. La bonne femme tourna la tête et aperçut elle aussi le stand d'Elina. Elle reposa le sachet de brioches-monstres.

— Je vois que la boulangerie a un stand, là-bas, dit-elle en souriant. Je crois que je vais attendre… oui, vous comprenez.

Lisbeth ne lui rendit pas son sourire. Perdre n'est jamais drôle, et elle n'avait aucune envie de lancer un quelconque « mais bien sûr ». Elle avait tout de même sa dignité, malgré son affreux manteau et ses bottes en caoutchouc. D'ailleurs, l'une d'elles devait être percée car Lisbeth avait bien plus froid aux doigts de pied gauches qu'aux orteils droits.

La femme s'éloigna et Lisbeth se retrouva seule. Les gens passaient devant son stand et la saluaient. Des parents d'élèves, des gens du coin qui travaillaient dans diverses branches. Quand elle s'était installée à Frillesås, cinq ans auparavant, elle avait trouvé bizarre, au début, qu'ils se connaissent tous et que personne ne puisse rien faire sans que tout le monde ou presque soit au courant quelques heures plus tard.

Mais d'un autre côté, c'était ce qu'elle avait souhaité. Ne pas être anonyme, être Lisbeth, institutrice. Elle se plaisait ici, surtout dans son travail. Les gamins la faisaient bien tourner en bourrique, parfois, mais elle se sentait utile.

— Tiens, Lisbeth, tu es là. Salut ! Ça a l'air d'aller.

Elle leva les yeux, se sentit rougir. Heureusement, il faisait sombre et froid, alors ça paraîtrait naturel, au moins. Parce que dans le village, à peu près tout le monde savait aussi que la présence de Jan avait des effets bizarres sur Lisbeth.

— Oui. Je suis là.

Très intelligent, comme chaque fois qu'elle s'adressait à lui. Pas moyen de prononcer une parole sensée.

Jan. Oui. Le propriétaire d'un centre équestre réputé où les gens venaient de loin, par simple curiosité ou pour monter à cheval. Plusieurs jeunes de l'école prenaient des cours d'équitation chez lui et débordaient d'enthousiasme dès qu'il était question de son haras.

Les chevaux n'avaient jamais fait rêver Lisbeth. Mais Jan, oui, c'était indéniable. Encore qu'elle n'en ait pas tiré grand bénéfice. Son manque d'assurance avait sans doute davantage incité Jan à la taquiner qu'à rêver d'elle. Jan devait mépriser la faiblesse. On ne peut pas se permettre d'être une mauviette quand on s'occupe de chevaux. Au contraire, il faut tout de suite montrer qui décide.

Avec Jan, elle avait manqué sa chance. C'est-à-dire la chance de le traiter comme un cheval.

Jan souleva un sachet de brioches au safran. Celui avec les monstres.

— C'est toi qui les as faites ? Je ne savais pas que tu avais une imagination aussi débordante.

— Non, ce n'est *pas moi* qui les ai faites, ce sont les enfants. Pour leurs voyages scolaires. Comme tu le sais sans doute.

Elle n'allait tout de même pas le supplier d'en acheter. D'autres, oui, sans hésitation. Mais pas lui.

— Donc chaque enfant fait un sachet de brioches. Ensuite, tous les parents achètent un sachet. Est-ce qu'il ne serait pas plus simple que tout le monde se cotise pour le financer, ce voyage, ça irait plus vite, non ? À moins que l'objectif de la pâtisserie soit plus noble, il faut que les jeunes travaillent de leurs mains, n'est-ce pas ? À ce moment-là, autant venir au centre équestre.

À l'instant même où il faisait cette proposition révolutionnaire, une nouvelle maman d'élève s'approcha. Elle salua Jan et sortit son sachet de brioches. De jolies brioches au safran décorées de sucre perlé.

— Bonsoir ! Merci. Comme elles sont belles. Vous n'avez qu'à les déposer quelque part sur le tas et…

Lisbeth n'eut pas le temps de finir sa phrase que déjà, la mère retirait sa main et, de l'autre, commençait à fouiller dans son sac.

— Elles coûtent combien ? Dix couronnes ?

Elle remballa ses brioches et tendit sa pièce. Puis, avisant le regard interrogateur de Jan, elle expliqua :

— Oui, on ne sait jamais ce qu'il y a dans les brioches des autres. Des gamins enrhumés ont peut-être éternué au-dessus de la pâte ou mis les doigts Dieu sait où.

Jan lui décocha un de ces sourires qui auraient arraché des sanglots intérieurs à Lisbeth. La maman n'eut pas l'air de le prendre de la même façon. Tout en rajustant son écharpe en soie, elle rendit à Jan son sourire et ajouta :

— Avec tout ce qu'il y a à faire, on n'a pas envie de tomber malade juste avant Noël.

— Je dois dire que c'est une manière super maligne de dépenser son argent. Être son propre client. Comme ça, il suffit de fixer les prix assez haut pour être sûr que ce soit rentable. Je vais y réfléchir pour mon centre équestre, tiens. Je pourrais me donner des cours d'équitation. Me faire un peu de blé et savoir ce que ça me rapporte.

Lisbeth eut presque pitié de la maman. Elle l'avait mérité, mais quand même. Dieu merci, il semblait y avoir en cette femme un amusant mélange de grande sensibilité (vis-à-vis des brioches d'autrui) et de parfaite indifférence (aux remarques ironiques). Elle se mit à rire, renvoya même assez dignement la balle en rétorquant qu'elle était heureuse d'apporter sa contribution. Puis elle partit.

Jan s'empara de cinq sachets et sortit un billet de cinquante couronnes. Pour cette somme, on pouvait encore payer en liquide, n'est-ce pas, ou bien est-ce qu'il fallait faire un virement par Swish désormais ?

— Ne dépense pas tout tout de suite, ajouta-t-il, et il disparut avant qu'elle ait pu le remercier.

Quelle heure était-il ? Ils avaient prévu de rester jusqu'à huit heures, si tout n'était pas vendu avant. Le marché de Noël de l'école faisait partie des activités phares de la localité. Comme le jour du manège, avant la rentrée, la journée du bandy[1] ou la fête de fin d'année.

— Bonsoir, Lisbeth ! Comment ça se passe, ici ?

C'était Magaretha, la directrice de l'école, vêtue d'un manteau de mouton retourné et de solides bottes. Elle était trop fière de ses cheveux pour porter un bonnet. La rumeur disait que pour obtenir de telles boucles, il fallait utiliser des produits à permanente qu'on pouvait se procurer dans des ventes plus ou moins licites. Ou sur le *Dark Net*. Ce qu'on n'avait pas utilisé pour les cheveux pouvait aussi servir à déboucher un tuyau d'évacuation. Une seule goutte, et la voie vers le centre de la terre était libre.

— Bien, merci. Je suis contente qu'il y ait autant de monde, les gens se sont déplacés.

D'une manière générale, Lisbeth s'entendait bien avec Margaretha. Elles étaient différentes et il ne leur serait jamais venu à l'idée d'échanger des confidences, mais Margaretha savait tenir son école et, grâce à elle, les résultats en sciences avaient augmenté, on en avait même parlé au niveau national.

Margaretha approuva de la tête.

— C'est vrai. Les gants tricotés, là-bas, c'était une excellente idée. Les vieilles moufles de Lovikka[2] sont devenues tendance, les enfants vont pouvoir repartir en voyage, tu verras. Tu les accompagnerais ?

La question surprit Lisbeth. Elle avait toujours été des voyages. Qui d'autre aurait pu tenir sa classe, sinon ?

1. Le bandy ou hockey russe est l'ancêtre du hockey sur glace.

2. Un modèle très populaire de moufles en laine tricotée, créé au XIXe siècle dans le village de Lovikka, au nord-est de la Suède.

— Oui, reprit Margaretha, je pensais surtout au séjour de ski à Trysil.

— Bien sûr… oui. Je les accompagne toujours.

Lisbeth se demandait ce qui avait motivé la question. Durant toutes ces années, elle avait assuré les cours de sport pour ses élèves ainsi que pour quelques autres classes. Elle-même n'était pas une sportive de haut niveau, elle n'avait jamais remporté aucune médaille dans une discipline particulière, mais elle était assez bonne dans plusieurs. Amplement suffisant pour des enfants de sept à neuf ans et quelques-uns plus âgés ; elle aimait beaucoup les cours avec eux.

Margaretha prit au hasard un sachet de brioches au safran. Elle eut un peu de mal à sortir son argent car elle était chargée. La directrice donnait le bon exemple : elle avait acheté des moufles, des bougies et des boules pour les oiseaux.

— Voilà. Dis-moi, j'aimerais te parler de quelque chose. Pourrais-tu passer à mon bureau, dans le courant de la semaine prochaine ?

Quelqu'un cria « Margaretha ! » et avant que Lisbeth ait pu répondre, elle avait disparu.

Lisbeth remarqua les guirlandes dans les arbres, elle entendit la musique de Noël, les mélodies qui passaient depuis le début de la soirée, mais auxquelles elle n'avait pas prêté attention. C'était bientôt Noël, oui. Incroyable.

Avec un soupir, elle ouvrit le sachet de brioches-monstres. Personne n'en avait voulu. Elles lui inspirèrent une certaine sympathie. Elle en prit une, mordit dans la tête. Une pluie de miettes tomba sur sa table, elle les fit glisser par terre. Puis elle leva les yeux : devant elle se trouvait un de ses élèves. Un gamin qui avait toujours l'air de s'être roulé dans la terre et qu'il fallait envoyer au moins une fois par jour se laver les mains avant qu'il puisse manipuler ses livres de classe.

— Maîtresse Lisbeth, ça c'est mes brioches, tu n'as pas oublié de *payer*, dis ?

CHAPITRE DEUX

Jeudi 7 décembre

À huit heures, elle ne sentait presque plus ses pieds dans ces fichues bottes en caoutchouc ; elle s'en débarrasserait aussitôt rentrée chez elle. Elle aurait dû mettre des moufles de Lovikka. Ou des chaussettes de Lovikka.

Elle avait rendu la caisse à Margaretha sans compter combien elle avait gagné. Il y avait pléthore de brioches invendues, que s'étaient partagées enseignants et volontaires restés là pour donner un coup de main. Ils avaient presque tout démonté et le terrain de sport avait vite retrouvé son aspect habituel.

Margaretha discutait avec un collègue de Lisbeth. Celle-ci aurait bien aimé savoir pourquoi la directrice lui avait demandé de venir la voir. Ça l'inquiétait un peu. Elle savait qu'elle faisait du bon boulot et que Margaretha l'appréciait.

Mais bon. Noël n'était plus très loin. Une nouvelle année approchait. Il fallait établir les budgets, préparer les emplois du temps. La situation financière de l'école était bonne. Cet entretien aurait peut-être une suite positive. Un nouveau projet.

— Bon, j'y vais ! Bonsoir et merci à tous !

Margaretha fit un signe de la main et s'en alla. Lisbeth la suivit des yeux, se demandant si elle n'aurait pas dû lui poser la question tout de suite. Il était trop tard, maintenant. Elle soupira, essaya de plier quelques cartons et finit par les piétiner. Elle ne pouvait plus faire grand-chose ici.

— Bon, si vous n'avez plus besoin de moi, je pars aussi.

Les autres opinèrent, lui dirent au revoir et continuèrent à s'affairer. Elle les quitta.

Le chemin était éclairé, la place où se trouvait la boulangerie d'Elina également. Au milieu, un arbre de Noël diffusait une agréable lumière. Lisbeth l'avait admiré de près quand il avait été installé. L'odeur du bois et des brindilles de sapin l'avait projetée dans le passé, le jour où ils étaient allés en famille abattre leur propre sapin dans la forêt ; après une marche difficile dans la neige, ils l'avaient choisi avec soin et porté tous les quatre jusqu'à la voiture. Ensuite, l'arbre avait tenu plusieurs semaines quasiment sans perdre une aiguille.

Au moment où elle allait bifurquer, Lisbeth aperçut deux personnes un peu plus loin : Jan et Mariana, la sœur d'Elina, reine des pâtissières.

Elle s'arrêta net. Ils ne l'avaient sans doute pas vue. Elle réfléchit. Elle s'était un peu réchauffée en marchant, pouvait faire un détour. Elle vit Jan parler avec animation, en agitant les bras.

Lisbeth fit demi-tour, partit à petites foulées le long de la voie ferrée et ne s'arrêta qu'à bonne distance. Elle bifurqua et se retrouva sur le port. Une barque retournée reposait dans l'herbe et au loin, les îles se détachaient faiblement sur l'horizon.

Que Jan fût un séducteur n'était pas un secret. Qu'il ait passé sa vie à soupirer après Mariana était aussi connu de quiconque s'était un tant soit peu intéressé à cette histoire. Ce que personne n'avait fait mieux que Lisbeth.

Le drame avait atteint son apogée un certain nombre d'années auparavant. Le mariage de Mariana périclitait et Jan s'était sans doute imaginé qu'il aurait une chance. Il n'en fut rien. Maintenant, Mariana avait un petit ami en Allemagne et entretenait avec Jan des rapports amicaux, sans plus. Celui-ci devait s'être un peu calmé, d'ailleurs.

Mais c'est à cette époque-là que Lisbeth elle-même avait été la plus amoureuse. Elle rôdait près de la propriété de Jan, s'était même inscrite à un cours d'équitation, ce dont il lui arrivait encore d'avoir honte. Qu'elle ait pu, adulte, se comporter de manière aussi insensée…

Il n'était pas question que cela se reproduise. Elle s'était même dit qu'elle ne tomberait plus jamais amoureuse. Plutôt rester célibataire et digne que gamberger toute la sainte journée sur un homme qui ne le méritait pas. Jan n'était sûrement pas pire qu'un autre, finalement. Mais il n'était pas un *saint*.

Comment expliquer, en fait, que l'on s'entiche à ce point de quelqu'un dont on savait pourtant qu'il avait ses défauts et ses faiblesses ? Comme Jan, par exemple. Qui était vantard et vous charriait, mais ne s'excusait jamais.

Lisbeth s'avança sur la jetée et grimpa sur les rochers. C'était pour tout cela qu'elle s'était installée ici : un horizon dégagé, la proximité de la nature, un endroit où les distances étaient plus courtes, en ville et entre les gens aussi. Un endroit où l'on connaissait suffisamment la plupart d'entre eux pour pouvoir tenir un stand de

Noël vêtu d'un manteau crasseux sans que personne ne se demande quel genre d'individu vous étiez. Elle s'était sentie moins à sa place dans les rues de Stockholm, surtout à côté d'Harald. Ou plutôt Harry, comme l'appelait sa mère, qui était américaine, et comme il signait lui-même à peu près la moitié de ses mails.

Elle savait qu'ils formaient un couple mal assorti, et s'il lui arrivait de l'oublier, la mère d'Harry se chargeait toujours de le lui rappeler. *Lucky girl*, avait-elle lancé d'un ton badin dès leur deuxième rencontre, mais dans son regard, censé exprimer la plaisanterie, se lisait sa déception. Dire que son fils unique lui en ramenait une aussi quelconque alors qu'il aurait pu avoir n'importe quelle autre.

Harry et elle s'étaient rencontrés dans le seul endroit où leurs routes pouvaient se croiser : au cinéma. Lisbeth avait obtenu un poste d'enseignante en banlieue et allait assez rarement en ville, tandis qu'Harry évoluait dans les milieux « plus chic » et connaissait bien les bars et les endroits branchés du centre de Stockholm.

Ils s'étaient donc rencontrés au cinéma, à Stockholm. Le film parlait de téléphones portables, d'une bande d'amis qui laissaient leurs mobiles allumés sur la table pendant tout un dîner, pour voir ce qui allait se passer. Tous affirmaient n'avoir rien à cacher. Mais ils avaient tous quelque chose à cacher.

Lisbeth y était allée, entraînée par une amie, mais celle-ci s'était décommandée à la dernière minute. Harry, lui, était là pour d'autres raisons. Sa petite amie de l'époque avait fouiné dans son téléphone et trouvé quelque chose d'absolument insignifiant selon lui, mais qui la rendait folle furieuse. Ils étaient là car la fille estimait qu'ils devaient parler plus sérieusement de cette histoire, pour voir s'il y avait encore quelque chose à sauver.

Il n'y avait rien eu à sauver. Harry faisait la queue derrière Lisbeth pour acheter des bonbons. Elle avait eu du mal à sortir sa carte de crédit de son portefeuille et celui-ci lui avait échappé des mains. Harry s'était avancé, chevaleresque, et avait payé pour eux deux. Ils avaient entamé la conversation, lui s'était attardé à côté d'elle, tandis qu'un peu plus loin sa petite amie de plus en plus irritée s'impatientait.

À présent, Lisbeth se rendait compte qu'Harry s'était servi d'elle pour renforcer sa confiance en soi. Et elle était tombée dans le piège. Parce qu'il était spontané et qu'il avait du charme. Parce ce que les gens la regardaient différemment quand elle était avec lui. Parce qu'il avait un style et qu'il avait hérité du meilleur de ses deux cultures, parce qu'il appelait le père Noël « Santa » et se préparait dès le début du mois de décembre à la *festive season* ; et puis il trouvait que Lisbeth faisait « un boulot formidable là-bas, en banlieue, avec les enfants d'immigrés ».

Alors ce qui devait arriver arriva. Et se termina par une catastrophe. Alors elle vint s'installer ici. Et tomba amoureuse de Jan. Un tout autre genre d'homme, mais une bévue aussi magistrale.

Une vague se brisa sur les rochers et l'eau éclaboussa ses jambes. Lisbeth se laissa glisser des rochers et remonta la jetée. Elle allongea le pas, fit des moulinets avec les bras, tout en se disant une fois de plus qu'elle était heureuse de s'en être remise. De ne pas se sentir si mal. De pouvoir se promener ici au bord de la mer et respirer l'air frais, d'avoir un bon boulot, un certain nombre d'amis. Sa propre maison, rien que ça, déjà. À Stockholm, elle aurait pu tout au plus s'acheter un studio, et encore.

Il était temps qu'elle arrête de fréquenter des personnes qui ne lui convenaient pas et qui n'étaient même pas gentilles. Ça suffisait. Pourvu seulement que Margaretha ne lui annonce pas des problèmes à venir à l'école.

Elle rejoignit une route plus importante. Dans certaines fenêtres brillait un chandelier de l'Avent ou une étoile de Noël, et dans plusieurs jardins, des lampions étaient accrochés à un arbre ou une clôture. C'était joli. Chaleureux, doux à voir.

Quelqu'un arrivait en face d'elle. Un vieil homme avec un chien. Bien qu'il fît maintenant nuit noire, Lisbeth reconnut Torsten. On ne pouvait pas manquer Torsten. Son chien non plus, d'ailleurs. Un cabot qui répondait au nom de Bosse et dont les géniteurs avaient des origines différentes eux aussi mais qui, contrairement aux parents d'Harry, n'avaient pas réussi à transmettre le meilleur d'eux-mêmes à leur progéniture. En revanche, ce chien était complètement fou de son maître et avait même développé certaines qualités de chien-guide.

Torsten voyait tout juste assez clair pour se déplacer et ne sortait jamais sans escorte. Son chien précédent, un animal intelligent, était devenu pour lui ses yeux et ses pieds. Torsten avait mis du temps à se remettre de sa mort, et Bosse avait atterri par hasard chez lui plus ou moins au même moment.

Maintenant ils étaient aussi heureux que pouvaient l'être maître et toutou et avaient réussi, chacun avec ses imperfections, à tirer le meilleur de l'autre pour mener une existence aussi acceptable que possible. Lisbeth se dit qu'il devrait en être ainsi dans toute forme de relation. Entre chiens. Entre humains. Entre humains et chiens. Ou chats.

— Bonsoir Torsten ! Vous êtes dehors à cette heure-ci ?

Torsten s'arrêta devant elle. Bosse s'assit, langue pendante. Elle se pencha pour le gratter derrière les oreilles.

— Qui est-ce ?

— Lisbeth. De l'école.

— Ah, c'est vous. Alors vous aussi vous êtes encore dehors ?

— Je faisais juste un petit tour. Je viens du marché de Noël.

Comme d'habitude, il ne portait pas de gants. Il était de ceux qui n'avaient jamais froid aux mains. Son manteau était boutonné correctement, cette fois-ci. Ce qui n'était pas toujours le cas, mais il était rare que quelqu'un ait le cœur de le lui dire.

— Ah, c'était aujourd'hui ? Oh, pardon, je l'ai raté.

Lisbeth lui tapota le bras.

— Ce n'est pas grave.

— Vous avez bien vendu ?

— Oui, pas mal, ça a été.

— Ah, tant mieux. Et vous, comment allez-vous ?

Il esquissa un sourire mais ses yeux étaient tout embués. S'il n'avait pas habité tout près, elle se serait inquiétée. Enfin, il connaissait le chemin.

— Moi, ça va.

— Bientôt les vacances, vous êtes contente ?

— Très.

Elle n'y avait pas vraiment songé, n'avait aucun projet. Peut-être aller voir des amis. Mais la plupart étaient occupés de leur côté, et elle aussi, au fond, en tout cas pour Noël puisque l'attendaient des journées en famille minutieusement programmées.

Elle frissonna. À son grand étonnement, Torsten sembla le remarquer.

— Vous grelottez. Allez, rentrez chez vous et préparez-vous quelque chose de chaud. C'est ce que je vais faire, moi aussi.

— Voulez-vous que je…

Elle avait failli dire « que je vous raccompagne » mais heureusement, s'était retenue. Torsten avait sa fierté. Comme elle, du reste. Il n'y avait aucune raison de lui rappeler sa fragilité ou en l'occurrence sa solitude.

— Non non, je me débrouille très bien, vous le savez. Adieu, mam'zelle ! À la prochaine.

Torsten porta la main à un chapeau imaginaire et se remit en route. Lisbeth le suivit des yeux jusqu'à ce qu'il soit absorbé par la nuit.

Elle remonta vers le village d'un pas rapide et tourna dans la bonne rue, d'où Jan et Mariana avaient à présent disparu, sans doute chacun de son côté. Devant sa maison, elle s'arrêta, contempla son petit nid près de la mer. L'une des fenêtres était éclairée. Elle se félicita d'avoir pensé à laisser une lampe allumée. Puis elle se dit qu'il était grand temps qu'elle mette des chandeliers et des étoiles de Noël aux fenêtres, elle aussi. Peut-être même qu'elle accroche quelque chose dans le jardin.

Le premier dimanche de l'Avent était déjà passé. Mais ce serait agréable d'avoir une maison décorée pour les trois dimanches suivants. Elle sentait bel et bien le vent du changement siffler à ses oreilles. Pas seulement le sale temps habituel du mois de décembre.

Le téléphone vibra dans la poche de son manteau. Lisbeth ne parvint pas tout de suite à mettre la main dessus. L'ayant enfin trouvé, elle fixa l'écran :

Harry.

La surprise fut telle qu'elle ne put faire un geste, et les signaux d'appel cessèrent rapidement. Aucun message n'arriva sur le répondeur. Elle resta un instant immobile, sans savoir ce qu'elle attendait, puis remit le téléphone dans sa poche.

Sûrement une erreur. Cela faisait trois ans qu'ils n'avaient eu aucun contact. Quiconque croyait en ce genre de choses aurait dit qu'elle avait forcé le destin en pensant à Harry. Elle-même y voyait plutôt un malencontreux hasard.

CHAPITRE TROIS

Jeudi 7 décembre

Dans la penderie de l'entrée, il y avait bien trop de vêtements et trop peu de cintres. Des cintres dépareillés, en plus. Certains en plastique, provenant des magasins où elle avait acheté ses vêtements, d'autres moyenâgeux, en bois, sur lesquels on pouvait lire « Osby Couture » ou « Blanchisserie Fågelström ». Elle les avait pris dans les placards de son père ou de sa mère.

Maintenant, ses parents avaient des cintres en bois, un seul modèle, sur lesquels ils ne suspendaient que les vêtements de saison, et ils en laissaient quelques-uns libres pour les visiteurs. La mère de Lisbeth avait déclaré un jour que c'était très joli, quand des cintres pendaient *à vide* et qu'il y avait de la place pour les invités. Sinon, c'était peut-être le signe qu'on n'avait pas envie d'avoir de la visite. Cela faisait d'emblée mauvaise impression, or c'était toujours la première impression qui comptait.

Lisbeth suspendit son manteau taché par-dessus une veste en jean accrochée là depuis l'été. Au bout d'un moment, son cœur s'apaisa et elle décida de ne plus penser à Harry. Il avait tapé un mauvais numéro, voilà tout, et quoi qu'il en soit, elle n'avait pas l'intention de le rappeler.

Elle se laissa tomber sur la chaise devant le miroir de l'entrée et retira ses bottes. Depuis combien de temps les avait-elle ? Étaient-ce les siennes, d'ailleurs, ou bien les avait-elle héritées de quelqu'un ? Peu importait, de toute façon, c'était décidé, elle allait les jeter.

Elle fit le tour de la maison, alluma encore quelques lampes. Cela ne fut pas long. Deux pièces et la cuisine au rez-de-chaussée, et deux pièces mansardées à l'étage. Mais c'était à elle.

C'est elle qui avait emprunté l'argent, négocié le prix de la maison, conclu l'affaire et emménagé.

La pièce la plus agréable était peut-être la cuisine. Elle datait des années cinquante et les placards étaient d'origine. Gris perle, un peu écaillés. Il y avait même une de ces étagères équipées de compartiments transparents pour le sucre, la farine et les raisins secs, telles qu'on en trouvait désormais chez les antiquaires.

Lisbeth s'assit à la table de la cuisine, recouverte d'une nappe brodée à bordure en dentelle, qui lui venait d'Estrid, la propriétaire précédente. Cette dame de quatre-vingt-treize ans avait vécu là une grande partie de sa vie, avec son mari et ses enfants. Elle avait laissé un certain nombre de vieilles choses comme cette nappe, quelques ustensiles de cuisine, des couverts en maillechort, une commode et des coussins. Lisbeth n'avait pas eu le cœur de s'en débarrasser. Ces reliques lui procuraient un sentiment de proximité.

Estrid avait été gentille : c'est à Lisbeth qu'elle avait vendu la maison alors que quelqu'un en avait offert un prix plus élevé à la dernière minute. Le fait que Lisbeth promette de ne pas démolir ni reconstruire du neuf – ce qui était l'intention de tous les autres acheteurs potentiels – avait été décisif. Les gens étaient attirés par la proximité de la mer, et non par la maison en elle-même. Or Lisbeth avait compris à quel point Estrid était fière de ce lieu où elle avait vu s'ébattre ses enfants et petits-enfants, et combien il lui coûtait de le quitter. De plus, elle avait eu le coup de foudre pour la maison telle qu'elle était.

Ce fut donc elle, finalement, qui put l'acquérir. Elle se souvenait encore de sa fierté d'avoir remporté cette vente assez difficile. Néanmoins, elle eut ensuite l'impression que toute son énergie l'avait abandonnée. Elle apporta de Stockholm le peu de meubles qu'elle possédait, récupéra des affaires de ses parents et d'amis, s'équipa « provisoirement » à peu de frais. Du « provisoire » qui durait depuis plus ou moins cinq ans maintenant.

Elle mit de l'eau à bouillir. Huma l'air ambiant. Quelque chose sentait, et mauvais. Pas une odeur de nourriture avariée, ni de moisissure. Plutôt un tuyau d'évacuation. Elle l'avait parfois sentie, ces dernières semaines, mais avait aéré, sorti la poubelle et pensé que c'était passager. D'ailleurs, l'odeur avait disparu pendant un moment, mais là il fallait bien reconnaître qu'elle s'obstinait à revenir. Une carcasse de crevette tombée derrière la cuisinière ? Lisbeth n'avait pourtant pas mangé de crevettes depuis l'été.

Elle ouvrit la fenêtre et n'y pensa plus. En attendant que l'eau bouille, elle regarda le jardin endormi puis se fit un thé et passa dans le séjour. Du parquet, un canapé et un coffre en guise de table. Une bibliothèque remplie de livres classés par ordre alphabétique d'auteurs.

Sa tasse à la main, elle parcourut la pièce, effleura la table du bout des doigts, remit à sa place une plante en pot sur l'appui de fenêtre. Elle but son thé, monta à l'étage, jeta un coup d'œil dans la chambre à coucher. Le lit était fait, la couverture qui servait de dessus-de-lit jetée négligemment au pied. Sur la chaise, un tas de vêtements propres attendaient d'être triés et pliés. Quand elle aidait Harry pour le linge, il la complimentait.

Elle regarda la jolie petite coiffeuse à tiroir posée sur la commode. Elle lui venait de sa grand-mère paternelle. Le miroir un peu trouble adoucissait les traits du visage, les rendait plus lisses et plus beaux que ne l'aurait fait n'importe quelle crème. Un coup d'œil dans cette glace procurait plus de satisfaction que lorsqu'on se regardait dans celle, impitoyable, de la salle de bains.

De toute façon, en l'occurrence Lisbeth n'avait pas besoin de se mirer ni dans la glace fidèle à la réalité ni dans celle qui la flattait pour savoir de quoi elle avait l'air. Cheveux d'un blond nordique, enfin, teints en blond cendré plutôt, les mêmes yeux que d'habitude, un peu de travers, et la même grande bouche. En fait, elle était exactement comme sa maison. Faite de bric et de broc, pour ainsi dire. Traits hérités ou empruntés, rien n'était vraiment assorti, comme si tout en elle était dû au hasard. Regardez, voilà ce que ça a donné : une Lisbeth.

Elle n'inspecta pas la deuxième petite pièce de l'étage, sa pièce de travail où se trouvait un bureau, l'ordinateur, avec son œil aveugle pour l'instant, les étagères avec le matériel pour la classe et, aux murs, les dessins de ses élèves. Elle redescendit dans la cuisine. Prise d'un élan soudain, elle se mit à fouiller dans le bas du garde-manger, trouva une bouteille à moitié pleine de glögg[1] de l'année précédente. Elle le fit chauffer, s'en servit un verre et réussit à dénicher quelques raisins secs et deux-trois amandes. Il ne manquait plus qu'une brioche au safran. Un petit-pain-monstre.

Lisbeth s'installa dans le canapé du séjour. Elle alluma une bougie sur la table, but un peu de glögg. Délicieux. Arômes de cannelle, de clou de girofle et de gingembre. La première tasse fut bientôt vide. Lisbeth retourna à la cuisine se resservir. Maintenant cela sentait le glögg et l'air frais. Elle referma la fenêtre en se persuadant que ces effluves nauséabonds ne cachaient rien d'embêtant. Sinon la maison avait une odeur agréable. De bois et de mer.

Il fallait qu'elle sorte les décorations de Noël, tout de suite. Le premier dimanche de l'Avent était déjà passé et elle n'avait même pas mis de chandelier. Comme si toute son énergie avait été absorbée par l'école et les élèves. Ils avaient tous apporté de chez eux un bougeoir qu'ils avaient posé sur leurs pupitres, puis ils avaient lu à haute voix tandis que les flammes vacillaient paisiblement, faisant pétiller d'une pieuse confiance même les yeux des pires garnements.

Allumer des bougies dans les salles de classe n'était pas permis ; Lisbeth avait conscience qu'elle s'exposait à de vives remontrances si quelqu'un entrait dans la sienne. Mais elle adorait les bougies, les enfants aussi,

1. Vin chaud aux épices, agrémenté de raisins secs et d'amandes, que l'on boit traditionnellement dès la Sainte-Lucie et durant la période de Noël.

alors pour une fois, on pouvait bien se permettre de ne pas être absolument dans les clous, non ? Tant qu'aucun parent ne s'y opposait, cela ne faisait de mal à personne.

C'était peut-être le souvenir de ses propres années d'école, quand ils apportaient un bougeoir qu'ils posaient sur leurs pupitres. Le souvenir du bougeoir d'Annabella, un ange en argent qui tenait la bougie. Comme elle avait envié son amie ! Elle en avait cherché un semblable, chez elle, mais l'ange en bois qu'elle avait trouvé était loin d'être aussi beau.

Oui, c'était sans doute le souvenir de ce bel ange argenté qui l'incitait à laisser les enfants allumer chacun sa bougie à l'école. Bon, maintenant il fallait qu'elle décore sa maison. Le glögg l'avait un peu réchauffée et rendue gaie. Il l'enveloppait dans le sentiment que tout n'était pas si moche, finalement, et puis Noël approchait, ça pourrait être un bon moment, après tout, et elle-même, au fond, n'était ni particulièrement bizarre ni carrément ratée, ou *moyennement réussie*, ce qui n'était pas mieux parfois. Elle était une femme de trente-huit ans, propriétaire d'une maison tout près de la mer, et elle vivait comme elle l'entendait.

Elle n'était pas amoureuse non plus. Tchin tchin ! Et elle oublierait au plus vite ce faux appel téléphonique.

Elle passa en revue ses CD, car elle n'avait pas le courage de chercher une playlist sur Spotify. Elle trouva pas mal de musique américaine, des disques qui avaient appartenu à Harry, quand ils habitaient ensemble. Du Bing Crosby à profusion et, entre autres classiques, des *White Christmas*, *Jinglebells* et *All I Want For Christmas Is You*. Mais *Santa Lucia* pouvait attendre le moment où le cortège tout de blanc vêtu défilerait pour de bon et éclairerait l'obscurité. Allez, c'était parti pour une compilation de mélodies.

Elle augmenta le volume, risqua quelques pas de danse, monta l'escalier en swinguant et poursuivit jusqu'au petit débarras sous les combles. Quelques fauteuils achetés aux puces dans l'intention de les faire recouvrir, ses skis, ses patins à glace, des casques, un petit barbecue, un transat ainsi qu'une caisse contenant travaux de couture et objets en bois réalisés dans ses jeunes années, dont ses parents s'étaient débarrassés sous un prétexte quelconque. Tout au fond, elle dénicha le carton de Noël, sous celui de Pâques, un peu plus petit.

La chanson *Hej tomtegubbar*[1], sur laquelle ils faisaient la ronde en famille le jour de Noël, filtrait entre les poutres. Tout en chantant avec le CD, Lisbeth tira le carton, le traîna jusqu'en bas de l'escalier puis l'ouvrit au milieu de la pièce. Tout au-dessus se trouvait le chandelier de l'Avent ; elle le plaça sur la table basse après y avoir planté des bougies rouges qu'elle avait en réserve. Elle alluma la première.

Maintenant c'était Mickael Bublé qui entamait *White Christmas*. Harry l'adorait, sans doute parce qu'ils se ressemblaient un peu physiquement. Et il chantait bien. Lisbeth était la première à le reconnaître, après deux verres de glögg.

Ah oui, le glögg. Encore un verre. Elle gagna la cuisine et se resservit. Puis elle déballa en vrac quelques lutins,

1. Littéralement : « Bonjour les petits lutins ». Chanson de Noël à boire et à danser.

un petit cortège de Sainte-Lucie et une crèche, mais tout bien réfléchi, elle installerait celle-ci plus tard. En revanche, elle aurait bien aimé avoir quelque chose pour éclairer le jardin, il y faisait noir comme dans un four. Une guirlande lumineuse. À accrocher dans le pommier.

Si elle en avait envie. Parce que tout ceci n'était que pour elle, au fond. Elle n'attendait personne pour Noël. Elle passerait les fêtes chez ses parents, comme d'habitude. Avec sa sœur Helena, son beau-frère Micke et leurs trois enfants, plus le quatrième qui était en route. Helena était à nouveau enceinte et le soir de Noël, elle aurait l'air d'une dinde farcie, prête à exploser. L'enfant était attendu pour janvier, c'était pour bientôt.

Mais Helena ne s'inquiétait pas. Elle était médecin, avait sûrement calculé la date au jour près. Le petit dans son ventre savait sans doute déjà à quel moment il aurait la permission de pointer son nez dehors. À la place du bébé, Lisbeth resterait le plus longtemps possible à l'intérieur, où il était au calme et avait son propre espace.

« Il », oui. Ce serait un petit garçon, en effet. Cela avait été confirmé, de même que son arrivée en janvier. En général, les enfants nés en fin d'année, surtout les garçons, avaient plus de difficultés. Par contre, un garçon né en janvier était prédestiné à réussir dans la vie, puisqu'il était toujours le plus grand et en avance sur les autres.

Non, bien sûr, on ne pouvait pas planifier une grossesse avec autant de précision. Helena le savait, évidemment. Lisbeth aussi, mais c'était *l'impression* qu'elle avait, parfois, quand sa sœur avait une fois de plus vu juste sur toute la ligne.

Ses nombreux enfants n'étaient d'ailleurs pas non plus un poids pour Helena. Elle avait la parfaite maîtrise de sa vie. Son poste de médecin, ses recherches, son mari, ses trois Dalton de fils. Tout est possible quand on sait ce qu'on veut et qu'on s'organise en conséquence, avait-elle coutume de dire, et Lisbeth était bien d'accord avec elle. L'énergie et la discipline de sa sœur étaient admirables. Parfois trop, peut-être.

Légèrement enivrée par le glögg, Lisbeth s'assit par terre, une figurine de Lucia à la main. Elle l'avait fabriquée au jardin d'enfants dans un rouleau de papier toilette, il y avait bien longtemps de cela, à une époque où les rouleaux de papier toilette étaient une marchandise très prisée. Le rouleau avait été recouvert de papier blanc et pourvu d'un ruban rouge à l'endroit supposé être la taille. Le tout était surmonté d'une boule de polystyrène plantée de touffes de fils en guise de cheveux et de cure-pipes ornés d'étoiles autocollantes. Le visage était peint.

Cette Lucia en rouleau de papier toilette, Lisbeth l'avait un jour offerte à ses parents pour Noël, mais elle lui était revenue, et Lisbeth l'avait gardée. Elles allaient bien ensemble, Lucia et elle. Indissociablement liées.

Lisbeth posa sa Lucia à côté du chandelier de l'Avent. La tête lui tournait un peu. Ce glögg faisait de l'effet. En tout cas ses pieds s'étaient réchauffés et peu importait qu'il fût presque onze heures, on était jeudi, elle réussirait bien à se lever encore un matin. Et le lendemain soir, ce serait le week-end.

Quand la sonnerie retentit, Lisbeth ne distingua pas tout de suite si c'était le téléphone ou la musique. Elle trouva son portable et fut soulagée que cela ne soit pas à nouveau Harry. C'était Sara, sans doute sa plus fidèle alliée dans le village, une connaissance qui était devenue une amie proche. « Nous avons pris ce qui se présentait », disait Sara en parlant de leur amitié.

Sara possédait le salon de coiffure. Enfin, l'un des salons. Il y avait aussi Omar. Entre eux deux ne régnait ni hostilité ni concurrence. Ils s'étaient partagé les clients potentiels comme ils auraient fait une raie bien droite dans une chevelure : certains allaient d'un côté et les autres de l'autre. Lisbeth avait échu à Sara et toutes les deux s'étaient bien entendues dès le début.

Sara s'était installée ici quelques années avant Lisbeth. Elle avait repris le salon et poursuivait l'activité avec savoir-faire et une amabilité sans complications. Aller chez Sara, c'était à la fois partir loin de chez soi et rentrer à la maison. Elle prenait soin de vous sans obséquiosité, vous pouviez lui faire juste ce qu'il fallait de confidences en étant sûr qu'elles ne seraient pas colportées à d'autres. Dans le cas de Lisbeth, il y avait un peu plus que juste ce qu'il fallait de confidences, mais rien ne filtrait si Lisbeth demandait que cela reste entre elles.

Sara était dotée d'un grand cœur et d'une belle chevelure. Sur dix sentences de sa part, neuf étaient gentilles et peut-être assez attendues, mais la dixième pouvait receler une sagesse de stoïcien. Comme par exemple quand elle avait déclaré : « Ton problème, c'est qu'apparemment tu tombes amoureuse d'hommes qui vont plus mal que toi. » Lisbeth en était restée sans voix.

Sans parler de la fois où Sara lui avait dit qu'il était temps qu'elle arrête de se morfondre. Ça n'avait jamais avancé personne de se morfondre et en plus, ça n'était pas bon pour les cheveux. Soit on lâchait l'affaire, soit on passait à l'action. C'étaient toutes ces molles tergiversations aussi fades que le lait écrémé qui avaient mené ce monde à la ruine.

Ce fut probablement grâce à cette remarque que Lisbeth cessa d'être obsédée par Jan. Et qu'elle opta pour le lait entier.

Lisbeth prit l'appel de Sara.

— Qu'est-ce que tu fais ?

Sara ne perdait pas son temps en formules inutiles. Tout le monde savait que Lisbeth était une couche-tard.

— Je décore pour Noël.

Elle aurait pu ajouter qu'elle avait bu du glögg. Mais cela pouvait attendre.

— Quoi ?

— J'ai sorti les décorations de Noël. Tu ignores peut-être ce que c'est. Ça veut dire qu'une fois par an, on exhume d'un carton un tas de petits personnages vêtus de rouge, appelés lutins, et de petites bonnes femmes en blanc, nommées Lucia. Savais-tu que j'avais fabriqué une Lucia dans un rouleau de papier toilette, un jour ? Elle est très jolie. On recouvre un rouleau de papier, on met une boule au-dessus pour la tête puis on y plante des cure-pipes. Et un postiche, naturellement, c'est très important.

— Tu as bu ?

Lisbeth jeta un coup d'œil dans le miroir de l'entrée. Son visage était rouge et bouffi. Il aurait fait une belle décoration de Noël lui aussi.

— Un peu de glögg seulement. J'étais complètement gelée en rentrant du marché de Noël de l'école, j'y ai passé plusieurs heures. Et puis j'ai décidé que le vent du changement s'était levé, alors j'ai sorti les décorations.

— Le vent du changement ?

— Ouais, le vent du changement. Je l'ai senti sur le port, tout à l'heure.

— Ah bon.

C'était la sentence numéro dix. Sagesse stoïcienne.

— Mais qu'est-ce que tu voulais ?

— Laisse tomber. Passe au salon demain. Quelqu'un s'est décommandé à quatre heures, je te raconterai pendant qu'on fera souffler le vent du changement dans tes cheveux.

— Mais…

— Va te coucher, maintenant.

Sara raccrocha et ce fut le silence. Lisbeth aurait pourtant juré avoir entendu un rire et un « vent du changement, tu parles », avant que la communication soit interrompue.

Elle resta immobile, le téléphone à la main. Pourvu seulement que ce vent du changement ne souffle que sur sa coiffure et ne lui apporte rien de désagréable lors de son entretien avec Margaretha, la directrice. Ni de nouveaux appels téléphoniques d'Harry.

CHAPITRE QUATRE

Vendredi 8 décembre

Le salon était désert. Pas plus de clients que de Sara. Lisbeth laissa la porte se refermer derrière elle. La pendule tinta mais il n'y avait toujours pas l'ombre d'une présence humaine.

Lisbeth appela : « Hou hou », d'abord doucement, puis plus fort. Avait-elle mal compris l'heure du rendez-vous ? Sara n'aurait cependant pas laissé ouvert si elle avait terminé sa journée.

Le salon de Sara était toujours accueillant. L'été, la vitrine était garnie d'une couche de sable d'où émergeaient tubes et flacons dressés vers des soleils en carton. En automne, des bouquets de feuilles aux couleurs flamboyantes côtoyaient des suggestions de colorations dans les mêmes nuances. Les mois d'hiver, guirlandes de Noël et bonshommes de neige accompagnaient les publicités pour des produits destinés aux blondes naturelles ou aux fausses blondes désireuses de paraître naturelles. Au printemps, il y avait des tulipes partout dans le salon.

Or ce jour-là, la décoration était minimaliste. Un père Noël esseulé s'ennuyait dans la vitrine et les étagères demeuraient désespérément vides.

Lisbeth s'avança vers le comptoir. Devait-elle aller jeter un œil dans l'espace privé de l'arrière-boutique ? À ce moment-là, le gros rideau s'ouvrit, laissant apparaître une jeune femme.

Elle devait avoir une vingtaine d'années, portait un chemisier sur une jupe fourreau, et des bottes. Pour tout maquillage, elle avait du rouge à lèvres et ses cheveux brillants tiraient sur une nuance résolument grise. Des cheveux argentés. Comme les deux grands-mères de Lisbeth. Une couleur contre laquelle sa mère avait mené une lutte opiniâtre pendant une longue période de sa vie, trois heures tous les deux mois, chaque fois au prix d'une somme non négligeable. Non, ça ne pouvait pas être la couleur naturelle de cette fille. Donc on se faisait teindre les cheveux en *gris*, maintenant ?!

Après tout, quand on est jeune et mignonne, peu importe la couleur des cheveux.

La fille lui tendit la main.

— Saluuuut ! Super, vous êtes venue !

Lisbeth allait répondre qu'il n'y avait rien de super à sa présence ici, elle avait pris rendez-vous et était venue. Mais elle ravala ses paroles, elle n'avait aucune raison de commencer à faire la grincheuse, *a fortiori* avec ses cheveux teints en blond cendré nordique.

— Bonjour, j'ai rendez-vous à seize heures avec Sara. Où est-elle ?

Le visage chiffonné de la fille exprima vraisemblablement du regret.

— Elle a été obligée de partir.

— Ah bon. Il s'est passé quelque chose ?

— Le mieux sera de lui poser la question à elle.

Ses airs sentencieux pour essayer de paraître responsable étaient risibles. Mais au fond, cette jeune femme avait raison.

— Sara et moi sommes de bonnes amies.

La fille inclina la tête.

— Je vois. En tout cas, le mieux est quand même que vous lui demandiez directement.

— Bien, alors je…

— Mais je vais m'occuper de vous, cela ne pose aucun problème.

— Vous travaillez ici ?

— Je vais à l'école de coiffure à Göteborg et j'ai fait un stage chez Sara, alors je viens parfois lui donner un coup de main quand elle a besoin d'aide. Je m'appelle Frida.

Elle tendit la main. Une main chaude, un peu humide. Lisbeth eut l'impression de serrer la main d'un de ses élèves. Il fallait qu'elle cesse de considérer cette jeune femme comme une petite fille. Et qu'elle parte d'ici le plus vite possible.

— Sara m'a dit que vous vouliez essayer quelque chose de nouveau, reprit-elle. Asseyez-vous, je vous en prie, et dites-moi à quoi vous avez pensé.

Longtemps après, Lisbeth songerait à cet instant comme à l'un des plus édifiants de sa vie. Un de ces instants où il y va de notre capacité à dire non malgré l'envie d'encourager son prochain, de ces situations où l'on pourrait tout à fait demander un temps de réflexion au lieu de se sentir obligé de prendre une décision sur-le-champ.

Elle se souviendrait aussi de cette histoire pour expliquer à ses élèves qu'il ne faut pas toujours se fier à ce que les gens disent. Sans mentir effrontément, ils ont peut-être un sens de la vérité un peu *élargi*.

— Je crois que…

Frida s'était déjà avancée jusqu'à l'une des deux cabines et avait tiré le fauteuil.

— Sara m'a *dit* que vous alliez venir et que nous devions voir pour une nouvelle coupe.

Lisbeth s'assit. Avant de pouvoir dire ouf, elle se retrouva emmaillotée dans une blouse et ne put plus bouger les bras. Derrière elle, Frida se mit à passer les doigts dans ses cheveux. C'était agréable. Le genre de geste qui, pratiqué par une personne compétente, vous donne le sentiment qu'on s'occupe bien de vous. L'infirmière qui prend votre tension. L'opticien qui cherche quelle monture vous ira.

— Vous avez de très beaux cheveux, il faudrait juste leur donner un peu de peps. De la forme, quoi.

Lisbeth voyait Frida, le visage penché juste au-dessus du sien, examiner ses mèches. De très beaux cheveux. Sara ne disait pas cela, mais si elle avait confiance en cette gamine, Lisbeth n'avait peut-être pas à s'en faire. Et puis elle s'était réjouie toute la journée à l'idée de ce rendez-vous.

La matinée avait été un calvaire. Le glögg lui cognait encore dans les tempes au petit-déjeuner, elle avait dû avaler un cachet contre les maux de tête avec son thé. À l'école, elle était passée deux fois au bureau de Margaretha, mais celle-ci ne s'y trouvait pas ; elle avait dit « la semaine prochaine », mais Lisbeth n'avait pas eu envie de se creuser la tête tout le week-end sur ce dont la directrice voulait l'entretenir.

Pour couronner le tout, les élèves avaient été agités et difficiles à tenir. « Pardon maîtresse, il y a de la morve sur ma table », avait crié l'un des enfants, tandis qu'une autre, dont le manteau était trop léger, refusait d'aller en récréation. Lisbeth avait eu du mal à la faire sortir.

Frida commença à lui brosser les cheveux vers l'arrière.

— Alors, à quoi aviez-vous pensé ?

— Quelque de chose qui me change. Mais pas trop. J'aimerais bien conserver la longueur.

Quelques mois auparavant, elle avait vu une émission à la télévision, avec une séquence « avant » et « après », où une femme voulait changer complètement de look. Quel choc, pour tout le monde d'ailleurs, quand cette femme s'était regardée dans la glace, après la métamorphose, et qu'elle avait découvert sa coupe asymétrique, cheveux courts d'un côté, longs de l'autre. Elle avait lutté pour retenir ses larmes devant les caméras. Lisbeth avait compati.

— Eh bien, que diriez-vous de quelques mèches ? Ensuite je coupe les pointes pour rafraîchir vos cheveux, et puis on pourrait peut-être faire une frange ?

— Une frange ?

— Mais ouiii. Je crois que vous seriez très bien avec une frange. Et si vous ne vous plaisez pas, il suffit d'attendre que ça repousse. C'est ça qui est bien, avec les cheveux : ils repoussent.

Frida lui plaqua quelques mèches sur le front et prit un air encourageant. Lisbeth se regarda à nouveau dans la glace. Une légère teinture et une frange ? Pourquoi pas ? Une couleur, ça disparaît, et une frange, ça repousse. Il serait dommage de quitter le salon sans avoir rien tenté. Et puis si Sara avait chargé cette fille de s'occuper d'elle, c'est que Lisbeth ne courait pas un grand risque. Frida devait savoir ce qu'elle faisait.

— Bon, reprit-elle, on va éclaircir quelques mèches pour souligner le brillant. Ça va être super cool.

Lisbeth se vit approuver de la tête dans le miroir et s'entendit dire *OK*. Elle ferma les yeux. Frida s'éloigna, réapparut avec une tasse de thé et un morceau de chocolat, puis repartit, elle allait juste mélanger ses couleurs, elle n'en avait pas pour longtemps, il y avait des journaux, là.

Lisbeth mangea le chocolat en feuilletant quelques magazines people défraîchis, le *Svensk Damtidning* et un numéro de *Hänt i Vecka*. Elle jeta un œil sur les dernières pages, pleines de photos de personnalités plus ou moins célèbres qui prenaient la pose, arborant leurs sourires les plus démonstratifs pour le lancement d'un film ou l'ouverture de quelque gala.

Juste au moment où Frida revint, son regard tomba sur une photo où Harry posait avec une femme. Cheveux longs, lèvres gonflées au botox. Pas de frange.

— Tout se passe bien ?

— Oui, merci.

Frida appliqua la couleur et enveloppa les mèches dans du papier cellophane tout en chantonnant. Entre deux, elle parlait de ses projets d'avenir. Depuis toujours, elle adorait manipuler les cheveux et c'était toujours elle qui coiffait ses amies.

Elle trouvait la ville de Göteborg très agréable, souhaitait y ouvrir son propre salon. Mais d'abord, elle voulait aller à New York ou à Londres pour y apprendre les dernières techniques, surtout en matière de teintures.

Au bout d'un moment, Lisbeth ne perçut plus son bavardage que comme un lointain bruissement, telle l'eau qui coule dans une baignoire. L'image d'Harry et de sa compagne s'était imprimée sur sa rétine. Comme elle devait être fière à présent, la mère d'Harry, cette femme parfaite, qui ressemblait d'ailleurs comme deux gouttes d'eau à la créature dont l'ex-petit ami de Lisbeth enlaçait la taille.

Qu'était-il écrit sur elle, déjà ? Qu'elle était coach, ou quelque chose de ce genre. Coach. Le mot de la langue suédoise dont on abusait le plus, celui que tout le monde employait à tort et à travers. N'importe qui pouvait devenir coach de n'importe quoi. Elle-même pourrait cesser de se dire enseignante et se nommer coach de connaissance à la place. Sara serait coach capillaire, la directrice coach en direction d'établissement scolaire, et Jan coach hippique. Le pasteur était un coach en religion et ainsi, ils pourraient tous se coacher les uns les autres. Je suis ton coach et tu es le mien.

En tout cas, cette coach aux lèvres pulpeuses, elle, n'essuierait pas les regards de déception faussement aimables dont la mère d'Harry avait toujours gratifié Lisbeth. Tant mieux pour elle. Lisbeth était bien contente d'être débarrassée de tout ça. Et de ne plus habiter la même ville.

Et pourtant, elle se sentit submergée par un sentiment d'infériorité. *Maintenant ils vont encore avoir peur tellement je suis laide.*

Où Sara était-elle donc passée ? Qu'était-il arrivé pour qu'elle quitte son salon si brusquement sans même lui envoyer un message ? Lisbeth devait-elle s'inquiéter ?

— Voilà. Il faut attendre encore un moment que la teinte prenne.

Lisbeth était en proie à des sentiments contradictoires. Harry. L'appel téléphonique. La coach. Sa directrice. La frange. Elle avait de plus en plus chaud et son cœur se mit à tambouriner. Harry. L'appel téléphonique. La coach. Sa directrice. La frange. Elle ferma les yeux. Ses paupières étaient lourdes. Harry. L'appel téléphonique. La coach. Sa directrice. La frange. La revue glissa de ses mains, mais elle n'eut pas la force de la ramasser.

Quand elle s'éveilla, il faisait nuit noire dehors. Le ciel était déjà sombre lorsqu'elle était arrivée, mais entre-temps l'obscurité s'était épaissie. Depuis combien de temps était-elle assise là, d'ailleurs ? Elle jeta un œil à la pendule. Cinq heures et demie.

Elle entendit la voix de Frida, dans le fond : « Non, mais c'est pas possiiiible ! Mais il déconne ou quoi ! Et qu'est-ce que tu lui as répondu ? Ah bon, moi je… non, tu crois… ? Et qu'est-ce qu'elle a dit, alors ? »

— Hou hou ?

Frida continuait à parler et à rire. Lisbeth appela de nouveau, plus fort.

— Excuse-moi, il faut que je raccroche. J'ai une cliente qui m'attend. Allez, bises, ma vieille. Biiiiiises. Je te rappelle.

Frida posa son portable. Elle s'approcha de Lisbeth et entreprit de retirer les bandes de cellophane de ses cheveux.

— Voyons ce que ça donne.

Lisbeth ne put déterminer ce qu'il en était. Pour l'instant, tout n'était qu'un magma pâteux. Elle se laissa mener sans résister au bac à shampoing où Frida frotta, rinça et frotta encore. L'envie de bavarder semblait lui avoir passé.

— Bon, voilà. Allez, on y retourne.

Elles retournèrent dans la cabine. Avant que Lisbeth ait le temps de dire ouf, Frida lui avait ramené les cheveux sur le visage, si bien qu'elle ne voyait plus rien. Soudain sa vue se dégagea : sur ses genoux se trouvait un bel amas de cheveux. Frida continuait à manier les ciseaux. Elle tournait autour de Lisbeth, tirait, évaluait les longueurs, coupait, recoupait. Lisbeth eut l'impression que c'était plus court que nécessaire. Peut-être à cause de ses boucles. Pareil pour la frange, qui avait déjà commencé à sécher et rebiquait. Frida l'humidifia et la rabattit vers le bas avec le peigne, la frange séchait et rebiquait allègrement.

Frida passa le sèche-cheveux. Maintenant elle ne disait plus un mot. Lisbeth non plus. Les mèches claires apparaissaient de plus en plus nettement. Sa chevelure ressemblait à un passage piéton et la frange s'était enroulée presque jusqu'à la racine.

— Oui, les cheveux vont mettre un moment à s'habituer, il faut les travailler un peu. Mais c'est drôlement joli, je trouve. Vous mettrez un peu de gel sur la frange si elle boucle trop. C'est bizarre, ça ne le fait pas, d'habitude.

— D'habitude ? J'ai les cheveux bouclés. Ils bouclent naturellement. Vous l'avez bien remarqué, avant de commencer ?

La voix de Lisbeth était montée dans les aigus. Frida se renfrogna.

— Je n'ai pas vu de boucles, finit-elle par dire.

Lisbeth fixait son reflet dans la glace. Quelque chose qui change. Oui, c'était le moins qu'on puisse dire. Comme si elle s'était coupé les cheveux elle-même, pour un résultat peu probant. Les deux côtés n'étaient même pas égalisés. Clair, foncé, clair, foncé. Une coiffure de zèbre.

— Vous êtes vraiment apprentie coiffeuse ?

Frida eut l'air gênée.

— J'ai postulé pour une école de coiffure. J'ai fait un stage dans un autre salon et ça s'est super bien passé.

Et voilà ! Tout s'expliquait. De quoi se plaignait-elle, alors ? Sinon qu'elle devrait bientôt affronter les regards perplexes de son entourage et raconter comment elle avait laissé la dernière des incompétentes procéder à sa plus grande métamorphose capillaire depuis des années.

Lisbeth se leva et se débarrassa de la blouse. Elle épousseta les cheveux sur ses vêtements, empoigna son manteau et se précipita vers la sortie. À la porte, elle se retourna et fixa Frida du regard.

— Je réglerai ça plus tard avec Sara.

— Mais...

La porte claqua. Lisbeth remonta son col, enroula son écharpe autour de ses cheveux tout juste secs. Elle sentit les larmes brûler derrière ses paupières. La boulangerie d'Elina, sur la place, était éclairée, on apercevait quelques silhouettes à l'intérieur et Lisbeth eut envie d'y entrer. Une tasse de café lui aurait fait le plus grand bien. Mais ce n'était pas le moment. Elle voulait d'abord rentrer chez elle pour examiner l'ampleur du désastre. Et puis essayer de mettre la main sur Sara. Lui demander ce qui lui était arrivé, et si elle pouvait réparer les dégâts. Coller sa frange sur son front à l'aide d'un sparadrap couleur chair.

Surtout ne pas pleurer. On ne pouvait pas se mettre à pleurer pour une coupe de cheveux ratée quand le monde était ce qu'il était et que des gens mouraient dans la misère ou à cause de la guerre. Mais sa tête, dans le miroir ! Bien sûr, ses cheveux allaient repousser. Pas en un week-end, en tout cas, ni en une semaine. Un mois, à la rigueur, et encore.

De retour chez elle, elle ôta son manteau et son écharpe et les laissa tomber en tas sur le sol de l'entrée. Elle ne voulait pas se regarder dans la glace. Pas tout de suite. D'abord un verre de vin ou une sucrerie. Elle alluma la lumière de la cuisine, s'immobilisa sur le seuil. Elle renifla l'air, jeta un coup d'œil à l'évier. Il était vide. L'odeur était revenue. Plus forte que jamais.

Elle s'écroula sur une chaise devant la table de cuisine. Son cœur se remit à battre plus vite. Elle se dit que tout s'arrangerait, il suffisait de penser logiquement. Elle n'avait pas le choix. Mais c'était tellement dur d'être seule, parfois.

Enfin ses larmes sortirent, ruisselèrent le long de ses joues, gouttant sur la nappe en dentelle d'Estrid.

Elle les laissa couler.

CHAPITRE CINQ

Samedi 9 décembre

— Bon. Alors voyons si on peut se débarrasser de cette odeur.

Tobbe ajusta l'équipement qu'il portait sur le dos, un truc en métal pourvu d'une prise en forme de tuyau. Il s'assura que la fenêtre était bien fermée puis régla le volet de tirage et le ventilateur, tout en expliquant ce qu'il faisait ; Lisbeth ne comprenait pas tout mais presque.

Elle n'en revenait toujours pas qu'il soit là, en chair et en os, chez elle, prêt à résoudre son problème d'odeur de canalisation. Odeur qui avait quasiment disparu à l'instant où il avait sonné à sa porte, évidemment. Comme cela arrive parfois avec le médecin : on est malade comme un chien, mais dès qu'on a obtenu un rendez-vous et qu'on entre dans son cabinet, les symptômes disparaissent. Pour réapparaître sitôt qu'on est rentré chez soi.

Avoir fait venir chez elle un artisan qu'elle ne connaissait ni d'Ève ni d'Adam, un samedi, pour résoudre un problème qui n'existait peut-être même pas, la mettait mal à l'aise. Cela lui coûterait cher, le week-end, le tarif était certainement facturé le double. Mais elle s'était sentie tellement désespérée en rentrant de chez le coiffeur, la veille, qu'elle avait eu besoin de faire *quelque chose de concret.*

À la faveur de la nuit, elle avait pleuré longtemps puis était allée à moto à la boulangerie d'Åsa, pour ne pas risquer de rencontrer des gens qu'elle connaissait chez Elina. À Åsa, elle avait fait le plein de gâteaux au chocolat, des Sarah-Bernhardt, après quoi elle avait acheté un poulet rôti au magasin d'en face. Elle avait mangé le poulet avec une salade de tomates, bu du vin rouge et avalé trois pâtisseries. Une fois ivre d'alcool et de sucre, elle avait réussi à jeter un œil dans le miroir sans se remettre à pleurer.

Mais qu'importait son apparence, après tout ? Qu'est-ce que ça pouvait bien faire ?

À la supérette, elle avait arraché un bout de papier avec un numéro de téléphone : Tobbe, artisan, tous travaux. Suivait une liste des services qu'il proposait, de la construction à la peinture et l'ébénisterie, en passant par la rénovation. Et l'assainissement. Cette dernière mention l'avait convaincue.

De retour chez elle, elle avait immédiatement composé le numéro, oubliant qu'on était vendredi et qu'il était déjà tard. Il avait répondu à la deuxième sonnerie. Elle aurait peut-être dû se méfier : un artisan qui répond au téléphone un vendredi soir, alors que les autres ne décrochent même pas dans la journée en milieu de semaine. Mais elle n'y avait pas pensé et s'était contentée de lui demander s'il pouvait passer le plus vite possible.

Elle avait été encore plus étonnée qu'il lui propose de faire un saut le lendemain matin. Cela aussi aurait dû l'alerter. Mais elle n'avait pas creusé, ne pouvait pas se permettre d'être méfiante. Enfin, se permettre… Elle n'en avait ni le temps ni la force.

Il était donc là, dans sa cuisine, à dix heures, comme promis. Lisbeth s'était extraite de son lit à temps et avait eu le même choc que la veille. Même le miroir un peu trouble de la petite coiffeuse à tiroir n'atténuait pas son air idiot. Sa frange, rayée elle aussi, rebiquait dans tous les sens et ses cheveux étaient sans conteste plus longs d'un côté. Elle avait laissé un message à Sara, mais pas encore eu de réponse.

C'était comme ça. L'artisan ne l'avait pas vue avant, il ne pouvait pas comparer.

Et puis si on y allait par là, lui-même n'était pas non plus ce qu'on appelle un apollon. Visage insignifiant, cheveux blonds clairsemés, les yeux couleur sable. Mais il avait l'air gentil. Lisbeth avait le sentiment qu'il ne la roulerait pas. Si tant est qu'elle pût se fier à son intuition en la matière.

La chaleur augmenta. Le ventilateur était en marche. Tobbe se mit à déambuler dans la pièce en reniflant l'air. Il demanda à Lisbeth d'en faire autant.

— Il ne faut pas sous-estimer l'odorat féminin, cria-t-il afin de couvrir le bruit, en même temps qu'il s'agenouillait pour examiner les fentes dans le plancher.

Obéissante, Lisbeth se mit elle aussi à sillonner la cuisine en approchant son nez de chaque interstice. Vers les placards, l'évier, la cuisinière. Tout d'abord, elle ne sentit rien mais ne savait pas si elle devait s'en réjouir. L'odeur n'était peut-être apparue que de manière fortuite, finalement. D'un autre côté, Lisbeth était persuadée du contraire. Cela se remettrait à sentir dès que Tobbe aurait pris congé et serait remonté dans sa voiture.

Elle renifla à nouveau dans le coin, près de la cuisinière. À peine perceptible, mais quand même. Si, absolument. Une petite odeur aigre, de pourri.

— Je crois que je sens quelque chose, là.

Tobbe vint se placer à côté d'elle. Ils avaient à peu près la même taille. Il hocha la tête.

— Oui, oui. Je vous l'avais bien dit, on peut se fier à l'odorat féminin.

Il tira le tuyau de l'appareil, expliqua qu'il servait à mesurer les gaz et qu'ils allaient voir maintenant si l'aiguille oscillait. Lisbeth éclata de rire. *S.O.S. Fantômes* dans sa cuisine, traquant une odeur et non plus des revenants et des esprits.

— Savez-vous où passent les tuyaux dans cette maison ?

— Non, malheureusement.

— Mais vous avez peut-être de vieux plans ?

Estrid lui avait en effet laissé des classeurs contenant des documents auxquels elle avait jeté un coup d'œil à l'achat de la maison, mais dont elle ne s'était plus préoccupée par la suite. Le permis de construire des années soixante, les plans du terrain à l'encre pâlie, les factures de raccordement à l'eau courante. Des sommes ridiculement basses, mais l'argent avait plus de valeur à l'époque, bien sûr. Estrid et son époux avaient investi intelligemment dans leur maison.

Elle s'excusa et monta au grenier. Les documents étaient bien dans un tiroir à part. Elle l'ouvrit, éternua et redescendit avec tous les dossiers.

— Pour tout vous dire, je ne sais pas très bien ce qu'il y a là-dedans, mais vous allez peut-être trouver quelque chose. Estrid, la propriétaire précédente, donc, gardait tout.

— Fantastique.

Tobbe déposa son appareil et s'assit devant la table. Il examina le contenu de chaque classeur.

— Ah, voilà, regardez ! On voit très bien le circuit. Ils ont tiré un conduit derrière le plan de travail, là… et puis ils y ont raccordé ce petit lave-vaisselle… oui, mais je comprends, alors.

Il quitta la table, s'agenouilla et éclaira sous l'évier avec une lampe de poche. Son pantalon glissa, découvrant une petite bande de peau, en bas du dos. Lisbeth détourna les yeux. Tobbe s'harnacha à nouveau de son appareil et recommença à tester.

— Vous voyez là-bas… dans le coin, là ça produit une oscillation. Ça suinte, c'est tout ce que je peux dire pour l'instant.

— Une fuite d'eau ?

Lisbeth eut du mal à dissimuler sa panique. Il y avait eu un dégât des eaux chez ses parents quelques années auparavant, ils avaient dû vider toutes les pièces touchées pour faire les travaux. Les ventilateurs avaient tourné pendant au moins deux mois avant que tout soit sec. Ensuite, il avait fallu se rééquiper et tout réinstaller. Cela avait coûté du temps et de l'argent. La mère de Lisbeth en parlait encore comme d'un véritable Armageddon. Quiconque connaissait son Apocalypse – et la mère de Lisbeth la connaissait – savait qu'il s'agissait de la dernière bataille entre le Bien et le Mal.

— Non, je ne pense pas. Mais il faudrait que je repasse prendre quelques photos pour voir exactement où se situe le problème.

Avant qu'elle ait pu demander comment il comptait prendre des photos à l'intérieur d'un mur, il expliqua qu'il pouvait introduire une petite caméra dans le tuyau d'évacuation de l'évier. Il espérait de cette manière trouver l'endroit endommagé.

Lisbeth conféra avec elle-même. Dans quoi était-elle en train de s'embarquer ? Elle devrait peut-être faire appel à un autre artisan pour avoir une *second opinion*, comme disait Harry. De même qu'elle n'aurait jamais dû laisser Frida toucher à un seul de ses cheveux la veille. D'un autre côté, elle ne savait absolument pas où elle irait chercher cette *second opinion*. Et puis Tobbe avait l'air sérieux.

— Vous avez les compétences pour réparer ça ?

La question avait fusé sans qu'elle puisse la retenir. Mais il ne la prit pas mal.

— En fait, je suis ingénieur du bâtiment, ces histoires de canalisations et d'assainissement m'ont toujours intéressé, justement. J'ai suivi une bande d'amis qui ont monté leur entreprise il y a quelques années, et c'est devenu ma spécialité. Mais vous pouvez vous renseigner, naturellement, c'est tout à fait légitime.

Il n'y avait aucun reproche dans la voix de Tobbe, et son visage ouvert respirait l'honnêteté. Elle ne trouvait plus curieux qu'il soit venu tout de suite. Ni qu'il ait démarché d'une manière si démodée en collant une annonce au supermarché Ica.

— Je me suis installé ici il y a quelques mois et j'ai lancé ma propre entreprise. Je n'ai pas encore eu le temps de m'occuper d'un site et de ce genre de choses. Si vous n'êtes pas sûre et que vous préférez appeler quelqu'un d'autre, je le comprendrai…

— Non non, ça va aller. Vous pouvez passer quand ?

— Lundi après-midi, si c'est OK pour vous ?

— Parfait. Je termine à trois heures.

— Bon, alors j'y vais. Je ne peux plus faire grand-chose pour l'instant.

Tobbe rassembla son matériel, gagna l'entrée et renfila ses chaussures. Il n'avait pas échappé à Lisbeth qu'il avait pris la peine de se déchausser en arrivant. Maintenant elle regrettait de ne même pas lui avoir offert une tasse de café. Trop tard. Mais il allait revenir.

Tobbe lui tendit la main.

— Alors à lundi, donc.

— Entendu.

— Vous avez une belle maison, du reste. Très jolie cuisine. Ça me rappelle chez ma grand-mère.

— Merci. Elle aurait bien besoin d'être un peu rafraîchie. Mais je l'aime beaucoup comme ça.

— Vous avez raison. C'est plus personnel. J'ai installé beaucoup de cuisines ultra tendance, avec des tas d'appareils sophistiqués, mais on voit tout de suite que les habitants ne font jamais la cuisine.

Lisbeth se garda bien de dire qu'elle-même ne se mettait pas souvent aux fourneaux dans sa jolie cuisine plus personnelle. Contrairement à Estrid, sans doute. Lisbeth apprécia que Tobbe ne lui propose pas de tout rénover dans la foulée.

— Il y a une belle moto, dehors, du reste. C'est la vôtre ?

Lisbeth esquissa un sourire.

— Merci ! Oui, je l'ai achetée il y a quelques années, j'avais toujours rêvé d'avoir une Harley-Davidson. J'ai passé le permis pour ça d'ailleurs.

Tobbe siffla d'admiration.

— Vous roulez beaucoup ?

— De temps en temps. Je ne fais pas de grands trajets, j'ai encore un peu peur. Mais j'aime vraiment ça.

— Respect. J'en ai une moi aussi. Rien de tel que la moto et le sauna pour se détendre et se vider la tête. Ça, ça fait du bien.

— Il y a un sauna en bas, près de la mer. Il appartient au Club de sauna, on peut le louer à la journée. On n'a pas besoin d'être membre, mais pour les membres c'est moins cher.

Elle se demanda pourquoi elle avait dit cela. Peut-être parce qu'il était nouveau dans le coin. Et parce qu'il avait une moto. Quelle coïncidence.

— Merci pour le tuyau ! J'irai voir. Bon, à lundi, alors.

Tobbe lui serra la main une deuxième fois et partit. Lisbeth resta plantée à regarder la porte. Il lui sembla que ça sentait aussi dans l'entrée, maintenant.

CHAPITRE SIX

Samedi 9 décembre

Une heure plus tard, Sara appela. Lisbeth s'était allongée sur le canapé pour oublier le monde un moment. Et le voilà qui revenait.

— Comment vas-tu ?

— Qu'est-ce que tu veux dire ?

— Exactement ce que je te dis : comment vas-tu ? Quelque chose de sympa à raconter ?

Lisbeth trouva l'humour de son amie un peu pénible. Puis elle songea que Sara n'était peut-être pas au courant. La jeune personne qui lui avait ravagé les cheveux n'avait pas dû se vanter du désastre.

— Bon, je ne sais pas si tu plaisantes, mais j'ai eu des moments plus joyeux, c'est clair. Surtout en me regardant dans la glace. Je n'aurais jamais cru regretter à ce point mon ancien look.

— De quoi parles-tu ?

— De cette fille aux cheveux gris, qui m'a coiffée quand tu n'étais pas là. La prochaine fois que je te parlerai de vent du changement, dis-moi de patienter, surtout, pour que je n'aie rien à regretter ensuite.

Sara l'interrompit.

— Attends une seconde. Tu es en train de me dire qu'hier Frida t'a fait une coupe et qu'elle n'est pas réussie ?

— Pas réussie, c'est le moins qu'on puisse dire.

— Mais c'est… alors, cela veut dire qu'elle ne… pourquoi ne m'as-tu pas appelée tout de suite ?

— Je ne sais pas. J'aurais dû, mais j'ai eu d'autres soucis entretemps.

Lisbeth n'avait pas la force de raconter ses misères avec la cuisine, du moins pas maintenant.

— Tu peux venir au salon dans deux heures ? On verra ce qu'on peut faire.

— Mais…

— Tu peux ou tu ne peux pas ?

— Je peux.

Deux heures plus tard, Lisbeth mettait son casque et filait à moto jusqu'au salon. Excepté Tobbe, personne ne se souviendrait de sa chevelure zébrée ni ne se moquerait d'elle jusqu'à la fin de ses jours.

Sara était déjà sur place. Quand Lisbeth entra et ôta son casque, elle resta bouche bée. Puis elle éclata de rire.

— Eh ben, oh, excuse-moi, mais… pardon, eh ben, oh là là là… !

Tout en se tordant de rire, elle mena Lisbeth à l'un des fauteuils et parvint à lui expliquer que la malencontreuse Frida, qui s'avérait à présent être idiote de surcroît, était la fille d'une de ses vieilles camarades d'école.

— Elle aimerait devenir coiffeuse. Je la prends comme assistante, parfois. J'ai dû m'absenter, hier, et comme elle était au salon, ça tombait bien. Mais qu'elle t'ait infligé une chose pareille, non, c'est de la folie. Tu n'as pas payé, j'espère ?

Lisbeth assura qu'elle s'était bel et bien dispensée de payer et demanda les larmes dans la voix s'il y avait moyen d'arranger ça. Sara répondit que bien sûr, il y avait moyen, et elle allait s'y atteler sur-le-champ. Après quoi elle œuvra deux bonnes heures sur les cheveux de Lisbeth.

Quand celle-ci vit le résultat, elle faillit se remettre à pleurer. De joie, cette fois, mais aussi d'inquiétude. Ses cheveux étaient désormais uniformément blonds, coupés au bol et ébouriffés. Sa frange désépaissie et domptée tombait en une belle ligne droite sur son front. Cela changeait, c'était audacieux, ce n'était pas Lisbeth ; elle-même n'aurait jamais choisi une telle coupe. Mais au moins elle avait l'air normal. Elle pourrait dire la tête haute que oui, elle s'était fait couper les cheveux. Parce qu'on ne manquerait pas de lui poser des questions. La transformation ne passait pas inaperçue.

Sara semblait satisfaite du résultat. Elle rentra une boucle et constata que Lisbeth avait un petit air français et cela ne pouvait jamais nuire. Elle refusa catégoriquement d'être payée.

Sur le seuil du salon, Lisbeth remarqua que Sara était fatiguée.

— Pourquoi étais-tu absente hier ?

Sara croisa les bras sur sa poitrine et baissa les yeux.

— Il s'est passé quelque chose ? reprit Lisbeth.

Sara soupira. Elle paraissait plongée dans ses pensées.

— Oui, il y a eu quelque chose. Mais je ne peux pas en parler pour l'instant.

— Mais tu… ?

— Plus tard, Lisbeth, je n'ai pas le temps, là.

— Enfin, je m'inquiète, tu comprends. Tu ne veux pas passer prendre un thé, demain ?

Sara hésita. Finalement, elle opina de la tête et poussa Lisbeth vers la sortie. Celle-ci remit son casque avec précaution. Elle devait prendre soin de sa coupe, maintenant. Une coupe qu'elle n'avait pas envie de saboter inutilement.

Merci Sara. Sara qui avait des soucis. Ce qui n'était pas bon signe. Du tout.

CHAPITRE SEPT

Dimanche 10 décembre
Deuxième dimanche de l'Avent

— Alors on fera le repas de Noël plus tôt. À onze heures. Ce sera comme d'habitude, avec des petites nouveautés. Il faut que je trouve des plats végétariens.

— Tu veux que j'apporte quelque chose ?

— Non, c'est inutile. Je me suis organisée pour ne pas avoir de stress à la dernière minute. Je n'ai plus qu'à préparer le jambon de Noël.

Le numéro de prestige de maman. Sa prononciation des *r* teintée d'un reste d'accent de Scanie, qui réapparaissait volontiers lorsqu'elle souhaitait donner du poids à certains de ses propos. Prréparrer le jambon. Chaud, tout juste sortant du four, accompagné de moutarde ou de compote de pommes.

Sans parler des autres mets qui composaient le buffet de Noël : chou rouge, Tentation de Jansson[1], salade d'endives aux noix glacées, fromage de Noël et pâté de

1. La Tentation de Jansson, *Janssons Frestelse*, est un gratin de pommes de terre et oignons, à la crème et aux filets de sprats.

foie, craque-pain au cumin, pain trempé dans le bouillon et mini-tartelettes sablées aux amandes, à la crème fouettée et aux framboises.

En proposant d'apporter quelque chose, Lisbeth avait retardé le moment de poser la vraie question.

— Déjeuner à onze heures ? On mange plus tard, d'habitude.

— Oui, mais Kalle fait la sieste à midi et demie, Fredrik joue à l'église à trois heures et papa veut regarder le concert à six heures à la télévision, et ensuite on distribuera les cadeaux. On n'a pas le choix. On mangera le riz au lait plus tard dans la soirée.

Le programme était donc arrêté. Victor, le fils aîné d'Helena, aurait son repas végétarien, Fredrik, le cadet, jouerait de la flûte en soliste en concert, et le plus jeune, Kalle, irait faire la sieste au moment prévu à la minute près dans le planning. Les adultes n'avaient qu'à s'adapter, ce n'était quand même pas la mer à boire de bousculer un peu ses habitudes afin que les désirs de chacun puissent être satisfaits. Les adultes, c'était bien entendu Lisbeth, et les désirs de chacun, c'était ceux de tous, sauf les siens.

Sa mère ne l'entendait certainement pas de cette oreille et les considérations de Lisbeth l'auraient attristée. C'est pourtant bien ce que celle-ci ressentait, mais elle avait du mal à l'exprimer. Elle avait essayé, quelques années auparavant, le premier Noël où elle s'était retrouvée célibataire. En vain, elle n'avait pas réussi à trouver les mots. Parfois, il était tout bonnement plus simple d'accepter de déjeuner à onze heures le jour de Noël. Même si c'était par lâcheté.

— Et comment va Helena ?

Lisbeth n'avait plus le courage de parler de Noël pour l'instant. En outre, elle n'avait pas eu de contact avec sa sœur depuis un certain temps.

— On ne peut mieux. Je lui ai dit qu'elle ferait bien de lever un peu le pied, mais tu la connais. En plus elle doit remplacer le médecin chef à la clinique pendant un moment et elle n'a pas la moindre intention d'y renoncer. C'est compréhensible, d'ailleurs, elle a travaillé tellement dur pour ça.

Derrière le souhait qu'Helena lève le pied, la mère ne pouvait pas dissimuler sa fierté : sa fille allait remplacer le médecin chef. À cet égard, elle était vraiment snob. Elle avait un faible pour les titres comme d'autres craquent pour les beaux tableaux ou les bons livres, ou pour une pâtisserie. Un docteur ou un chef haut placé la fascinaient. Lisbeth ne connaissait personne qui fût à ce point sensible à la hiérarchie.

Voilà sans doute aussi pourquoi elle s'était volontairement mise en retrait et avait laissé leur père faire carrière. Quand ils s'étaient rencontrés, les parents de Lisbeth travaillaient tous les deux pour une grande société qui vendait toutes sortes d'articles de consommation, de la nourriture pour bébé jusqu'au shampoing, en passant par les sous-vêtements et la lessive. Sa mère avait arrêté de travailler dès qu'elle était tombée enceinte, et son père avait grimpé les échelons.

Lisbeth se souvenait peu de lui quand elle était enfant. Il partait constamment en voyage. Helena et elle étaient d'accord sur ce point. À l'occasion d'un anniversaire à chiffre rond, Helena avait prononcé un discours en son honneur dans lequel elle disait n'avoir réellement appris à connaître son propre père qu'après être devenue mère elle-même. Elle en éprouvait bonheur et gratitude. Il se montrait en effet beaucoup plus présent comme grand-père que comme père.

— C'est bien, répondit Lisbeth.

— Ah, et puis cette fois-ci, elle va accoucher chez elle, alors elle est en train de tout préparer pour ça aussi.

— Accoucher *chez elle* ?

— Oui, à la maison. Elle en a assez de l'hôpital où tout le monde court et s'affaire dans tous les sens pour peser le bébé, pour le mesurer, et à chaque fois le poser sur du métal froid. Donc elle a l'intention d'accoucher dans sa chambre, ils seront tous là, Mickael et les enfants. Il y aura des bougies, de la musique, et une sage-femme, bien sûr, elle ne veut pas prendre de risques inutiles.

Quand sa mère avait insisté sur le mot *tous*, Lisbeth avait eu un instant d'horribles sueurs froides à l'idée de devoir elle aussi assister à l'événement. Par bonheur, cela ne semblait pas être le cas, sauf si Helena modifiait son organisation. Il fallait prévoir illico quelque chose pour janvier.

— Qu'est-ce que tu en penses, toi ? Je veux dire, est-ce que ça n'est pas un peu risqué… ?

— Que veux-tu que je dise, *moi* ? C'est Helena qui décide. Enfin, il est vrai qu'à l'hôpital, c'est parfois expéditif et impersonnel, on a connu. Mais après tout, Helena est médecin, elle sait ce qu'elle fait.

— Et papa, qu'est-ce qu'il en pense ?

— Lui ? Il n'a aucune idée de ce qu'est un accouchement.

Lisbeth se demandait comment mettre fin à la conversation le plus habilement possible. Elle imaginait la maison et le jardin décorés de ses parents, à la périphérie de Göteborg ; ils s'étaient installés là pour pouvoir donner un coup de main à Helena avec les enfants. Quand ils n'étaient pas en voyage avec des amis.

Ils s'étaient dits heureux que Lisbeth revienne habiter du « bon » côté de la Suède, ils se verraient plus souvent, ce serait bien. Parce qu'on ne pouvait pas aller à Stockholm tous les quatre matins, Helena avait besoin d'aide. Et puis Lisbeth ne faisait pas souvent le déplacement non plus. « Toi qui es enseignante et sans enfants, tu as du temps. » Ils ne le disaient certes pas explicitement, mais c'était sous-entendu.

L'éternel refrain : elle avait du temps, elle. De longues vacances, tous ses week-ends et les jours fériés, contrairement au personnel médical, qui lui ne pouvait pas abandonner les malades à leur sort, sous prétexte que le jour était imprimé en rouge sur le calendrier.

Lisbeth ne travaillait pas non plus en entreprise, elle n'était pas soumise aux rudes exigences de l'économie de marché, comme lui faisait remarquer son père à l'occasion. Quel employeur inefficace que l'État, et tous ces pauvres fonctionnaires et employés municipaux qui n'étaient contraints par aucune obligation de bénéfice… Ce genre de déclaration pouvait agacer même Helena. Elle ripostait que les soins allaient eux aussi être privatisés, et s'il pensait vraiment que le personnel hospitalier se tournait les pouces, il n'avait qu'à venir faire un tour aux urgences un vendredi soir pour se faire une idée plus réaliste de la situation.

Attaque contre laquelle le père se défendait aussitôt en précisant qu'il ne parlait pas des services médicaux, où les gens accomplissaient selon lui un travail remarquable, et il était honteux qu'ils soient si mal payés. À ce point de la conversation, Lisbeth évitait en général d'évoquer l'école et le métier d'enseignant. Toutes ces discussions la fatiguaient. Quel était l'intérêt de toujours raconter aux autres qu'ils avaient beaucoup de chance ?

Les gens étaient libres de choisir, après tout, sauf les plus défavorisés, bien sûr, parce que là c'est différent. Mais tous les autres ? Si l'on trouvait si fantastique, par exemple, que les enseignants aient tant de vacances l'été, eh bien ! on pouvait devenir enseignant. Cependant ils étaient pléthore à interrompre leurs études ou à se mettre en arrêt maladie dès qu'ils entraient dans le métier.

En ce qui concernait sa maison, Lisbeth avait récolté l'approbation bienveillante de ses parents, la région était jolie, ils la connaissaient d'autrefois. Sa mère lui avait quand même demandé pourquoi elle ne s'était pas plutôt installée à Göteborg. Elle aurait été plus près d'eux et de sa sœur. En outre, Göteborg offrait bien plus de possibilités culturelles. De possibilités tout court, d'ailleurs.

À savoir : de trouver des hommes qui en vaillent la peine.

Sa mère s'étant toujours montrée aimable avec Harry, Lisbeth avait eu l'impression qu'elle l'appréciait et qu'elle s'entendrait bien avec ses parents également, ce qui n'avait pas été le cas. Elle avait pourtant fait de son mieux, quand ils se voyaient, pour s'entretenir avec eux de sujets qui les intéressaient.

Mais entre la mère d'Harry et celle de Lisbeth, le courant n'était jamais passé. Lisbeth n'arrivait pas à déterminer pourquoi, et sa mère n'avait jamais rien dit non plus. Mais à sa déception que Lisbeth ne soit pas restée avec Harald (elle s'obstinait à l'appeler Harald au lieu d'Harry de même qu'elle appelait toujours le mari d'Helena Mickael et non Micke) s'ajoutait un réel soulagement de ne plus avoir à fréquenter les ex-futurs beaux-parents de sa fille.

Il était temps de raccrocher, songeait Lisbeth. Ce n'était pas le moment d'évoquer les problèmes dans sa cuisine, ni l'école, ni sa nouvelle coiffure.

— Tu as raison. Helena sait ce qu'elle fait. Elle n'en est pas à son premier accouchement. Bon, alors à bientôt.

— D'accord. Au revoir.

Lisbeth reposa son portable avec le sentiment de ne pas avoir dit ce qu'elle aurait dû. Néanmoins elle se sentait un peu plus hardie, maintenant que Sara lui avait fait une coupe de cheveux qui lui donnait un petit air français. Sara n'allait d'ailleurs plus tarder.

Lisbeth mit le four à chauffer. Elle remarqua que l'odeur était réapparue et ouvrit la fenêtre, laissant s'engouffrer la brume froide de décembre. Elle sortit de la farine et du sel. Ses scones étaient toujours réussis et Sara, inconditionnelle de tout ce qui était british, prenait volontiers le *Tea with Her Majesty the Queen*, l'après-midi, quand elle en avait l'occasion.

Un *Tea with Her Majesty the Queen* se servait dans une théière à l'effigie de la reine Elizabeth, avec des scones sortant du four et accompagnés de crème fouettée et de vraie confiture. Par bonheur, Lisbeth serait en mesure de fournir de la confiture de cassis maison, que lui avait donnée une gentille voisine cet été et qu'elle avait congelée pour ce genre d'occasion. Elle ne possédait certes pas de théière à l'effigie de la reine, mais disposait de deux mugs anglais.

Sara arriva à trois heures précises. Lisbeth avait dressé la table dans la cuisine, apporté le chandelier et allumé les deux premières bougies de l'Avent. Elle avait mis de la musique. L'odeur de canalisation n'était perceptible que lorsqu'on était au courant ; si Sara ne remarquait rien, Lisbeth n'en parlerait pas tout de suite. Quelque chose de bien plus grave qu'un tuyau percé dans une cuisine préoccupait son amie. Pendant l'opération de sauvetage des cheveux de Lisbeth, Sara avait fait son possible pour n'en rien laisser paraître et habilement détourné l'attention en rouspétant contre Frida.

Mais cela ne masquait pas les cernes sous ses yeux.

CHAPITRE HUIT

Dimanche 10 décembre
Deuxième dimanche de l'Avent

Sara tendit à Lisbeth une amaryllis et une bouteille de shampoing. Elle couvrit les remerciements de son amie par des louanges sur la décoration.

— Assieds-toi. Pour ton information, j'ai fait des gâteaux.

— Je vois ça. Tous mes compliments.

Sara parla longuement de la malheureuse Frida qui, n'ayant pas trouvé d'appartement à Göteborg, risquait fort de venir habiter chez elle et Berra, quitte à faire la navette tous les jours. Sara n'avait rien contre l'idée d'aider la fille de sa vieille copine, mais ils seraient vraiment à l'étroit. De plus, Frida et Solo, sa fille à elle, ne s'entendaient pas à merveille.

Lisbeth attendit un bon moment avant d'oser aborder le sujet :

— Que s'est-il passé, vendredi ?

Sara se mit à triturer l'une des bougies. Lisbeth sentit son estomac se nouer.

— Tu n'es pas malade, au moins ? reprit-elle.

— Non, non. Ça n'est pas si grave et l'essentiel est que personne ne soit malade ou mort, je sais bien, mais je suis terriblement inquiète, je ne sais pas quoi faire. C'est Solo.

Elle fondit en larmes. Lisbeth lui tapota le bras en murmurant des paroles compatissantes, consciente qu'elle s'engageait sur un terrain glissant. Sara n'était pas du genre à faire étalage de ses problèmes. Quand Berra, son mari, était parti aux urgences quelques années auparavant à cause d'une hémorragie d'un ulcère à l'estomac, Lisbeth ne l'avait appris que trois semaines plus tard.

Elle en avait gentiment fait le reproche à Sara : elle aurait bien voulu être au courant, l'amitié supposait que l'on partage aussi les choses difficiles. À coup sûr, elle s'était elle-même plainte de broutilles concernant l'école, alors que Berra était à l'hôpital et souffrait, et ça la gênait beaucoup.

Sara comprenait. C'est juste qu'elle n'avait pas l'habitude. Avec un père qui s'était taillé à la première occasion et une mère qui travaillait du matin au soir pour nourrir ses deux filles, elle avait appris qu'il était malvenu de se plaindre pour autre chose que les vrais grands malheurs. Pour le reste, on se débrouillait seul.

Là, il s'agissait de Solo, donc, la fille que Sara avait eue à vingt ans. Lisbeth s'était souvent dit que ce qui avait dû être éprouvant à l'époque était sans doute merveilleux maintenant : avoir trente-sept ans et une fille presque adulte. D'autant plus que Solo était une gamine sympa qui s'entendait bien avec ses parents.

— Qu'est-ce qu'il y a avec Solo ?

— Elle est… oh, Lis', c'est trop horrible. Elle est accusée d'avoir participé à un cambriolage. D'appartenir à une bande de voleurs organisée.

— Quoi ?

Solo, une voleuse ? Non, ça ne collait pas. Il devait y avoir une erreur.

— Mais ce n'est pas possible, protesta Lisbeth.

Sara cherchait un mouchoir pour s'essuyer les yeux. Lisbeth lui tendit la serviette en papier avec les pères Noël.

— Je ne comprends pas non plus. Dieu sait si je me suis inquiétée pour elle, parfois, mais jamais je n'aurais pensé qu'une chose pareille pourrait arriver. Jamais.

— Mais…

Sara renifla, se moucha dans la serviette.

— Tu connais Solo, tu sais que c'est la fille la plus sérieuse du monde. Je n'étais pas vieille quand je suis tombée enceinte, mais il allait de soi que je la garderais, Berra et moi étions tellement heureux. Et une fois qu'elle a été là, elle n'a pas cessé de nous étonner, parce qu'elle ne nous ressemblait pas, en fait. Tu sais que je n'ai jamais été très bonne élève. Pas parce que je n'aimais pas l'école, mais je ne tenais pas en place. Je n'arrivais pas à travailler tranquillement cinq minutes, il fallait toujours que je sorte. Berra était pareil. Il était assez bon en maths, et puis au collège, il a tout envoyé balader. On s'en est bien sortis, je crois, j'aime ce que je fais et Berra adore son travail au garage. Même si parfois, on se dit qu'il aurait été plus malin de faire un petit effort. Et voilà notre Solo qui devient une bûcheuse de première et la meilleure de sa classe, et qui assure dans tout ce qu'elle entreprend.

— Oui, je sais.

— J'ai cru que ce serait un peu plus problématique par la suite, au collège, mais non, elle a continué à bosser, ne sortait pas faire la fiesta. On a même eu peur qu'elle soit trop solitaire, mais elle avait des amis, elle en a toujours eu. Puis elle a été admise dans ce lycée international, et les allers-retours quotidiens ne l'ont absolument pas dérangée, elle était super heureuse et s'est fait de nouveaux amis. Des amis huppés, si tu vois ce que je veux dire : les parents possèdent de belles villas dans l'archipel, les enfants font de la musique classique et on les envoie à l'étranger pour leurs études. J'en ai croisé un ou deux à l'occasion, enfin pas souvent, parce que Solo ne les a pas ramenés à la maison. Elle n'a pas honte, je le sais, mais ça fait loin jusqu'à chez nous, alors après l'école, ils restent en ville. Il lui est arrivé de dormir chez l'un ou chez l'autre, et j'ai toujours été d'accord, évidemment.

— Elle est en quelle classe, maintenant ?

— En première, et c'est une section difficile. Cours en anglais et tout ça. Mais elle m'a toujours dit que ça lui plaisait et que tout le monde était gentil, alors comment ne pas croire que tout allait pour le mieux ? Et voilà qu'on soupçonne des copains à elle d'être impliqués dans plusieurs cambriolages. Ils sont entrés par effraction dans des maisons, ont embarqué des ordinateurs, des téléphones portables, des bijoux, de l'argent et que sais-je encore. C'est complètement dingue.

— Et Solo serait mêlée à cela ?

— Je ne *sais* pas. Ce sont ses copains qui ont fait le coup, mais comme elle les fréquente, elle est soupçonnée elle aussi. La police est venue chez nous, Solo doit subir un interrogatoire, et il y aura peut-être un procès ou une inculpation, je ne sais pas comment on dit, je n'y connais rien à ces trucs-là.

Lisbeth essayait de se représenter Solo en train de briser un carreau ou de forcer une porte. Ça ne collait pas. Solo était courageuse et ne dirait jamais non à quelqu'un qui a besoin de son aide. Mais de là à voler ? Si Lisbeth osait se lancer dans une analyse de personnalité, elle qualifierait Solo d'intègre.

— Qu'est-ce qu'elle dit, elle ? Tu lui as parlé, j'imagine ?

Sara s'essuya à nouveau le nez, serra la serviette en boule dans sa main.

— Bien sûr. Enfin, j'ai essayé. J'ai collé la gamine sur une chaise, je me suis assise juste en face d'elle et j'ai exigé des explications. Elle dit qu'elle ne sait rien et qu'elle n'a rien fait. Mais je vois bien qu'elle ne m'a pas tout raconté. Quand je lui demande si elle ne s'est vraiment doutée de rien – ce sont ses copains, quand même –, elle refuse de répondre. Elle ne veut pas moucharder. Je lui ai expliqué qu'il ne s'agit pas de moucharder, mais qu'elle doit dire ce qu'elle sait. Parce que des gens ont été dévalisés, quand même. Il faut assumer les conséquences de ses actes, je lui ai dit. Mais ça ne sert à rien.

Lisbeth essaya de se projeter dans la situation de Solo. Ses meilleurs amis avaient commis des délits, auxquels elle avait participé, ou pas, dont elle était au courant, ou pas. On avait peut-être fait pression sur elle pour qu'elle garde le silence. Comment Lisbeth aurait-elle réagi si Sara, par exemple, avait été mêlée à une affaire délictueuse ? L'aurait-elle dénoncée ? Se serait-elle tue ?

— Il s'agit en particulier de faits qui se sont produits il y a quelques semaines. Une fille avait loué une grande salle pour fêter ses vingt ans, et en revenant le lendemain matin pour nettoyer, ils ont constaté que tout avait été volé : la sono et tous les cadeaux qui étaient restés sur la table, certains même pas ouverts. La pauvre fille. Et dire que Solo est peut-être impliquée.

— Je ne crois pas. Telle que je la connais…

— Oui, mais je suppose que les autres parents se disent la même chose. Pas mon gamin, non. Pourtant il y a forcément des coupables, et comme je te disais, ce sont des jeunes de milieux aisés. Apparemment, ils ont fait ça pour s'amuser.

— Qu'est-ce qui va se passer, maintenant ?

— On est convoqués à un nouvel interrogatoire. Je suis déjà allée au commissariat avec Solo vendredi et elle doit y retourner la semaine prochaine. D'ici là, je vais essayer de lui tirer les vers du nez. Son avenir est en jeu. Moi qui ai toujours été si heureuse d'avoir réussi une chose dans la vie. J'ai la meilleure fille du monde, tu vois, elle n'oublie jamais personne, a toujours été serviable à la maison.

Lisbeth posa sa main sur celle de Sara.

— Tu ne peux pas une bonne fois pour toutes te dire qu'elle est innocente ?

— Je le *voudrais* bien, et c'est ce que je fais. Mais elle n'a pas tout raconté, je le sais, alors si elle ne se tait pas pour se protéger elle-même, c'est pour protéger quelqu'un d'autre. Imagine qu'ils la tiennent ! Les gens sont abjects de nos jours, ils postent n'importe quoi sur la toile pour parvenir à leurs fins.

— Je suis sûre que Solo n'a rien fait qu'ils pourraient utiliser pour la faire chanter.

Lisbeth essayait d'être la plus rassurante possible. En même temps, Sara avait mis le doigt sur un problème terrible. Certaines personnes, des femmes et des jeunes filles surtout, cédaient à toutes sortes de chantage pour ne pas se retrouver exposées d'une manière ignoble sur Internet. Ceux qui agissaient de la sorte devraient être réellement poursuivis, jugés et condamnés à de lourdes peines.

Elle serra la main de son amie.

— Tu as fait ce qu'il fallait, pas seulement en ce qui concerne Solo, mais pour une quantité d'autres choses aussi. Tu as monté une belle entreprise, tu travailles bien, les gens t'apprécient, et moi je suis heureuse que tu sois mon amie.

Sara esquissa une grimace. Un peu plus gaie.

— Merci, Lis', tu es gentille. C'est juste un peu lourd en ce moment. Le père de Berra ne va pas bien non plus. Il est de plus en plus confus. Il y a quelques semaines, il a fait une chute, on a dû l'emmener à l'hôpital en ambulance et ils lui ont recousu le front. En discutant, un soir, on s'est dit que ça y était, nos vieux parents avaient désormais besoin de notre soutien. On avait peur de ce qui nous attendait, mais maintenant ça nous paraît presque une broutille, en comparaison. Même si je ne sais pas du tout comment ça va évoluer avec mon beau-père. Tout est arrivé en même temps, et en plus c'est bientôt Noël.

Elles se regardèrent. *Douce nuit* passait en musique de fond. Lisbeth avait lu qu'un jour, dans une église allemande, un prêtre et un cantor avaient chanté cette mélodie de Noël en s'accompagnant à la guitare, parce que l'orgue ne fonctionnait plus. À présent, on la chantait dans le monde entier à Noël, et Lisbeth était toujours émue. Cette fois-là aussi.

Les pensées de Sara avaient dû suivre un chemin semblable. Elle fredonna en souriant, observa que le chandelier de Lisbeth était joli, sans parler de sa Lucia en rouleau de papier toilette. Elle la lui emprunterait bien pour son salon de coiffure.

— Tu pourras la prendre, si tu veux. Est-ce que Berra a discuté avec Solo ?

— Bien sûr. Mais il n'en a rien tiré de plus que moi. En ce moment, le soir c'est plutôt silencieux, à table. Berra est très triste, mais aussi en colère. Cette histoire lui pèse, lui qui est si honnête, qui déclare la moindre couronne gagnée et ne ferait jamais rien d'illégal. Il aime Solo par-dessus tout, mais il a aussi des principes : on doit se conduire correctement. Pour lui, ceux qui ne font pas la différence entre leurs affaires et celles des autres ne sont que de sales voyous incapables d'empathie. Moi je peux comprendre que la vie ne soit pas toujours facile, même quand on a beaucoup d'argent. Personne n'est à l'abri des problèmes et on a le droit à l'erreur. Mais Berra ne pense pas comme moi. Alors on se dispute et c'est encore pire. À propos de Berra, il faut que j'y aille, c'est lui qui prépare le dîner. Je n'aurais pas dû manger autant ici. Mais c'était rudement bon.

Elle se leva et commença à débarrasser.

— Laisse ça, je le ferai après.

— Tu es sûre ?

— Parfaitement sûre.

Sara balaya la cuisine du regard comme si elle la voyait pour la première fois. Peut-être percevait-elle la présence d'Estrid. Cela arrivait parfois à Lisbeth. L'ange gardien de la cuisine planait, vigilant, au-dessus des placards. Cela sentait les scones et un peu les eaux usées. Mais pas trop.

— Tu t'es habituée à tes cheveux ?

Un court instant, Lisbeth ne comprit pas, puis cela lui revint : elle avait une nouvelle coupe. Le lendemain, à l'école, elle recevrait le verdict des collègues et des élèves. À vrai dire, elle ne s'était pas beaucoup regardée dans la glace, ce dimanche. C'était une autre qui l'avait regardée à chaque fois, et elle ne savait toujours pas qui c'était.

— Oui, encore mille mercis.

Sara l'embrassa.

— Je suis contente d'avoir pu parler, je me sens mieux maintenant. Ne dis rien à personne, je n'ai pas envie que les gens médisent sur Solo.

— Promis. Appelle-moi quand tu veux et dis-moi si tu as besoin de quelque chose.

Une formule toute faite. Mais Sara savait que ce n'étaient pas des paroles en l'air.

Elle s'arrêta à la grille, fit un signe de la main et partit. Lisbeth jeta un œil dans le miroir de l'entrée. À nouveau, elle sursauta en s'apercevant. Elle repensa à la photo d'Harry, dans le magazine, avec cette femme longiligne, sans frange. Il fallait qu'elle efface l'appel manqué d'Harry, pour que son nom n'apparaisse plus dans la liste des messages reçus.

Elle ferma la porte d'entrée et retourna dans la cuisine. Elle commença à ranger tout en mangeant un dernier scone.

CHAPITRE NEUF

Lundi 11 décembre

— Tu t'es fait couper les cheveux ?

Margaretha toisa Lisbeth de la tête aux pieds. « Mes cheveux sont sur ma tête, lui aurait volontiers répondu celle-ci, inutile de regarder mes pieds. »

On lui avait déjà posé la question une bonne centaine de fois. De diverses manières. Tiens, mais tu t'es fait couper les cheveux ? Tu as une nouvelle coiffure ? Nouveau look ?

Cela avait commencé sur le chemin de l'école. Torsten, qui ne voyait rien, avait remarqué le changement. « Nouvelle coupe, avait-il annoncé, tout en étant assez délicat pour ajouter aussitôt que c'était joli. Cela vous va bien, mademoiselle. »

Ensuite il avait fallu qu'elle tombe sur Mariana, évidemment. Mariana dont la chevelure jaillissait de sous son bonnet à pompon. Lisbeth n'avait pas pris la peine de se couvrir la tête. Autant en finir tout de suite avec les commentaires.

Mariana l'avait complimentée de cette manière aimable qui ôtait à Lisbeth toute possibilité de lui trouver quelque défaut et, ainsi, de justifier qu'elle-même, par pure jalousie, se montrait parfois moins aimable qu'il ne le faudrait.

Puis Mariana lui avait demandé si elle comptait passer avec ses élèves comme chaque année avant Noël, pour une séance de contes.

La visite à la boutique de Mariana était ce que les élèves préféraient. Pas étonnant. C'était un lieu magique, rempli de jouets, anciens et modernes, ainsi que de marionnettes de toutes sortes que Mariana et ses sœurs manipulaient avec adresse. Et dans le jardin, il y avait le manège familial. Écouter Mariana lire des histoires dans ce cadre fabuleux vous transportait dans un autre monde.

Lisbeth avait accepté la proposition de Mariana et poursuivi son chemin, vers ses collègues et leurs commentaires sur sa nouvelle coupe de cheveux. Ceux qui lui avaient réservé l'accueil le plus modéré étaient ses élèves. L'un d'eux avait comparé sa coiffure à une capsule blanche et ce fut tout.

La directrice passa la main dans ses propres cheveux. Ils ne bougèrent pas d'un iota mais elle voulait sans doute vérifier qu'ils étaient toujours là.

— Oui, je suis allée chez le coiffeur.

— Joli. Vraiment. Est-ce Sara qui…

— Oui, c'est Sara.

— Et comment allait-elle ?

Lisbeth resta d'abord perplexe, puis elle comprit que Margaretha était probablement au courant de cette affaire de cambriolage, voire de l'éventuelle implication de Solo. Tout était parti d'un groupe d'élèves dans un lycée renommé d'une commune voisine, il était donc très possible que les directeurs d'école de la région aient été informés.

Cependant, cette école-là accueillait des élèves plus jeunes, qui n'étaient pas supposés se livrer à ce genre de rapine. Mais Margaretha avait de l'influence. Outre sa position de chef d'établissement, elle était sollicitée au niveau national pour les questions scolaires.

Lisbeth regarda Margaretha, il lui sembla que son sourire tirait vers un rictus de loup.

— Bien. Elle va bien.

L'envie de poser la question sans détours devait démanger Margaretha mais elle choisit visiblement de cacher son jeu.

— Assieds-toi. Je te sers un café ?

— Merci.

Lisbeth aurait voulu dire non, mais il y avait eu une erreur d'aiguillage dans sa bouche et elle se retrouva avec un mug estampillé au nom de l'école, plein de liquide fumant.

La directrice joignit les mains devant elle.

— Tout se passe bien pour toi ?

— Oui, tout va bien. Pourquoi est-ce que cela n'irait pas ?

Cette remarque aussi lui avait échappé malgré elle.

— Je veux dire ici, à l'école. Tu es contente de tes classes ?

— Oui, très. Certains élèves ont besoin d'un soutien particulier, mais ça, nous en avons déjà parlé. Je pense que ça va.

Elle but une gorgée de café, davantage pour se donner une contenance que parce qu'elle en avait envie. Elle commençait à transpirer.

La directrice laissa son regard errer à travers la pièce. L'efficacité régnait : bureau, ordinateur, étagères avec du matériel pédagogique. Plus loin, un canapé et, sur la table basse, une coupe remplie de noix, de figues et de dattes, parmi lesquelles étaient dispersés des petits lutins en bois sculpté, tels que Lisbeth en avait vu dans les vitrines des boutiques d'artisanat. Elles auraient pu s'asseoir là-bas, en fait. C'est ce que Margaretha proposait lorsqu'il s'agissait de questions de moindre importance.

Lisbeth posa sa tasse. Peut-être Margaretha remarqua-t-elle qu'une certaine gêne s'installait. La directrice n'était pas du genre à faire traîner les choses en longueur. Son temps était précieux.

— Je n'ai que de bons échos te concernant, sache-le. Tu es bien intégrée dans l'équipe et les parents sont satisfaits. Personne ne s'est jamais plaint et visiblement les enfants se comportent bien. Quand ils te quittent, ils ont les acquis nécessaires.

— Cela fait plaisir à entendre.

— Tu aimes ce que tu fais ? Tu t'en sors ? Ta semaine est assez chargée.

— Je crois que je m'en sors bien.

Combien de fois avait-elle prononcé le mot « bien » ? Combien de fois Margaretha l'avait-elle dit elle-même ?

Margaretha se mit à fouiller dans une pile de papiers. Elle en retira une grande feuille.

— Je vois dans ton emploi du temps que tu as beaucoup de sport.

— Oui, depuis longtemps.

Margaretha hocha la tête.

— Cela te fait pas mal d'heures en plus.

Lisbeth but une nouvelle gorgée de café. Il lui brûla la langue et elle le sentit descendre dans son estomac vide. Ces heures-là, elle les avait eues dès le début, Margaretha le savait très bien.

La directrice reposa la feuille. Le moment des formules vagues était apparemment terminé.

— Le problème, reprit-elle, est que tu assures des heures pour lesquelles tu n'es pas qualifiée, en fait.

— Non, c'est…

— Tu as fait un travail remarquable. Personne ne s'est plaint. Mais une de mes priorités, depuis un certain temps, est de trouver un enseignant qualifié. Notre école a bonne réputation, mais nous devons en permanence nous attacher à élever le niveau de compétence, et je souhaite justement donner à l'établissement un profil sportif.

Lisbeth se taisait. Les heures de sport étaient les meilleures de la semaine. Et maintenant, Margaretha allait les lui retirer parce qu'elle n'était pas habilitée à faire cours aux élèves plus âgés.

— J'ai cherché longtemps quelqu'un qui puisse m'aider à lancer cette filière, une personne chevronnée qui partage ma vision et qui ait les compétences pour la mettre en œuvre. Je suis contente, j'ai trouvé un professeur qui a exactement les qualifications requises. Il sera chargé de l'ensemble des enseignements sportifs à partir du printemps. C'est un tout nouveau poste, qu'il aura la possibilité de développer en suivant ces principes. L'idée est de transformer l'école de Brohagen en école de sport, avec le ski alpin comme spécialité.

— Le ski alpin ?

Profil. Sport. Spécialité. Ski alpin. Sur la côte ouest de la Suède ? N'aurait-il pas été plus judicieux d'opter pour… la planche à voile ? Le kitesurf ? La région était déjà connue pour ces disciplines. Dans le monde entier, même.

— Mais, reprit Lisbeth, le ski…

— … est un sport que nous avons toujours veillé à proposer à nos élèves, que ce soit en les emmenant en autocar à la montagne, ou à travers un entraînement pour les sports d'hiver. Tu considères de toute évidence que ceci est plutôt l'affaire des écoles du Norrland, là-haut, mais moi je ne crois pas que ce soit forcément le cas. Il s'agit surtout de donner à tous les enfants l'opportunité de pratiquer un sport qu'ils n'auraient sinon peut-être pas eu l'occasion de découvrir. Nous allons largement miser sur les voyages à la montagne, en Norvège et en Suède, et même dans les Alpes. La personne idoine s'en chargera, sa compétence de pointe est le ski alpin, justement.

Lisbeth garda le silence, consciente qu'en l'occurrence, il valait mieux réfléchir avant de parler.

— Il s'appelle Jonas Bonde, est professeur de sport de formation, il a pratiqué à un niveau professionnel et possède toutes les qualifications nécessaires.

— Moi aussi. Pour la plupart des cours.

— Je le sais, Lisbeth. Mais à présent tu dois aussi penser un peu à ce qui est le mieux pour l'école. Et aux collègues. Nous sommes tous très contents non seulement que Jonas prenne ses fonctions chez nous, mais aussi qu'il ait l'intention de s'installer dans le village. Par ailleurs, notre équipe majoritairement féminine voit d'un œil favorable une répartition des sexes plus équilibrée.

Pouvait-on agir de la sorte ? Faire appel à un nouvel enseignant et lui retirer à elle plusieurs heures de son service ? Qu'en disait le syndicat ? Elle pourrait se renseigner, monter tout cela en épingle. La déléguée syndicale de l'école trouverait peut-être intéressant d'aborder le problème sous l'angle de la discrimination. En revanche, cette histoire de qualification était indiscutable : elle n'était pas professeur de sport diplômée.

— Jonas a déjà mis le pied à l'étrier. Tu auras donc bientôt l'occasion de faire sa connaissance. Il tient beaucoup à ce que la transition se fasse le plus en douceur possible. Il va certainement te proposer de travailler en équipe avec lui avant de prendre le relais.

— Cette histoire de ski…

Il fallait qu'elle dise quelque chose. Elle ne pouvait pas se contenter de rester assise et de hocher la tête pendant qu'on lui passait impitoyablement sur le corps sans lui offrir la moindre compensation.

— Jonas a également participé à des compétitions de descente à un très haut niveau. Il part d'ailleurs bientôt à Sankt-Anton pour renouveler sa licence de professeur de ski. Il y a une session de formation pour les enseignants de sport, une simple formalité, mais une fois qu'il l'aura, plus rien ne s'opposera à l'ouverture de notre filière.

La voix de Margaretha s'était teintée d'une nuance pédagogique, voire maternelle. Lisbeth eut envie de vomir. Elle n'était pas une élève, il fallait que Margaretha le comprenne.

— Sankt-Anton ?

— Oui. C'est en Autriche.

— Je sais où se trouve Sankt-Anton. Quand part-il ?

— Ce week-end. Samedi, en fait.

— Pour combien de temps ?

— De samedi à lundi. Deux nuits sur place. Ce sera bref et intense, mais sûrement efficace.

— Qui paie pour cela ?

Margaretha semblait ne pas avoir envie de répondre à la question qu'elle jugeait visiblement inopportune.

— C'est l'école qui paie ? insista Lisbeth.

— En partie. Nous avons aussi obtenu une subvention de la commune. Comme je te le disais, il s'agit d'un investissement qui…

— Il y aura d'autres personnes de l'école avec lui ?

Margaretha avait à présent un petit air coupable.

— Je l'accompagne, je suivrai l'enseignement théorique. Il y aura aussi des professeurs de sport d'autres écoles, c'est une session de formation, comme je t'ai dit. D'autres chefs d'établissement viendront peut-être également.

— Pourquoi ne m'as-tu pas demandé à moi ?

— S'il te plaît, Lisbeth, n'en fais pas une affaire personnelle. Cela n'a rien à voir avec toi. Tu es une excellente enseignante.

— Alors pourquoi est-ce que je ne pourrais pas y aller, moi aussi ? Et pourquoi ne m'as-tu pas informée plus tôt ?

— Eh bien, voilà, je t'informe, *maintenant.*

— Est-ce qu'il n'aurait pas été beaucoup plus logique que ce soit moi qui y aille ? Je connais parfaitement les élèves.

— En l'occurrence il s'agit avant tout des élèves *plus âgés*, et puis tu n'as jamais pratiqué le ski à ce niveau. D'accord, tu les as accompagnés à Trysil, mais…

— Moi aussi j'ai fait de la compétition. Je faisais partie de l'équipe nationale junior quand j'étais jeune. Cela devrait suffire pour être autorisée à venir, non ?

Ce mensonge lui était venu avec une facilité inattendue. Pour une fois, Margaretha eut l'air désarçonnée.

— L'équipe nationale junior ? Tu n'en as jamais parlé.

— Bien sûr que si. Quand tu m'as embauchée. Cela devrait amplement me qualifier pour ce voyage.

C'était peut-être le café, ou sa nouvelle coupe, l'expression de Margaretha, le déjeuner de Noël à onze heures ou les soucis de Solo. Peut-être toutes les injustices du monde s'étaient-elles concentrées dans la conviction inébranlable qu'elle devait absolument participer à ce voyage. Ab-so-lu-ment.

Elle en était tellement persuadée que ses propres propos lui paraissaient tout à fait véridiques. Elle *avait* informé Margaretha quand celle-ci l'avait engagée. Elle *avait* concouru dans l'équipe nationale junior et été *bien* classée. Si tant est qu'il y ait eu une équipe nationale junior. En slalom ou slalom géant, ou descente, super-G ou que sais-je encore. Aucune importance, de toute façon elle y était. Lisbeth Cederström avait dévalé les pistes comme une flèche et elle était montée sur le podium. Elle avait été un espoir, l'un des plus grands. Pour la Coupe d'Europe, la Coupe du monde, les Jeux olympiques, même, pour l'espace intergalactique et le prochain voyage sur la lune.

— Donc, oui, reprit-elle, je m'estime en droit d'aller à Sankt-Anton. Je suis au moins aussi compétente que ce Bonde. C'est sans aucun doute aussi l'avis du… d'autres personnes.

Elle avait failli dire « du syndicat » et cela n'avait pas échappé à Margaretha. L'effet en fut perceptible. Soucieuse comme elle l'était de la réputation de son école, Margaretha ne voulait s'attirer aucun conflit avec le syndicat. Surtout maintenant qu'elle nourrissait des projets d'avenir grandioses et avait l'intention de participer à ce voyage.

— Je dois dire que je suis surprise. Tu étais avec nous à Trysil, mais je n'ai jamais remarqué que tu…

— Premièrement, je suis là pour les élèves, alors je ne m'éloigne pas d'eux. Deuxièmement, toi-même tu n'es pas beaucoup sur les pistes, là-bas.

Margaretha encaissa le coup. Elle ne venait pas souvent à Trysil et, quand elle y était, elle préférait s'asseoir dans un petit restaurant agréable. Qu'elle ait l'intention d'aller à Sankt-Anton était donc contestable aussi sur ce point.

— Le voyage est réservé depuis…

Elle s'interrompit avant de dire « depuis longtemps », ce qui n'aurait pas été intelligent de sa part. Elle devait se rendre compte qu'elle n'avait pas agi de manière irréprochable.

— Si j'avais su que tu avais fait partie de l'équipe nationale junior… corrigea-t-elle.

— Qui était dans l'équipe nationale junior ?

La voix venait du seuil du bureau. Lisbeth se retourna. Dans l'embrasure de la porte se tenait un homme en tenue de sport. Grand, barbe naissante, respirant la santé. Frais comme une publicité pour un dentifrice.

Il lança un « Je peux ? » et pénétra dans la pièce d'un pas souple. Sa poignée de main était ferme et chaude.

— Bonjour, je suis Jonas Bonde, et tu es Lisbeth, je suppose ? Nous serons donc collègues à partir du printemps. Super.

Lisbeth hocha la tête, incapable d'émettre un son. Elle perçut une senteur de sapin, d'un déodorant ou d'un après-rasage. Jonas Bonde ne lui avait toujours pas lâché la main et la regardait droit dans les yeux.

— Mais ce que je viens d'entendre a piqué ma curiosité. Moi aussi j'étais dans l'équipe nationale junior. Tu avais quels entraîneurs ?

Ne pas rougir. Ne pas se mettre à bredouiller.

— J'avais… ah, comment il s'appelait déjà… oui, tu sais, celui… Holmlund. Il y a eu un peu de flottement avec les entraîneurs là-bas pendant un moment, certains ont arrêté, d'autres sont arrivés.

— Holmlund ? Euhhh, non, ça ne me dit rien… il était comment ? Est-ce que c'était le grand gars de Sollefteå qui avait un collier de barbe ?

— Oui, c'est lui.

— Mais, est-ce qu'il n'avait pas arrêté… ça doit faire assez longtemps.

— Non, non. Pas Holmlund, il n'était pas du genre à déclarer forfait sur un coup de tête. Il a tout donné pour ses jeunes. Pour nous.

Jonas opina.

— Oui, c'était comme ça. C'était un peu avant mon époque, alors je ne me rappelle pas tous les changements. Une légende, en tout cas, ce Holmlund. Il s'appelait vraiment Holmlund ? Oui, enfin tu le sais mieux que moi, bien sûr. Si c'était ton entraîneur, tu maîtrises bien les bases. J'espère que je pourrai te suivre dans les virages. Parce que tu viens avec nous à Sankt-Anton, n'est-ce pas ?

— J'apprends à l'instant que…

Elle n'eut pas le temps de terminer sa phrase. Margaretha l'interrompit, un soupçon de panique dans la voix.

— Évidemment que Lisbeth vient avec nous. Il y avait un léger doute sur le nombre de places, mais je vais tout de suite m'arranger pour trouver un billet et une chambre d'hôtel.

Un sourire illumina le visage de Jonas et des petites rides apparurent autour de ses yeux. Lisbeth constata qu'il avait les yeux très bleus et les avant-bras très musclés. Pas étonnant que Margaretha ait succombé.

— Alors on se voit bientôt, au moins sur les pistes de Sankt-Anton ! Je me réjouis d'avance. On évoquera les vieux souvenirs. Margaretha, je reviens tout de suite.

Il fit un signe de la main et partit d'un pas élastique sur ses semelles de caoutchouc. Lisbeth se retourna vers Margaretha qui ne sut à nouveau pas quoi dire.

— Repasse demain, tu auras tous les détails, finit-elle par annoncer. Et excuse-moi d'avoir été malhabile. Tu viens avec nous, cela tombe sous le sens. Je te présente mes excuses.

La directrice se montrait magnanime. Lisbeth acquiesça, marmonna un « au revoir » et partit. Quand elle réalisa ce qui venait de se passer dans le bureau et ce qu'elle avait déclenché, ce fut un véritable coup de massue. Elle parcourut le couloir en titubant puis traversa la cour avec la sensation de basculer dans un précipice. Ses oreilles sifflaient, elle avait la nausée. Elle ne retrouva ses esprits que lorsqu'un de ses élèves la tira par la manche.

— Maîtresse, Lisbeth, tu sais, tu sais, hier on était dans la voiture et on est arrivés à une rue où c'était marqué qu'on n'avait pas le droit d'aller, mais mon père il a dit *j'm'en fous* et on a tourné dans la rue quand même.

CHAPITRE DIX

Lundi 11 décembre

Elle rentra chez elle au pas de course afin que personne ne puisse la retenir ni lui faire de remarque sur ses cheveux ou sa carrière dans l'équipe nationale junior de ski alpin. Non que l'information ait pu parvenir si vite à toutes les oreilles, mais il s'était tout de même écoulé quelques heures depuis son passage dans le bureau de la directrice et le récit de ses victoires passées.

Après l'entretien, elle avait encore assuré quelques heures de classe pendant lesquelles il lui avait semblé naviguer dans le brouillard, sans voir ni entendre grand-chose. À un élève qui voulait rallumer les bougies de l'Avent alors qu'on n'était que lundi elle avait machinalement dit oui et ils s'étaient vite retrouvés chacun devant sa petite flamme, et elle leur avait lu un livre sans en comprendre un traître mot.

Non, pour l'instant, personne n'était au courant. Mais bientôt tout le monde saurait. C'est comme cela que ça fonctionnait, ici. Margaretha en parlerait à quelques collègues qui iraient le raconter à d'autres, qui le rapporteraient chez eux, devant les enfants pendant le dîner, et dès le lendemain, un élève se précipiterait sur elle dans la cour en disant : « Maîtresse, Lisbeth, tu as fait des compétitions et tu as gagné quelque chose, tu as des médailles ? »

Une fois de plus, elle fit le détour par la côte et longea la mer. On voyait mieux les habitations, l'hiver, quand le camping était désert, les buissons et les arbres nus. Sans la protection de haies bien taillées, murs et façades des maisons étaient à découvert, on pouvait les observer.

Le village avait changé. Estrid en possédait des photos anciennes en noir et blanc. À l'époque, il n'y avait pratiquement que des habitations d'été : maisons en bois construites dans les années trente et suivantes, vieux arbres noueux dans les jardins, bicoques souvent entretenues avec amour, embarcations mises au sec sur les terrains, un chariot à bateau, peut-être un canoë.

Aujourd'hui, c'étaient de superbes maisons qui poussaient à une vitesse impressionnante. Des villas de plusieurs étages avec de grandes baies vitrées et des allées de graviers où s'alignaient de grosses berlines. Évidemment, en prenant la voiture jusqu'à Åsa, puis le train, on rejoignait le centre de Göteborg en à peine plus d'une demi-heure, un temps de trajet normal dont s'accommodait très bien le citadin suédois moyen.

C'était joli, en tout cas. Son regard s'attarda encore sur les décorations dans les jardins sans feuilles, les guirlandes lumineuses, un sapin déjà paré, le tapis de neige poudreuse sur le sol. Un rayon de soleil pénétrant dans les interstices faisait étinceler la glace et le givre. Tout respirait le calme et la paix de Noël toute proche.

Si seulement il n'y avait pas ce voyage à Sankt-Anton dans quelques jours, où il lui faudrait montrer ses talents d'ancienne skieuse.

De nouveau, la panique l'envahit. Tobbe allait bientôt arriver, en plus. Il faudrait peut-être casser toute la cuisine à cause d'une canalisation abîmée. Elle avait envie de fuir tout cela pour… pour…, oui, pour quoi d'ailleurs ? Comment se tirer d'affaire ?

Une chose à la fois. *Une chose à la fois.*

De retour chez elle, elle eut à peine le temps d'enlever son manteau et de constater que cela sentait plus fort que jamais, déjà la voiture de Tobbe arrivait dans l'allée.

— Bonjour ! Me revoilà.

— Bonjour. Entrez !

Tobbe ôta ses chaussures. Il chercha un cintre libre dans la penderie mais n'en trouva pas. Lisbeth se hâta d'en libérer un et resta plantée, une veste en jean sur les bras.

— Je peux vous offrir une tasse de café ? proposa-t-elle.

— Volontiers.

— Allez-y, je veux juste…

Elle fila dans le séjour, jeta la veste sur une chaise et retourna dans la cuisine. Elle sortit la cafetière, dosa le café, se dit qu'elle en prendrait un peu aussi, bien qu'elle en ait déjà bu dans le bureau de Margaretha. La soirée serait peut-être longue.

— Tout va bien ? s'enquit-elle.

— Parfait. J'ai apporté du matériel, je vais essayer de prendre quelques photos. Ça sent un peu plus, aujourd'hui.

— Oui, j'ai remarqué.

Heureusement, l'odeur du café commençait à se répandre dans la pièce. Elle avait un effet apaisant. Lisbeth fut prise d'un coup de cafard. Pourquoi se fourrait-elle toujours dans des situations pareilles ? Comment allait-elle s'en sortir, cette fois-ci ? Skieuse professionnelle ? Et une fuite dans la cuisine pour couronner le tout !

Ressaisis-toi, finit-elle par s'ordonner à elle-même. Tu es en bonne santé, personne n'est mort, Sara a de plus gros soucis que toi avec sa fille et les gens ont tous des choses à réparer dans leurs maisons. Quant au reste, tu n'as à t'en prendre qu'à toi-même.

— Voyons voir.

Lisbeth tendit une tasse à Tobbe. Il but d'un trait puis se glissa sous l'évier et commença à dévisser les tuyaux. De l'eau sale mêlée d'éclats de rouille s'écoula dans le meuble et Tobbe demanda une serpillière. Allongé sur le dos dans une position sans doute très inconfortable, il introduisit dans le tuyau un câble en acier à l'extrémité duquel était fixée une masse noire qui devait être l'appareil photo. Lisbeth s'étonna même qu'une telle opération soit possible.

— Ça marche ?

— Je crois.

Elle s'assit, sa tasse de café à la main. C'était bon, finalement. Par la fenêtre, elle aperçut une mouette qui se baladait dans le jardin. Il n'était pas rare que les mouettes quittent le large et viennent à terre. Elles construisaient des nids dans les cheminées et bouchaient les conduits. Beaucoup de gens en subissaient les conséquences quand ils voulaient faire un feu de bois. Se débarrasser de ces nids n'était pas une mince affaire. Une maman mouette furieuse qui protégeait ses petits était capable de faire tomber n'importe qui.

En tout cas, cette mouette-là se baladait ici comme chez elle, avec un petit air satisfait. Il aurait fallu la chasser, mais ce n'était pas le moment.

Il y eut un cliquetis dans le tuyau. Le câble d'acier avançait. Pourvu qu'il fasse des photos. Pourvu que ça marche et que Tobbe soit l'homme de la situation. Comme lors de sa première visite, il ne payait pas de mine, vêtu en l'occurrence d'une chemise de flanelle à carreaux. Mais il était toujours aussi gentil. Il fallait choisir ses batailles et espérer que l'assurance prendrait en charge une partie des frais.

Bizarrement, Lisbeth n'avait jamais escompté d'aide de sa compagnie d'assurances, même si elle payait tous les ans sa cotisation. Comme si, dans son esprit, ils partaient du principe qu'elle allait les rouler. Qu'ils étaient déjà assez gentils de la laisser payer une prime d'assurance chez eux, et qu'elle avait eu la chance d'être choisie.

On était lundi après-midi. Samedi, elle partirait probablement dans les Alpes. Si elle ne tombait pas malade d'ici là. C'était la seule solution, en fait. Mais jusqu'où pouvait-elle pousser le subterfuge ? Est-ce qu'il ne serait pas clair comme de l'eau de roche ? Tous se rendraient compte qu'elle avait menti et elle en entendrait parler jusqu'à la fin de ses jours. Les voyages à Trysil dont elle s'était toujours réjouie deviendraient une épouvante.

Comment avait-elle seulement *pu* inventer une chose pareille ?

De fait, elle skiait assez bien. Leurs parents les avaient emmenées à la montagne, elle et Helena ; elles avaient pris des cours de ski et toujours eu un bon équipement. À l'époque, elle descendait presque n'importe quelle piste, les pentes raides ne l'effrayaient pas et elle se débrouillait correctement sur la glace et les bosses. C'était bien là le problème : elle se débrouillait. Elle descendait les pistes, mais ne filait pas comme une flèche pour gagner quelques fractions de seconde.

Avait-elle au moins un équipement digne de ce nom ? Les skis et les chaussures, elle pourrait les louer, elle ne serait certainement pas la seule à le faire. Mais les vêtements ? Ah, si, au grenier elle avait un pantalon de ski et un anorak. Enfin, c'était une tenue qui convenait quand on partait avec des élèves. Mais pour Sankt-Anton ? N'était-ce pas un endroit très mondain, pour couronner le tout ? Fréquenté par les gens chic ?

— Excusez-moi un instant.

Lisbeth quitta la cuisine et monta au grenier chercher ses affaires de ski. À part les séjours à Trysil, elle allait rarement aux sports d'hiver. Harry et elle avaient parlé de partir ensemble, mais cela ne s'était jamais fait. Lui partait avec sa bande de copains et des collègues, et cela lui suffisait.

Une fois, elle était allée à Sälen avec Helena et sa famille. Ils avaient loué un chalet et lui avaient gentiment proposé de les accompagner. Mais la vie en commun avec sa sœur, son beau-frère et leurs enfants avait été une épreuve. Entre le matériel pour le ski de piste et le ski de fond, les enfants qui allaient dans différentes écoles de ski, les chaussettes qui traînaient partout, les repas pour un régiment et le petit lit d'appoint pour elle sous l'escalier… En plus, cette semaine-là il avait fait un froid de canard.

Elle rassembla les vêtements et les examina. Non, ils n'étaient pas terribles. Elle poussa un soupir et regagna la cuisine où Tobbe venait de s'extraire de sous l'évier et sifflait le reste de café.

— Ça a marché ?

Elle avait déjà posé la question mais avait besoin d'une confirmation. Il approuva de la tête.

— Je l'espère. Je rentre chez moi maintenant, je m'occuperai de ça demain et vous recontacterai dès que j'en saurai plus.

— Vous pouvez me dire à peu près quand ?

— D'ici quelques jours, je pense. Enfin, ça dépend. Je peux aussi passer le week-end, si ça vous arrange. Ce n'est pas un problème.

Lisbeth déglutit.

— Ce week-end, je ne peux pas, je pars.

— Eh bien…

— Si c'était possible pour vous avant, je vous en serais très reconnaissante. Je pars samedi et reviens lundi soir.

Elle réalisa à cet instant que le lundi passerait à la trappe. Mais la directrice avait sûrement prévu des remplaçants.

— J'essaierai de venir avant, alors.

Il avait un sourire encourageant, un visage vraiment aimable. Même quand il ne disait rien, qu'il bricolait dans les tuyaux, allongé par terre, ou quand il suspendait son manteau.

— Juste pour que je comprenne bien la situation : si vous trouvez un trou dans le tuyau, cela veut dire que de l'eau a pu couler et provoquer un dégât des eaux. Ou alors il n'y a pas de fuite mais le tuyau doit quand même être réparé. Faut-il casser toute la cuisine dans les deux cas ? Je suppose que oui, n'est-ce pas ?

La question était stupide. Il est évident que pour réparer un tuyau, on doit pouvoir l'atteindre. En fait, elle voulait seulement entendre quelques mots rassurants, comme par exemple : « Oui, il faudra casser, mais ce n'est pas grand-chose, c'est l'affaire de quelques jours. » La réponse de Tobbe la prit de court.

— S'il y a un trou mais qu'il est situé de telle sorte que ça n'a pas fui, on peut réparer sans tout casser, en injectant une chaussette.

— Une chaussette ?

— Oui, je me suis mal exprimé. Imaginez que vous envoyez par l'ouverture un produit qui tapisse l'intérieur du tuyau. Vous plâtrez pour ainsi dire le tuyau par l'intérieur et de cette manière vous le colmatez. C'est un chemisage. Le tuyau sera un peu plus étroit mais étanche, sans qu'on ait besoin de réparer le trou. Je ne dis pas que ce soit faisable ici, mais c'est une possibilité.

— C'est sophistiqué.

— Ce n'est pas particulièrement difficile, en fait. Le problème, c'est que les vieux tuyaux rompent souvent. On en répare un et c'est le suivant qui se fend. On appelle ça des tubes de verre, ils se fracassent dès qu'on souffle dessus et quand ils ont quelques années de service, les assurances ne les remplacent pas. De nos jours on a de meilleurs matériaux qu'autrefois, alors ce genre de chaussette conviendrait très bien.

— C'est cher ?

Elle n'avait même pas demandé de devis et ignorait à combien s'élevait déjà la facture. Cette histoire allait peut-être lui coûter tout ce qu'elle avait laborieusement économisé pour les coups durs.

— Je vous promets de réduire les frais au minimum.

— Merci. Et ça veut dire combien ?

Tobbe lui sourit à nouveau avec cette gentillesse qui lui inspirait confiance.

— Trente mille couronnes. Et s'il s'avère qu'un surcoût est nécessaire, je vous avertirai tout de suite pour que vous puissiez prendre une décision. Je ne ferai rien qui n'ait été convenu entre nous. Vous pourrez peut-être obtenir un crédit d'impôt et la prise en charge d'une partie des frais par l'assurance aussi. Mais là, malheureusement, ce n'est pas moi qui décide.

Trente mille couronnes. Un trois et quantité de zéros dansaient devant les yeux de Lisbeth. Adieu économies. Adieu un tas de choses. Mais à quoi s'était-elle attendue ? Elle n'avait plus qu'à dire : « Oui, ça me paraît tout à fait *raisonnable*. » Elle croisa les bras sur sa poitrine. Les yeux embués, elle raccompagna Tobbe jusqu'à l'entrée.

— Je vous fais signe avant la fin de la semaine, dit-il. À bientôt !

CHAPITRE ONZE

Lundi 11 décembre

Un court instant plus tard, la voiture de Tobbe s'éloignait. Trente mille couronnes. Lisbeth décida de chasser cette pensée lancinante qui tournait dans sa tête. Une catastrophe à la fois.

Elle monta dans son bureau, s'assit à l'ordinateur et commença à googler « équipe nationale junior de ski alpin ». Des skieurs heureux, en combinaison et casques stylés, posaient à contre-jour, leurs skis à la main. La plupart semblaient originaires du Nord, mais Lisbeth était à chaque fois renvoyée vers un club de ski local.

Elle comprit que sa supercherie dépassait ce qu'elle s'était imaginé. Elle ne savait même pas de quel club elle pourrait se réclamer. D'un autre côté, Jonas Bonde ne le lui avait pas demandé. Il semblait tenir pour acquis qu'elle s'était entraînée à Stockholm, et elle supposait qu'il en était de même pour lui. Peut-être parce qu'ils n'avaient ni l'un ni l'autre un accent du Nord. Mais Lisbeth n'avait pas grandi à Stockholm et Jonas probablement non plus. Il pouvait très bien venir de la région.

L'agenda des compétitions montrait qu'il était possible de concourir à la fois aux niveaux régional et national. Pour ce qui était de son âge, elle pourrait prétendre s'être entraînée le plus intensément au début de son adolescence, vers quatorze, quinze ans.

C'est-à-dire environ vingt-cinq ans plus tôt. Il était donc légitime qu'elle ait oublié certaines choses et hésite sur le nom des lieux où elle avait participé à des épreuves. En tentant Åre, elle avait des chances de ne pas tomber trop à côté. Beaucoup de choses avaient sans doute changé. Holmlund pouvait avoir arrêté, par exemple.

Ce bon vieux Holmlund.

Elle eut une idée : elle entra « Holmlund » et « ski ». Quelques résultats insignifiants apparurent. Puis elle écrivit « équipe nationale junior il y a 25 ans ». Saisit plusieurs mots clés à la suite. Rien.

Laisse tomber. De toute façon, c'était secondaire. Le problème majeur était le ski.

Dehors il faisait nuit noire, mais elle avait besoin de sortir pour avoir les idées plus claires. Elle étouffait, ici, impossible de réfléchir à la fois au ski et à sa cuisine dans cette odeur de poubelle. Elle avait envie d'appeler Sara pour avoir de leurs nouvelles, à elle et Solo.

Elle éteignit l'ordinateur. En redescendant, elle faillit glisser dans l'escalier et se rattrapa *in extremis* à la rampe. Il ne lui aurait plus manqué que ça : se casser la jambe chez elle et rester par terre, son téléphone hors de portée.

Elle fit un petit tour autour de la maison, la mouette était toujours là. Le vent avait arraché de nombreuses petites branches. Il faudrait les ratisser et les mettre en tas. À part cela, le terrain avait belle allure. Si elle se tirait de cette histoire saine et sauve, elle préparerait un beau jardin pour le printemps.

Les rues étaient quasiment désertes. Quelques voitures passaient, Lisbeth croisa une ou deux personnes qu'elle salua de la main sans s'arrêter. Elle avait dissimulé sa nouvelle coupe sous un bonnet.

Elle retourna vers les plages. La mer luisait, lisse et calme, barrée du reflet argenté de la lune jusqu'à l'horizon. Lisbeth continua à marcher ; au bout d'un moment, elle s'aperçut que ses pas la menaient vers la boutique de Mariana. La maison jouxtait un grand pré qui accueillait le manège, en été, un bijou que Mariana et ses sœurs avaient hérité de leurs parents et qui conférait au village une petite célébrité. À juste titre, car il était joli avec ses décors peints et ses chevaux de bois. Un manège centenaire, peut-être plus vieux encore, puisqu'il faisait des tournées à travers l'Europe déjà au début du XXe siècle.

À l'abri l'hiver dans la grange voisine, il serait ressorti pour l'été et mis à l'honneur lors du fameux jour du manège, où il y avait des stands de nourriture, de la musique et un théâtre de marionnettes. Tous ceux qui étaient disponibles venaient s'amuser, et bien sûr, les élèves adoraient cet événement.

C'était allumé chez Mariana, dans la boutique et à l'étage, où elle habitait. Son ex-mari était parti aux États-Unis quelques années auparavant, sa fille avait commencé des études là-bas aussi, mais elle était revenue et poursuivait sa formation ailleurs. Mariana était restée, elle s'occupait du magasin et allait de temps en temps voir son petit ami en Allemagne. Mariana ne quitterait pas le village, se disait Lisbeth. Ici, elle avait ses racines, ses souvenirs, son histoire, ses sœurs. Leur père était mort depuis longtemps, leur mère plus récemment. La mère et ses trois filles s'entendaient bien, la famille était restée soudée malgré la mort précoce du père. Mariana et ses sœurs étaient très liées.

Une fois de plus, Lisbeth se sentit piquée par l'aiguillon de la jalousie. Elle aurait aimé s'entendre aussi bien avec Helena, mais cela n'avait pas évolué dans ce sens. La différence d'âge y était certes pour beaucoup, Helena avait quatre ans de plus et il avait fallu le temps que Lisbeth grandisse pour que leur relation soit plus équilibrée.

Ce n'était pas tout cependant. Elles avaient toujours eu des centres d'intérêt et des loisirs différents, n'écoutaient pas la même musique, ne s'investissaient pas dans les mêmes choses. Helena avait un réseau de connaissances important et de nombreux amis, tandis que le cercle de Lisbeth avait toujours été plus limité.

Au fil du temps, leurs situations familiales avaient aussi joué un rôle. Helena était mère de trois enfants, bientôt d'un quatrième. Lisbeth vivait seule, n'avait même pas de compagnon, juste un certain nombre d'échecs amoureux à son actif.

Elle allait rebrousser chemin lorsqu'elle aperçut le décor de Noël dans la vitrine : un paysage vallonné recouvert de neige, des lacs gelés, des trolls au milieu de jolis sapins sculptés, des lutins munis de lanternes, marchant à côté de rennes attelés à des traîneaux chargés à ras bord. Et partout des livres, de vieux contes d'autrefois ou des rééditions de récits sur les mystères et les joies de Noël. Une paire de patins à glace blancs aux lames affûtées, des paquets emballés dans du papier brillant et ornés de rubans de soie.

Mille souvenirs refirent surface : les sorties au magasin de jouets avant Noël, les listes de vœux écrites avec application, que l'on envoyait au père Noël ou remettait aux grands-parents, l'attente fébrile quand papa sortait la petite église et les figurines en plâtre qu'il avait un jour achetées dans Gamla stan à Stockholm, elle et Helena qui les installaient sur des lits de coton, bâtissaient des petits villages de maisonnettes en bois et disposaient des animaux autour d'un lac fait avec un miroir.

Elle se rappela toute cette magie de Noël. Tout était si beau qu'on en tremblait d'excitation et d'impatience.

Lisbeth sursauta en apercevant Mariana derrière la vitre, assise à une table de la boutique, apparemment en train de travailler sur une marionnette. Elle en fabriquait certaines elle-même, et beaucoup de gens, à Frillesås, en avaient une dans leurs fenêtres. Lisbeth n'en avait pas encore acheté, parce qu'elle ne savait pas laquelle choisir et aussi parce qu'elles coûtaient assez cher.

Mariana leva les yeux et leurs regards se croisèrent. Lisbeth eut envie de se sauver, mais cela aurait paru lâche ou, pire encore, Mariana aurait pu croire qu'elle l'épiait.

Mariana quitta sa chaise et presque aussitôt, la porte de la boutique s'ouvrit.

— Bonjour, tiens, c'est toi ! Tu voulais quelque chose ?

— Non, non, rien. Je me promenais seulement, et je me suis arrêtée pour admirer ta vitrine.

Mariana esquissa un sourire. Elle était belle, comme toujours, malgré son air fatigué. Elle aussi avait de fines rides autour des yeux. Elle portait un pantalon d'intérieur informe et une chemise bien trop grande. Elle ne s'attendait pas à avoir de la visite.

— Merci. J'avais prévu de sortir moi aussi, mais finalement je n'en ai pas envie.

Lisbeth entrevit la marionnette inachevée sur la table.

— Tu en fais de nouvelles ?

Mariana se mit à frissonner, elle croisa les bras sur sa poitrine.

— Je suis en train d'en réparer une ancienne.

— Elles sont magnifiques. Je viendrai m'en acheter une, un de ces jours.

Lisbeth se rendit compte trop tard que sa remarque pouvait être interprétée comme une demande déguisée d'entrer dans la boutique. Mais Mariana ne le prit pas de cette manière, ou alors elle n'en tint pas compte. Elle avait manifestement envie d'être seule.

— D'où te vient cette passion pour les marionnettes ? s'enquit Lisbeth.

Décidément, elle aurait mieux fait de se mordre la langue. Les marionnettes allaient avec le manège, elles avaient appartenu à son père. Mariana entretenait un héritage, et la voilà, elle, qui débarquait avec ses gros sabots. Mariana n'avait nulle envie de rester plantée là à papoter, elle voulait rentrer et reprendre ses occupations.

— Déjà, il y a toujours eu des marionnettes à la maison. Mais ce que je trouve si passionnant, – j'ai coutume de le dire quand je parle du théâtre de marionnettes, alors tu le sais peut-être déjà – eh bien, c'est que c'est *nous* qui faisons le boulot. Une marionnette a la tête qu'elle a, toujours la même expression sur le visage. Et pourtant, au théâtre, nous croyons la voir rire, pleurer, ou se mettre en colère, simplement parce que quand nous la regardons, nous lui prêtons ces émotions. C'est *cela* qui me passionne : que nous prenions des illusions pour la réalité.

Elle tapota le bras de Lisbeth.

— Voilà, c'était une vraie conférence, je suis désolée. Je pourrais parler des heures de ces choses-là, du fonctionnement de nos cerveaux. Je trouve ça fascinant : nous croyons ce que nous voyons, et pourtant, ce que nous voyons n'est peut-être pas du tout ce que nous croyons que c'est. Oh là là, ça devient ésotérique.

— Non, non, pas du tout, c'est passionnant. Cela relève de la manipulation, et certains excellent en la matière. Certaines personnes, je veux dire, pas les marionnettes.

Il y eut un silence. Lisbeth sentit que si elle s'attardait, Mariana l'inviterait à entrer par pure politesse.

— Allez, j'y vais, fit-elle, je te laisse travailler. Demain est un autre jour. À plus tard.

— Attention où tu mets les pieds, on n'y voit rien. Au revoir.

Lisbeth marcha un peu, puis elle se retourna. À présent, le rez-de-chaussée était éteint, Mariana était sans doute remontée chez elle. Mais elle avait fait une remarque d'une importance capitale. Nous voyons, alors nous croyons. Réalité et illusion. Le fonctionnement de notre merveilleux cerveau.

Failli glisser dans l'escalier.

Vous plâtrez le tuyau par l'intérieur.

Attention où tu mets les pieds.

CHAPITRE DOUZE

Mardi 12 décembre

— En tant que médecin, je vous le déconseille formellement. Plâtrer une jambe saine n'est pas judicieux. La masse musculaire fond vite, cela peut donner lieu à des complications. Selon le temps d'immobilisation, vous devrez faire de la rééducation comme si vous vous étiez réellement cassé la jambe. Tout cela est donc une charge parfaitement inutile sur un membre sain.

Le docteur Girard la regardait. Ses yeux noisette brillaient.

— Mais en bon *Français* que je suis, reprit-il, je dois dire que l'idée est géniale, absolument *brillante**[1].

Le docteur Girard travaillait depuis pas mal d'années dans le centre de soins local et avait certainement contribué à la grande popularité dont jouissait l'établissement dans les environs. Il était devenu le médecin traitant de Lisbeth quand elle s'était installée ici et elle remerciait

1. Tous les termes en italique suivis d'un astérisque sont en français dans le texte.

sa bonne étoile chaque fois qu'on lui parlait des problèmes avec les services médicaux.

Le docteur Girard était disponible, joignable à ses heures de permanence téléphonique et même en dehors. Quand on l'appelait dans la panique sur son numéro privé – qu'il avait coutume de communiquer, au cas où – il trouvait toujours le moyen de vous prendre même quand il n'avait plus de place. Le docteur Girard adorait son métier et ses patients, il avait à cœur d'améliorer la vie des gens.

Petit, rond, les cheveux clairsemés, le docteur Girard n'était pas beau, mais on oubliait ce détail dès les premières minutes. Sa manière de vous serrer la main, ses yeux marron posés sur vous, remplis de gentillesse, d'engagement et de compétence… tout cela était irrésistible.

Avec le docteur Girard on se sentait en sécurité, écouté, en de bonnes mains.

Quand elle venait la voir, la mère de Lisbeth essayait de combiner sa visite avec un rendez-vous chez le docteur Girard. Puisqu'elle était là, autant profiter d'un centre médical à la campagne. Et puis c'était si agréable de consulter quelqu'un qui avait un peu de *savoir-vivre**.

Le docteur Girard était originaire de Provence, il était venu en Suède quand il avait rencontré sa femme. Mme Girard, aussi nommée Lisa de la place, tenait une petite boutique de vêtements derrière la boulangerie d'Elina. Trouver sa boutique relevait du miracle, mais Lisa Girard avait les mêmes qualités que son mari : elle regardait les gens, les comprenait et leur inspirait la certitude qu'elle était là pour le client et ferait tout pour lui rendre la vie plus plaisante, plus gaie et plus belle.

Lisa Girard avait beaucoup de clients fidèles qui passaient volontiers pour bavarder même s'ils n'achetaient rien. Le vendredi, elle offrait un verre de cava et l'ambiance dans la boutique était parfois très animée. Lisbeth avait déjà fait des achats chez Lisa et été reçue avec la même gentillesse que par son mari au centre médical. Lisa avait du goût. Quand il y avait péril en la demeure, elle était une planche de salut.

Le docteur Girard sourit à Lisbeth et ses yeux brillèrent encore plus. Elle sentit qu'il trouvait tout cela très très drôle.

— Vous dites que vous partez samedi ? Alors venez vendredi soir, on va arranger ça. Il se trouve que je suis assez bon en matière de jambes cassées. J'ai travaillé dans la clinique orthopédique d'une station de ski en France, étant jeune, je posais des plâtres à longueur de journées. Donc de ce côté-là, ce n'est pas un souci. Après, il nous faut une histoire, évidemment… et une bonne. Il faut que ce soit un choc pour tout le monde, une vraie *surprise**, quand vous arriverez à l'aéroport. Il faut que ce soit crédible.

Il se mit à marcher de long en large dans le cabinet, sa blouse blanche tendue sur le ventre et le stéthoscope qui oscillait à son cou, tout en marmonnant pour lui-même des mots en latin. Sans doute recensait-il les accidents plausibles. En son for intérieur, Lisbeth souhaitait qu'il ne choisisse pas quelque chose de trop compliqué, afin que la guérison ne prenne pas trop de temps.

Le docteur Girard s'immobilisa, l'index pointé en l'air.

— Fracture simple de la cheville. Voilà ce qu'il nous faut. On fera une botte plâtrée… avec un talon, je pense, pour que vous puissiez poser la jambe, ça vous évitera de marcher à cloche-pied avec deux béquilles, une seule suffira. Je peux vous en prêter une maintenant, si vous voulez vous exercer. Non, ce n'est pas une bonne idée, on pourrait vous voir. Un parapluie fera l'affaire en attendant. Mettez une botte, appuyez-vous sur le parapluie, comme si vous aviez mal. Entraînez-vous aussi à monter et à descendre un escalier.

— Pas mal.

Faute de compétences, elle n'avait grand-chose d'autre à proposer en l'occurrence. Pour une fois, elle aurait bien aimé qu'Helena soit là. Mais elle imagina la réaction de sa sœur face à l'idée de plâtrer une jambe valide et, toute réflexion faite, il valait beaucoup mieux qu'Helena ne soit pas là.

— Une blessure de ce type met en général quatre à cinq semaines à guérir. Ce sera long pour vous, avec un plâtre. Mais si vous comptez partir à Noël et disparaître de la circulation, on pourrait régler ça plus tôt ?

Elle n'avait pas vu si loin. Il faudrait qu'elle passe Noël la jambe dans un faux plâtre. Enfin, on trouverait une solution. Pour l'instant, la priorité c'était le week-end au ski.

— Vous allez prendre l'avion, donc ? demanda le docteur Girard.

Lisbeth fit signe que oui. Margaretha l'avait fait venir dans son bureau le matin même pour lui donner tous les détails. Vol de Göteborg-Landvetter à Zurich, puis véhicule de location jusqu'à Sankt-Anton. Sa chambre à l'hôtel Engelhof était également réservée. Cela n'avait pas été facile, avait insinué la directrice, sans doute désireuse de lui montrer qu'elle s'était réellement donné du mal pour rattraper son erreur. Elle avait aussi réitéré son étonnement et sa joie à propos du prestigieux passé sportif de Lisbeth. Ils pouvaient se féliciter d'avoir deux professeurs qualifiés en ski alpin à présent. Un vrai coup de chance, quand on y réfléchissait.

« Je dois dire que je suis impressionnée par ta modestie, lui avait encore servi Margaretha, que tu n'aies pas fait étalage de tes aptitudes, mais privilégié ce qui est le mieux pour les élèves ».

Lisbeth s'était sentie en proie à des sentiments contradictoires. Curieusement, elle s'estimait digne de la considération de Margaretha pour tout le travail qu'elle accomplissait à l'école. En même temps, elle récoltait précisément les éloges qu'elle *ne* méritait *pas*. Prétextant être pressée, elle s'était esquivée après une brève excuse, tranquillisée par le plan qui avait déjà germé en elle.

Il lui était venu en rentrant de chez Mariana. L'exposé de Tobbe sur le tuyau plâtré de l'intérieur, le discours de Mariana sur les illusions et les gens qui interprétaient ce qu'ils voyaient… Sitôt de retour chez elle, elle avait contacté le docteur Girard et déclaré que c'était une question de vie ou de mort.

Celui-ci lui avait tout de suite trouvé un rendez-vous. Lors de la consultation, Lisbeth avait débité son histoire, consciente qu'elle devait tout raconter avec franchise si elle voulait le convaincre de l'aider. Il était loin d'être acquis que le docteur Girard renonce à toute éthique et à ses principes de médecin pour la tirer d'une situation dans laquelle elle s'était mise toute seule.

Le docteur Girard l'avait écoutée en silence. Au bout d'un moment, un pli était apparu aux commissures de ses lèvres. Face à Lisbeth au bord des larmes, il avait essayé de garder son sérieux. En vain. Il avait éclaté d'un rire convulsif qui ne s'arrêtait plus, l'obligeant à essuyer les larmes qui coulaient de ses yeux brillants, et cela avait suffi à rasséréner un peu Lisbeth.

Il était venu à la rescousse. Un miracle de plus en cette période de l'Avent. Oui, c'était l'Avent, ici aussi. Sur le bureau, il y avait un chandelier et une coupe de mandarines piquées de clous de girofle, qui diffusaient un parfum délicieux. Ils en faisaient aussi chez elle autrefois, ils les entouraient d'un ruban rouge et les suspendaient aux fenêtres, puis ils se baladaient le nez en l'air pour en humer le parfum. Le docteur Girard savait que les gens ne guérissent pas seulement grâce aux médicaments.

— Et la raison ? Madame y a-t-elle pensé ?

Lisbeth avala sa salive.

— J'ai eu un accident de moto, il y a quelques années. Tout le monde est au courant. Je m'en suis tirée avec une côte cassée, une entorse et une blessure à la jambe, on voit encore la cicatrice.

Elle releva son pantalon, baissa sa chaussette et découvrit la cicatrice qui serpentait le long du mollet.

Le docteur Girard hocha la tête.

— Parfait. On pourra dire que vous avez quitté la route et que vous vous êtes fait mal. Vous avez réussi à me joindre, je suis arrivé et me suis occupé de vous directement. On se voit ici à sept heures, vendredi. Il n'y aura personne, nous pourrons travailler en toute tranquillité. D'ici là, entraînez-vous un peu. La compagnie aérienne ne devrait pas vous embêter non plus, mais par sécurité je vous ferai un certificat attestant que vous êtes en état de prendre l'avion sans risque pour votre santé. Bien, je vais examiner votre jambe, maintenant. Je viens d'avoir une petite idée.

Il sortit un mètre à ruban, s'agenouilla devant Lisbeth et prit les mesures de sa jambe et de son pied, les consigna dans son carnet tout en fredonnant un joyeux air de fanfare. Après quoi il se frotta les mains et adressa à Lisbeth son plus beau sourire. Elle se serait volontiers jetée à son cou. Elle se leva et, ne sachant que dire, elle répéta *merci* d'une voix tremblante. Le docteur Girard la prit par les épaules et la secoua légèrement.

— La vie serait terriblement ennuyeuse si tout le monde agissait toujours comme il faut. C'est quand nous commettons des erreurs que nous voyons que nous avons besoin des autres. Allez, rentrez chez vous et soufflez un peu, maintenant. Comme je vous le disais, il m'est venu une idée qui pourra nous faciliter les choses.

Lisbeth acquiesça. Dehors, des personnes aux visages confiants attendaient, assises sur une rangée de chaises. Elle se sentit liée à ces gens. Elle esquissa un sourire, le poids sur sa poitrine s'allégeait à chacun de ses pas.

CHAPITRE TREIZE

Mardi 12 décembre

Une neige mouillée qui fondait dès qu'elle touchait le sol avait commencé à tomber. Peu importait. Lisbeth avait envie de danser et de chanter comme Gene Kelly, de sauter dans les flaques, munie du parapluie avec lequel elle était censée s'entraîner à marcher. Pourtant elle était consciente qu'un faux plâtre n'était que le prélude à son grand numéro de prestidigitation.

Elle devrait aussi se rendre à l'aéroport, s'appuyer sur sa jambe valide et expliquer de manière crédible pourquoi elle n'avait averti personne la veille et surtout pourquoi elle pouvait poser son pied plâtré à terre. Le docteur Girard avait dit qu'un plâtre mettait normalement vingt-quatre heures à se solidifier. Mais il était possible d'accélérer le processus, alors elle raconterait que le docteur Girard avait recouru à tous les moyens à sa disposition pour lui venir en aide.

De plus, il lui faudrait justifier sa décision insensée de participer à un week-end de ski en Autriche alors qu'elle ne pourrait pas skier. Elle devrait déclarer avec fermeté qu'elle souhaitait participer aux cours théoriques et apprendre le maximum de choses par l'observation.

Margaretha lui avait remis une feuille avec le programme : dès leur arrivée, le samedi après-midi, ils commenceraient par une introduction théorique ; suivraient le cocktail d'accueil au bar et un moment de convivialité. Le dimanche serait consacré à la pratique avec un moniteur de ski autrichien ; Lisbeth avait l'intention de s'y rendre en téléphérique et de suivre la séance depuis la terrasse d'un restaurant ou, pourquoi pas, de la piste même. Le lundi, avant le départ, étaient prévues de la théorie et de la pratique, et elle comptait aussi y participer.

Parce que Lisbeth pensait à l'école et à ses collègues, comme Margaretha l'avait exhortée à le faire avant d'opérer elle-même sa fameuse volte-face. Lisbeth ne put s'empêcher de ressentir une certaine satisfaction. Personne ne pourrait l'accuser de partir au ski aux frais de l'école et de la commune alors qu'elle avait la jambe dans le plâtre. De fait, elle ne pensait pas à elle, mais aux autres.

L'horizon s'éclaircissait. Elle retira son bonnet, laissant la neige tomber sur ses cheveux. Elle commençait à s'habituer à cette couleur claire, cela lui donnait un air un peu plus gai. Elle tourna son visage vers le ciel, suivit des yeux les nuages qui se pourchassaient. Bientôt, elle verrait de la neige en quantité et rapporterait un peu d'ambiance de Noël.

Il était cinq heures. La boulangerie d'Elina était éclairée, comme d'habitude, mais on n'y distinguait aucune silhouette. Elina était peut-être toute seule.

Pourquoi ne pas s'offrir quelque chose ?

Lisbeth changea de direction et s'approcha. Derrière son comptoir, Elina faisait un peu de rangement. Lisbeth ouvrit la porte d'un geste décidé, huma les odeurs.

Absolument divin.

Elle put à peine répondre au salut d'Elina tant elle était éblouie par la splendeur de l'étalage : des brioches au safran dorées, parsemées de raisins secs grillés, des biscuits au gingembre, glacés ou non, de jolies maisons en pain d'épices aux toits recouverts d'un glaçage blanc et aux fenêtres occupées par des personnages en pâte d'amande ; il y avait aussi des beignets de Noël et du pain de seigle au moût de bière, une église en crottes de chocolat, des pralines et des bonbons au caramel. Sans oublier la spécialité d'Elina : deux gâteaux de divorce sur lesquels les mariés, coiffés d'un bonnet de père Noël et d'une couronne de Lucia, brandissaient des pelles à tarte trempées dans de la confiture, prêts à se les envoyer à la figure pour se faire tomber l'un l'autre du haut de montagnes de crème.

Mordre dans une brioche, boire une tasse de ce chocolat en train de chauffer sur la plaque.

— Tiens, Lisbeth ! Comment vas-tu ?

— Bien, merci.

Elina ressemblait à ses sœurs : mêmes cheveux longs, mêmes sourcils. Mais elle était plus robuste. Lisbeth n'aurait pas aimé se brouiller avec elle, personne ne le voulait d'ailleurs. Elina était connue pour son franc-parler et ne craignait pas les réactions. Dans le village, sa voix comptait. Nul ne savait aussi bien qu'elle tourner en ridicule l'abus de pouvoir ou la bêtise. De plus, c'était un bourreau de travail et elle avait du mal à accepter que les gens ne fassent pas leur boulot.

— Qu'est-ce qui te ferait plaisir ?

Par réflexe, Lisbeth pensa d'abord s'acheter quelque chose et rentrer aussitôt manger à la maison. Puis, songeant qu'elle se retrouverait toute seule chez elle avec cette odeur de canalisation qui empirait, elle décida de rester un moment au chaud ici. Elle peaufinerait sa stratégie pour le voyage de ce week-end.

— Une tasse de chocolat, s'il te plaît. Et une brioche au safran.

— De la crème dans le chocolat ?

— Qu'en penses-tu ?

Elina sourit, presque imperceptiblement.

— Je pense que tu devrais prendre de la crème.

— Alors allons-y.

Lisbeth s'assit à l'une des tables, sur laquelle était posé un chandelier de l'Avent orné de lichen des rennes. Tournant le dos à Elina, Lisbeth contempla la place, sa petite fontaine, le stand de poissons, qui vendait des plats tout préparés – son préféré était le carrelet à la purée de pommes de terre maison. Et puis le magasin d'alimentation, le fleuriste, la boutique de vêtements de Lisa. Le sapin, annonciateur des fêtes de Noël.

Le chocolat et la brioche au safran qu'Elina posa devant elle la ravirent. Cela aurait fait une belle photo sur les réseaux sociaux, mais elle n'en postait pas très souvent. Cela ne correspondait pas à l'image qu'elle avait d'elle-même. De même que ce moment, dans ce lieu, ne ressemblait pas à son quotidien.

Elle but le chocolat et mangea une bouchée de brioche. Elle se rappela la variante monstrueuse et sèche du marché de Noël de l'école. Rien à voir. Cette expérience gustative la replongea dans les glaces de son enfance, quand elle faisait du patin avec Helena ; sa grande sœur était toujours la meilleure, elle patinait toujours plus vite et avait toujours un tour d'avance. Même disparité dans leurs capacités lorsqu'elles partaient au ski. Le chocolat chaud la sauvait. Joues rouges et mains gelées, c'est là qu'il était le meilleur. Lisbeth pouvait presque sentir l'odeur du gel, froide, bleue.

Dans le fond de la boutique, Elina s'affairait sans s'occuper d'elle. Un calme serein emplissait le lieu. Lisbeth aurait pu rester là longtemps, reprendre une brioche, ou deux, et du chocolat.

Son téléphone la fit sursauter, elle s'en empara aussitôt, avec le sentiment coupable de l'avoir laissé allumé. C'était Sara, donc important.

— Bonjour, je suis contente de t'entendre. Comment ça va ?

— Où es-tu ?

Sara avait l'air tendu.

— Je fais une petite pause chez Elina.

— Ah bon ? Tu restes encore un peu ? Je peux passer, alors. Je ferme ici et j'arrive dans vingt minutes.

— Je t'attends. Je suis sous le choc, j'ai échafaudé un plan du tonnerre. Mais, et toi… comment ça va avec…

Elle avait failli demander des nouvelles de Solo.

— Je te raconterai ça tout à l'heure, et tu me raconteras ton plan du tonnerre.

— L'essentiel c'est que…

— Que ce soit amusant. Parce que j'ai ma dose de soucis.

Sara raccrocha. Lisbeth se leva et alla demander une autre tasse de chocolat.

CHAPITRE QUATORZE

Mardi 12 décembre

Quand Sara fit son apparition, Lisbeth en était à sa troisième tasse. Dehors, les gens allaient et venaient telles des fourmis. Ils entraient dans les boutiques avec des sacs vides, en ressortaient avec des sacs pleins.

Elle avait vu des familles pressées, avec des enfants hurlant probablement qu'ils avaient faim, alors il fallait illico presto trouver des saucisses-spaghettis à emporter, des gens qui couraient chez le fleuriste, en revenaient les bras chargés de couronnes et de petites branches de sapin.

Lisbeth, elle, pouvait rester assise à loisir, personne ne l'attendait ni ne lui réclamait quoi que ce soit. L'unique privilège de la solitude, sans doute : être son propre maître. Oui, c'est ce qu'elle se disait, parfois. Toujours est-il qu'il était bien agréable de se poser dans une boulangerie et de sentir qu'il y avait du mouvement autour de soi.

À présent, elle était en compagnie de Sara. Mais Sara n'était pas elle-même, encore moins que le dimanche précédent. Ses cheveux pendaient tristement et un nouveau sillon s'était creusé entre ses sourcils.

— Comme ça sent bon ! J'ai une faim de loup, je n'ai pas eu le temps de déjeuner aujourd'hui, j'ai juste avalé un vieux paquet de chips qu'on avait dans le placard et maintenant j'ai mal au ventre.

Sara se dirigea vers le comptoir, salua Elina. Lisbeth les entendit échanger quelques mots. Peut-être Sara passait-elle ici de temps en temps s'acheter un café, qu'elle buvait sur place ou emportait au salon. Peut-être s'achetait-elle parfois quelque chose pour le déjeuner ; Elina faisait des tartes salées et des pirojkis. Sara et Elina : deux entrepreneuses qui n'avaient de comptes à rendre à personne, mais qui savaient aussi que tout reposait sur leurs épaules. Si elles ne se levaient pas le matin, par tous les temps, pour ouvrir la boutique et faire ce qu'elles avaient à faire, elles perdaient aussitôt leurs clients et leur gagne-pain.

On leur avait sûrement déjà dit cent fois à toutes les deux que ça devait être merveilleux d'être son propre patron, de choisir quand on travaillait et quand on prenait des congés. En leur for intérieur, elles avaient tout aussi sûrement maudit cette vision simpliste de la réalité.

Ce fameux rêve d'exercer une profession indépendante, un idéal trompeur qui satisfaisait l'imagination de beaucoup de gens. « Quand j'aurai le temps, je me lancerai aussi », etc. Alors adieu, le salaire assuré chaque mois, l'assurance-chômage et les points retraite. Adieu, la possibilité d'appeler le service informatique de la boîte, la comptabilité ou les gens du marketing. Si tu veux te mettre à ton compte, il faut te retrousser les manches et tout faire toi-même, jusqu'à ce que tu aies éventuellement les moyens d'embaucher quelqu'un.

Lisbeth n'avait jamais nourri ce rêve-là, mais elle était pleine d'estime pour ceux qui avaient mis leurs projets en pratique. Tous ceux qui réalisaient quelque chose méritaient l'admiration. Ils étaient dans l'action, pas seulement dans la réflexion.

Elle entendit Elina demander des nouvelles de Berra, spontanément, elle ignorait sans doute les problèmes de Solo. L'homme est fait pour vivre en troupeau. Il a besoin de se réunir autour du point d'eau pour s'informer et cancaner. « Échanger un mot ou deux rendait le chemin plus facile », comme disait ce beau poème[1]. C'est bien ce que faisaient les gens ici, dans la boulangerie, et au salon de coiffure. Autrefois, cela se passait sur le parvis de l'église.

Les gens *ont besoin* les uns des autres.

Sara quitta le comptoir et vint s'asseoir à côté de Lisbeth. Chocolat chaud, tartine et gâteau au gingembre. Deux petits cochons en pâte d'amande. Ses épaules se détendirent quand elle commença à manger.

— Alors, comment ça va ? demanda Lisbeth.

Sara fit glisser un des petits cochons vers Lisbeth qui mordit aussitôt dedans.

— Moyen.

— Il y a du nouveau, concernant Solo ?

Lisbeth avait parlé assez bas, mais Sara lui répondit d'une voix presque normale.

— Pas grand-chose, sinon que l'ambiance à la maison est de pire en pire. Berra est très en colère et déçu. Pas tant parce que Solo est soupçonnée de vol – il trouve ça terrible, bien sûr –, mais surtout parce qu'elle refuse de nous parler. Elle qui est plutôt ouverte, d'habitude, en particulier quand elle a des soucis. Quant à Berra, il est très bavard,

1. Allusion au célèbre poème de Hjalmar Gullberg (1898-1961), *Människors möte* (Rencontre).

pour un homme, c'est rare. Si on ne va pas au bout d'une discussion, ça l'angoisse, et quand on se dispute il ne peut plus s'endormir. S'il sent que les autres vont mal, il va mal lui aussi. Solo et lui ont toujours été très proches, et maintenant on dirait qu'elle ne lui fait plus confiance.

C'était vrai, Lisbeth le savait. Il lui vint à l'esprit qu'elle-même aurait très bien pu parler avec Berra, au besoin. Il écouterait, n'était pas du genre à ramener tout à lui pour ensuite proférer des conseils sentencieux.

Sara poussa un soupir.

— En tout cas, nous sommes retournées au commissariat, Solo et moi. Ils ont aussi voulu la voir seule, alors je l'ai attendue dans le couloir. Un policier m'a gentiment offert une tasse de café et à ce moment-là j'ai vu passer une femme, un homme et une gamine de l'âge de Solo, très mignonne. Ses parents étaient visiblement dans tous leurs états. Il m'a semblé que la fille me regardait et jetait aussi des coups d'œil furtifs à travers la vitre de la pièce où se trouvait Solo. Dans la voiture, en rentrant, j'ai demandé à Solo qui c'était. À sa manière de répondre que c'était Nadine, une fille de sa classe, j'ai compris qu'il y avait quelque chose avec elle. Le soir, à table, je suis revenue à la charge. Solo ne nous avait jamais parlé de cette fille.

— Mais elle est dans sa classe ?

Sara approuva de la tête. Elle avala une bouchée de sa tartine. Lisbeth termina le petit cochon.

— Berra lui a posé des questions sur Nadine, lui aussi, alors elle a demandé pourquoi ça nous intéressait tant, tout à coup. Tu vois le genre de réaction, comme quand on touche un point sensible. Lorsqu'il a voulu savoir d'où venait Nadine, Solo s'est énervée, qu'est-ce que ça pouvait bien nous faire, alors Berra s'est énervé lui aussi, a répondu qu'il se foutait complètement de connaître l'origine des gens, mais si ce n'était pas trop demander, elle pouvait quand même en dire un peu plus sur sa copine. Alors elle a raconté qu'ils sont chiliens mais qu'ils vivent en Suède depuis des lustres et que Nadine est née ici, si ça nous intéressait. Berra a perdu patience et lui a demandé de but en blanc si Nadine était mêlée aux cambriolages, Solo a répondu qu'elle ne savait pas, Berra a insisté, est-ce qu'elle cherchait à protéger Nadine, et Solo s'est remise à pleurer.

Lisbeth avait le regard fixé sur l'étoile de Noël suspendue à la fenêtre. Elle occupait la moitié du carreau et diffusait une belle lumière douce. En tournant la tête, Lisbeth constata qu'Elina n'était plus dans la boutique. Elle avait dû regagner la cuisine. On entendait le ronronnement monotone d'un appareil électroménager.

Sara baissa la tête.

— Berra devient fou quand il entend dire que des gens utilisent les autres. Je me souviens d'un de ses amis très proches, il était amoureux d'une fille et avait presque réussi à la séduire, mais elle hésitait. Alors il a commencé à en draguer à fond une autre qui s'intéressait à lui et qui a mordu à l'hameçon, évidemment, ce qui a poussé la première fille à se décider. Le copain de Berra a tout simplement laissé tomber la deuxième. Ça fait plusieurs années qu'il est avec sa petite amie et il est heureux, mais Berra n'a jamais vraiment digéré cette histoire. Il dit qu'on n'a pas le droit de se servir d'autrui pour parvenir à ses fins. Peu importe l'enjeu, on ne doit pas utiliser les autres.

Lisbeth opina. Elle repensa à Harry, quand il avait commencé à discuter avec elle au cinéma, à l'époque, alors qu'un peu plus loin, sa petite amie les regardait, agacée.

— Allez, assez parlé de moi. Tu disais que tu as un plan. Mais que s'est-il passé ?

Vu la situation, Lisbeth trouvait très malvenu d'étaler ses calembredaines. D'autant plus que c'était justement en recourant à la ruse et aux facéties qu'elle comptait sauver sa propre peau. Alors quand on parlait de tromperie… Enfin, elle n'avait pas l'intention d'agir aux dépens de qui que ce soit, elle.

— Après ce que tu viens de…

— Arrête ! Allez, raconte !

Lisbeth prit son élan.

— Je me suis mise dans une situation impossible. Hier j'ai appris que l'école voulait ouvrir une section ski, ils ont embauché un superman et ils vont me supprimer presque toutes mes heures de sport. Je ne suis pas d'accord, évidemment, ça m'a déprimée, alors quand je me suis retrouvée chez la directrice, j'ai inventé que j'avais été skieuse d'élite. Et ce week-end, je suis censée partir en Autriche pour passer la licence de moniteur de ski, c'est tout simplement impossible. Donc j'ai imaginé un plan. J'ai demandé au docteur Girard de me plâtrer la jambe d'ici vendredi, bien que je ne me la sois pas cassée, et il est prêt à m'aider.

La situation était vite résumée. Mais Sara n'absorba pas l'information aussi rapidement. Son gâteau au gingembre s'immobilisa à mi-chemin entre l'assiette et sa bouche.

— Tu peux reprendre lentement, que je comprenne ?

Lisbeth recommença, depuis le marché de Noël de l'école, quand Margaretha avait fait allusion à des changements.

Puis elle relata en détail leur entretien, l'exécrable tentative de la directrice de lui supprimer une partie de son service, le récent recrutement d'un certain Jonas Bonde, la version adulte du bambin dessiné sur les boîtes d'allumettes. Elle enchaîna sur le voyage financé par l'école et la commune afin de redorer le blason de l'établissement, d'une manière aberrante selon elle, puis sur sa réaction pour ne pas être complètement évincée. Sa panique ensuite, les remarques de Tobbe sur le plâtre, celles de Mariana sur l'illusion et la manipulation, et sa presque chute dans l'escalier.

— Quel Tobbe ? demanda Sara profitant que Lisbeth reprenait son souffle.

— Celui qui va venir réparer un tuyau fendu dans ma cuisine pour que ça ne sente plus les égouts. Ah oui, parce qu'il va aussi y avoir des travaux dans ma cuisine. Enfin, en l'occurrence c'est un moindre problème.

Sara confessa avoir perçu une vague odeur de poubelle quand elle était venue prendre le thé chez Lisbeth, le dimanche précédent. Elle n'y avait pas prêté davantage attention. Forcément, ça sentait bon les scones sortant du four aussi.

— Et qui est Tobbe ?

Lisbeth expliqua comment elle l'avait trouvé et qu'il avait déjà commencé les travaux. Sara secoua la tête.

— Tu aurais pu demander à Berra, il connaît des tas de gens compétents qui t'auraient réparé ça. Bon, maintenant, une chose à la fois. Tu vas donc te faire plâtrer la jambe bien qu'elle ne soit pas cassée ? Je n'en reviens pas que Girard ait accepté, c'est vraiment une crème.

— Promets-moi de ne rien dire à personne. Promets !

Sara leva la main.

— Je promets. Même pas à Berra et Solo. Je trouverai une raison plausible qui m'oblige à venir te chercher vendredi. Parce que c'est bien cela que tu attends de moi, non ?

Lisbeth se sentait misérable.

— Oui. Excuse-moi, bien sûr je comprendrais que tu ne puisses pas ou que tu ne veuilles pas.

— Tu plaisantes ? Évidemment que je veux. Enfin quelque chose d'amusant ! Et puis c'est *toi* qui *m'excuseras*, mais même si je ne te souhaite aucun mal, parfois ça fait du bien d'entendre que les autres aussi ont des emmerdements.

— Je comprends. Très heureuse de pouvoir t'offrir ce plaisir.

Les yeux de Sara brillaient à nouveau. Elle se redressa, bomba le torse et se mit à réfléchir à haute voix. Si on posait son plâtre à Lisbeth vendredi, elle pourrait l'accompagner au dispensaire, la ramener chez elle ensuite et pourquoi pas la conduire à l'aéroport le lendemain ? Pour une fois qu'elle n'avait pas pris de clients un samedi ; le hasard faisait bien les choses. Il valait mieux, en effet, que Lisbeth ne se montre plâtrée qu'à l'aéroport de Göteborg-Landvetter. Si Margaretha et ce nouveau prof d'élite voyaient sa jambe avant, cela pourrait se compliquer.

— Et il faut que tu sois superbe. Tu vas leur en mettre plein la vue. Une belle tenue de ski, tu as ça ?

Lisbeth secoua la tête.

— Je n'ai pas non plus les moyens de m'en acheter une. Il faut que je pense à ma cuisine.

Sara dit qu'elle trouverait une solution. L'illusion devait être parfaite, c'est l'apparence qui comptait.

Elle se tut. Lisbeth regardait fixement par la fenêtre. Elina réapparut derrière son comptoir et commença à ranger. Elle s'apprêtait peut-être à fermer. Sara vida sa tasse, mit son manteau mais resta assise.

— Quand est-ce que ce sera enfin comme ça n'a jamais été ? lança-t-elle à la cantonade.

La dixième sentence. Sagesse stoïcienne.

— Oui, poursuivit-elle, parce qu'on s'imagine toujours qu'il fut un temps où tout était merveilleux et marchait comme sur des roulettes, qu'on ne pouvait pas être plus heureux, et on voudrait que cette époque revienne. Alors qu'en fait, cela n'a jamais été comme ça. Tu vois ce que je veux dire ?

— Je vois.

La place avait commencé à se vider de ses voitures et de ses piétons. Le poissonnier repliait l'auvent de sa camionnette. Sara donna le signal du départ, Elina voulait sûrement fermer.

Lisbeth se rendit au comptoir et remercia Elina. Elle contempla encore une fois l'étalage, s'acheta du pain et des petites brioches. Elina lui sourit avec une réelle gentillesse. Dehors, Sara l'embrassa et lui promit de se manifester. Elles partirent chacune de son côté. Sur le chemin du retour, Lisbeth salua une ou deux personnes, remarqua les sapins en plastique dans la vitrine de la droguerie Lantmännen. Ils étaient très jolis, de diverses tailles, et de loin ils ressemblaient à s'y méprendre à des vrais. Mais pour l'heure, la priorité allait à d'autres dépenses.

Elle se rendit compte à ce moment-là qu'elle n'avait pas encore acheté un seul cadeau de Noël. Avec les nombreux enfants d'Helena, cela allait lui revenir cher. Pas facile de savoir quoi offrir à des garçons d'âges différents. Des places de cinéma, peut-être, pour les grands en tout cas. De toute façon, elle n'était la marraine d'aucun d'entre eux. Helena et Micke avaient opté pour des amis, ils étaient libres de le faire, évidemment.

Une chose à la fois. Pour l'instant, elle devait s'occuper de l'Autriche. Lisbeth éprouvait un réel soulagement d'avoir dévoilé son plan à Sara et que celle-ci, sans la blâmer, se soit tout de suite déclarée prête à l'aider.

Elle était presque arrivée quand elle distingua de loin une voiture en stationnement dans la rue près de chez elle. Elle pensa d'abord que c'était celle de Tobbe, plissa les yeux et s'aperçut de son erreur. Celle-ci était bien plus m'as-tu-vu. C'était une berline que Lisbeth avait à peine pu essayer au moment de l'achat, et dont le revêtement de cuir blond des sièges était si fragile qu'elle n'avait jamais eu le droit de s'asseoir dessus sans les avoir auparavant recouverts d'une serviette. Cette voiture avait visiblement été entretenue avec le plus grand soin car elle semblait encore neuve, malgré ses sept ou huit ans.

Lisbeth ralentit le pas, hésita avant de contourner la haie et d'entrer dans le jardin. La mouette avait manifestement pris ses quartiers ici. Elle picorait au pied d'un arbre quelques graines tombées du distributeur que Lisbeth avait accroché pour les petits oiseaux. Un homme était assis sur le perron ; elle le connaissait. Il se leva dès qu'il l'aperçut, et l'attendit sans bouger, tripotant légèrement les boutons de son manteau.

Harry.

CHAPITRE QUINZE

Mardi 12 décembre

Il n'avait pas changé. Elle reconnut même son manteau, le noir au col de velours. Et l'écharpe, Lisbeth aurait mis sa main à couper que c'était celle qu'elle lui avait offerte lors de leur dernier Noël ensemble. D'un bleu discret, à rayures, un cadeau largement au-dessus de ses moyens.

Rien que cela aurait dû l'alerter : une relation pour laquelle il fallait faire les frais d'une écharpe en cachemire alors qu'elle-même en portait des tricotées main en synthétique.

Quand l'avait-elle vu pour la dernière fois ? Cela faisait au moins trois ans. Elle habitait ici depuis cinq ans, avait déménagé presque aussitôt après leur rupture, ensuite ils s'étaient croisés à l'occasion, quand elle était de passage à Stockholm. Au début, ils avaient aussi échangé quelques mails, le plus souvent concernant des détails pratiques, des babioles qu'il restait à se partager, des factures à régler.

Harry avait gardé l'appartement et il y habitait toujours. Il s'était donc sûrement réjoui de la hausse des prix de l'immobilier à Stockholm ; la somme pour laquelle il avait racheté sa part à Lisbeth paraissait à présent dérisoire.

En tout cas, cette somme avait au moins constitué un apport pour l'achat de sa maison. Il y avait plus grave dans la vie, il fallait réserver ses larmes pour les vrais malheurs. Classer les soucis.

Il vint à sa rencontre.

— Bonjour Lisbeth.

— Bonjour…

Elle laissa un « qu'est-ce que tu fais là ? » en suspens dans l'air, voulait paraître calme et décontractée le plus longtemps possible. Comme s'il n'y avait rien d'exceptionnel à ce qu'un ex-petit ami surgisse à l'improviste devant chez vous, que c'était même plutôt sympa. Tiens, bonjour, quelle surprise, mais entre, entre donc. Ou quelque chose de ce genre.

Malheureusement, sa voix manqua d'assurance.

— Ça c'est une surprise. Qu'est-ce que tu fais là ?

— Je passais par là, je viens de Malmö. Je vais à Göteborg. Excuse-moi, j'aurais dû appeler avant. Mais en voyant le panneau je me suis dit que ce serait dommage de ne pas faire le détour, j'étais si près. J'ai pensé que ce serait sympa de voir comment tu vas et de causer un peu. Ça fait un bout de temps.

Son embarras des premiers instants cédait déjà. Il la connaissait bien, malgré tout, savait interpréter ses réactions, la moindre altération sur son visage, et en tirer profit, comme il l'avait toujours fait. Il n'était cependant pas complètement serein. À son tour, Lisbeth déchiffrait son visage : sa frange qui lui tombait sur le front, son nez pointu, ses lèvres. Peut-être l'observait-il de la même manière, en quête de signes de vieillissement. Il lui sourit.

— Je t'ai à peine reconnue, avec cette coiffure.

— Je…

Elle se retint. Qu'avait-elle besoin de lui raconter qu'elle venait de se faire couper les cheveux et ne se reconnaissait pas elle-même ?

— Elle te va bien.

— Tu veux entrer ?

Qu'aurait-elle pu dire ? Ils n'allaient pas rester là à échanger des politesses pendant que la mouette les observait, à distance respectable.

— Volontiers. Quelle jolie maison tu as !

Lisbeth passa devant lui et ouvrit la porte. Elle se félicita de s'être donné la peine de décorer un peu sa maison, tout en se maudissant de ne pas avoir fait de place dans la penderie. Mais après tout, elle n'avait aucune raison d'avoir honte devant Harry, alors pourquoi chercher à faire semblant ?

Elle fut toutefois soulagée que l'odeur de tuyau ne soit pas trop pénétrante à ce moment-là. Si elle entrouvrait discrètement la fenêtre, on ne sentirait presque plus rien. Une chance que Tobbe n'ait pas commencé à tout arracher.

— Donne-moi ton manteau.

Comme si elle avait été chargée du vestiaire dans un théâtre. Elle maudit sa mère d'avoir toujours raison pour ce genre de choses ; de fait, il n'était pas complètement stupide d'avoir un peu de place dans sa penderie.

Harry ôta ses chaussures. Bien cirées, sans doute des chaussures anglaises, pas vraiment appropriées pour la promenade en bord de mer qu'il prétendait avoir faite.

— Je me suis garé et j'ai attendu un moment, puis je suis allé me balader. Le coin est joli, il y a quelques très belles baraques, là-bas.

— Oui, les gens viennent s'installer ici et font les trajets pour aller au travail.

Tout en allumant les lampes, elle lui parla de la région. Harry la suivait, en chaussettes, et se répandait en éloges.

— On n'en voit plus beaucoup de ce genre de placards. Ça me rappelle une vieille tante de mon père à qui nous rendions visite quand j'étais petit ; sa cuisine ressemblait à celle-ci.

— La femme qui m'a vendu cette maison avait quatre-vingt-treize ans, c'est sûrement la même génération.

Elle déposa le pain et les brioches d'Elina sur l'évier, continua de lui montrer les lieux. Elle se sentit un peu mal à l'aise quand ils quittèrent la cuisine pour monter à l'étage. L'impression embarrassante qu'il la regardait sous toutes les coutures augmenta lorsqu'ils se retrouvèrent devant la chambre à coucher, même si, dieu merci, le lit était fait.

On pouvait donc éprouver de la gêne face à un être avec lequel on avait vécu, partagé le même lit, fait l'amour. Comme si une lourde clenche, après avoir été ouverte lentement, se refermait d'un coup. Elle n'aurait pas pu dire si Harry ressentait la même chose.

Mais le léger trouble qui l'avait pris tout à l'heure sur le perron s'était complètement dissipé : il passa sans plus de cérémonie devant Lisbeth, s'arrêta près du lit et balaya la pièce du regard.

— Là-bas c'est mon bureau, fit-elle en opérant un repli démonstratif dans l'embrasure de la porte, le doigt tendu vers l'autre pièce. Harry la rejoignit, se planta si près d'elle qu'elle entendit sa respiration. Il sentait bon, comme toujours. Elle connaissait parfaitement ses recettes : crèmes, eau de Cologne, et les meilleures lames de rasoir.

— Où mène cet escalier ?

— Au grenier. Mais il n'y a pas grand-chose à voir.

Elle redescendit à la cuisine, Harry sur ses talons. Ils restèrent debout face à face, tous les deux appuyés sur le bord de l'évier. Lisbeth se demandait ce qu'elle était supposée faire. S'il fallait seulement s'en préoccuper. Elle ne savait pas ce qu'elle attendait d'elle-même. Ce qu'elle voulait.

Il y avait eu des périodes où elle avait souhaité ne plus jamais revoir Harry, où elle le jugeait tout juste digne d'être fourré dans un classeur et archivé. Puis il y en avait eu d'autres où elle avait éprouvé un réel besoin de lui parler, de lui demander, au fond, quels avaient été ses sentiments, ses pensées. On devrait pouvoir faire cela, une fois la colère et la déception en partie retombées.

Ou peut-être pas. Le risque était que la conversation ne mène nulle part et qu'on en ressorte aussi brisé qu'avant. Que le temps qu'on a mis à essayer de cicatriser n'ait servi à rien, qu'une seule remarque déplacée réduise tout à néant.

Voilà précisément la raison pour laquelle l'appel téléphonique raté d'Harry l'avait tant troublée. En admettant qu'il se soit vraiment trompé de numéro, – ce dont on pouvait douter, maintenant qu'il était là, devant elle.

Harry ne semblait pas prêt à partir.

— Tu veux boire quelque chose ? Un café ? Je ne peux malheureusement pas t'offrir grand-chose, mais une tartine et des petites brioches…

— J'ai quelques provisions dans la voiture. En fait, je pensais grignoter à l'hôtel, je n'avais pas envie de dîner au restaurant. Je peux aller les chercher ? Tu vas bien manger, toi aussi, à moins que ce ne soit déjà fait ?

Elle était sur le point de répondre qu'elle venait de dîner avec quelqu'un, un bel homme avec lequel elle sortait, pourquoi pas ce Jonas Bonde qu'elle n'avait croisé qu'une fois ? Même Jan aurait fait l'affaire. Mais comme d'habitude, elle ne fut pas assez rapide et s'entendit dire que non, elle n'avait pas mangé, alors d'accord.

Elle n'eut pas le temps d'ajouter qu'elle n'avait pas très faim, il avait déjà remis ses chaussures, fait l'aller-retour à sa voiture et revenait chargé de deux sacs remplis de fromages, quiches et viande froide, de légumes grillés, gratin de pommes de terre, boulettes et poisson, plus deux bouteilles de vin. Et un bouquet de fleurs. Des roses rouges.

— Hou là là ! Quel chargement ! Tu pensais aussi fleurir ta chambre d'hôtel ?

C'était bien envoyé. Mais il contra élégamment.

— Non, elles sont pour toi. J'avoue avoir projeté de passer te dire bonjour dès que j'ai quitté Malmö.

Déconcertée, Lisbeth ne sut que répondre. *Ne te laisse pas embobiner*, martelait une petite voix intérieure. *Ne cède pas à la séduction, ne sois pas naïve.* Ne tombe pas dans les pièges de la manipulation, qu'Harry appelait « oublis ou distractions » ou, – le comble – qu'il justifiait en disant que parfois les choses se transformaient dans son esprit.

S'il débarquait chez elle un mardi soir juste avant Noël, un bouquet de roses rouges à la main, c'est qu'il avait une idée derrière la tête. Le problème était que Lisbeth brûlait d'envie de savoir laquelle.

Elle recoupa les tiges et mit les fleurs dans un vase qu'elle posa sur la table. Elle réchauffa le gratin de pommes de terre avec les boulettes et le poisson au micro-ondes, sortit des bols pour les salades, alluma des bougies. Quelle idée d'avoir apporté du vin s'il devait encore rouler jusqu'à Göteborg.

Harry était déjà en train de déboucher une bouteille.

— Mais tu reprends le volant, non ?

— Je pensais que cela te ferait plaisir. J'en boirai juste une gorgée pour trinquer avec toi. Tu garderas le reste.

Pendant le repas, Lisbeth se demanda si elle avait bien fait d'accepter. Tout bien considéré, elle aurait peut-être dû dire à Harry qu'elle n'avait ni le temps ni l'envie de le voir. Mais maintenant ils étaient là, à discuter aimablement devant un dîner savoureux. Harry posa à Lisbeth des questions sur son travail et sa vie en général, et elle lui raconta deux ou trois choses sur l'école, Frillesås, ses amis.

Sa moto suscita une remarque admirative et Lisbeth força le trait en évoquant ses virées, elle s'inventa même une bande de copains avec lesquels elle sillonnait l'Europe durant plusieurs semaines, l'été. Vu le nombre de mensonges qu'Harry lui avait fait avaler, elle pouvait bien en rajouter un peu. Elle était réellement allée à moto au Danemark et n'était pas seule sur la route.

Harry l'écoutait avec intérêt, faisait de brefs commentaires, il semblait presque impressionné. Il mangeait, remplissait les verres, parlait un peu de lui. Son entreprise se développait et il avait beaucoup de travail. Ça marchait bien, mais il fallait trimer, être en permanence sur la brèche, car la technologie évoluait. De nouveaux venus s'installaient continuellement, un tas de jeunes gens qui montaient des entreprises et faisaient de gros bénéfices en les revendant. D'ailleurs, c'était fou, les sommes d'argent qui circulaient à Stockholm. Même lui commençait à se sentir dépassé, parfois.

Lisbeth songea qu'Harry, informaticien de formation, avait monté sa propre entreprise juste après ses études. Son activité consistait à mesurer l'efficacité des campagnes publicitaires et à définir le public atteint par le message. Et voilà que devant elle il avouait se sentir vieillir.

Il n'avait pas les dents aussi blanches que Jonas Bonde, ne dégageait pas la même fraîcheur mentholée, mais à part ça, il n'avait pas changé. Enfin, avec quelques années de plus. Comme elle, du reste. Ses joues n'étaient plus aussi pleines, des rides étaient apparues là où il n'en avait pas auparavant. Il était peut-être un tantinet plus maigre aussi.

Un film se déroulait dans la tête de Lisbeth, celui de toutes les fois où ils s'étaient retrouvés ainsi face à face, au restaurant ou à la maison. Agréable au début, moins au bout d'un moment. Cela faisait longtemps qu'il ne lui avait pas témoigné un tel intérêt.

Lisbeth s'aperçut avec effroi que la bouteille était vide aux deux-tiers. Elle avait dû boire sans s'en rendre compte. À moins qu'Harry ait bu davantage que le petit verre prévu pour trinquer avec elle ?

Elle se sentait étonnamment lucide. Elle allait lui poser la question qui lui brûlait les lèvres, mais il la devança. À la lumière de la bougie, les traits de son visage étaient plus doux.

— Et comment vont les amours ?

C'est justement là qu'elle aurait dû dégainer le mensonge du siècle sur tous les hommes qui lui tournaient autour et les propositions qui pleuvaient, mais qu'elle déclinait, préférant pour l'instant sa liberté à tout autre chose. Filer sur sa moto, cheveux au vent, avec sa nouvelle coupe et un homme dans chaque ville.

— J'ai eu quelques aventures, mais en ce moment je suis seule. Et toi ?

Harry fit un sourire amer, but une gorgée de vin.

— Là, je ne sais pas vraiment.

— Comment ça, tu ne sais pas ?

— Je suis avec une fille depuis un certain temps, mais je ne sais pas trop où on en est.

— Je t'ai vu avec quelqu'un sur une photo, dans un magazine. C'est elle ?

Harry eut l'air embarrassé.

— Oui. Oui, c'est elle. Elle est sans arrêt invitée à des premières.

— Mais tu aimes ça, non ?

Oui, bien sûr, c'est plutôt sympa.

Il tripota son verre, but à nouveau, le remplit.

— Si tu dois…

Harry reposa son verre, plongea son regard dans celui de Lisbeth.

— Je t'ai appelée, l'autre jour, mais tu n'as pas répondu. J'avais envie de te parler, parce que je pense beaucoup à toi, Lisbeth. Tu ne me croiras peut-être pas, mais je n'ai pas arrêté de penser à toi. C'est vrai. Et à nous. Plus ça va, plus je vois tout ce qui était bien entre nous. Je t'ai terriblement déçue, je sais, je me suis mal comporté envers toi et j'ai bien mérité que tu partes. Je veux simplement te dire que je regrette beaucoup ce que j'ai fait et ce que j'ai dit. Je ne voulais pas te blesser. Je te demande pardon.

Lisbeth ne savait pas quoi répondre. Tout cela était inattendu. Ce soir-là, elle avait prévu de s'entraîner avec ses bottes en caoutchouc et son parapluie, et de se coucher tôt.

— Avec toi, la vie était agréable et reposante, poursuivit-il. Tu ne me mettais jamais sous pression pour mon apparence, mes affaires au boulot ou la vie à la maison. Quand je rentrais d'une journée éreintante, tu avais toujours un mot gentil ; si je manquais un contrat, tu disais que cela s'arrangerait. Tu faisais un beau métier avec tes élèves et on pouvait coincer la bulle sur le canapé, regarder un bon film en mangeant des bonbons. À l'époque, j'estimais sans doute que cela ne pouvait pas être ça, la vie, mais je crois de plus en plus que si, *c'est* peut-être justement *ça*, la vie. Les meilleurs moments.

Était-ce Harry qui parlait ainsi ? Le Harry aux remarques sarcastiques, Harry dont la trajectoire avait toujours été celle du succès ? Harry qui exécrait les joggings douillets qu'elle mettait pour traîner sur le canapé, et qui l'avait tellement chicanée là-dessus que, pour ne plus entendre ses remarques, elle avait fini par garder ses jeans trop serrés.

— Toi qui te plaignais tout le temps de mes pantalons d'intérieur !

Cela ne le fit même pas rire. Il avait l'air triste.

— Je sais, je te critiquais et disais des choses méchantes. Je pensais à mon image. Mes parents avaient de grandes ambitions pour moi, ils m'ont tanné pour que je fasse des études et que je réussisse dans la vie, pour que je me mette à mon compte et gagne de l'argent. Mon père a investi dans ma société, certes, mais toujours à condition de récupérer son capital plus les intérêts. Je m'imaginais que c'était *moi* qui désirais tout cela, mais je commence à me demander si ce n'était pas plutôt eux. Je ne sais pas ce que je veux, *moi*, en réalité, et je doute fort que ce soit ma vie, tout ça. Faire risette sur des photos dans des revues pour bonnes femmes.

Il se versa le fond de la bouteille, continua à boire. Il avait largement dépassé la limite autorisée pour reprendre la route jusqu'à Göteborg. Mais il y avait certainement des chambres disponibles à Frillesberg.

— Je suis avec Agnès depuis deux ans. Elle est issue d'une famille noble et elle est riche comme Crésus. Son père possède une propriété en Scanie, ils ont aussi un magnifique appartement à Östermalm[1], tout ce qu'il y a de mieux. La deuxième fois que je suis allé là-bas, pour une réception quelconque, sa mère a demandé « si Harry voulait bien accueillir les invités et suspendre leurs manteaux ». Tu te rends compte ? J'ai dû jouer les filles de vestiaire, saluer les gens comme un idiot et accrocher leurs nippes et leurs vieilles fourrures. Et ça ne s'est pas arrêté là. Bien sûr, j'étais amoureux d'Agnès, au début, elle est belle, intelligente, cool, et elle sait ce qu'elle veut. Mais c'est fatigant, aussi. On est toujours sur le qui-vive, il faut fréquenter les bonnes personnes, de la bonne manière, et puis elle passe son temps à pianoter sur son portable, elle poste des photos, compte les

1. Scanie : comté le plus au sud de la Suède. Östermalm : quartier chic de Stockholm.

likes, et se regarde le nombril. Qu'on aille au restaurant ou en vacances, elle part du principe que c'est moi qui dois payer. L'argent me file entre les doigts alors qu'en ce moment, l'entreprise ne se porte pas très bien. Mais elle se lamente quand même sur ma voiture, trop vieille à son goût. Elle *a honte* de monter dedans.

Lisbeth lui aurait volontiers demandé si Agnès était obligée de s'asseoir sur une serviette, elle aussi, pour ne pas salir les sièges en cuir blond. Harry avait déjà débouché la seconde bouteille et avant qu'elle ait pu l'en empêcher, il avait rempli leurs deux verres. Elle sentit un tremblement parcourir tout son corps. Des sentiments oubliés étaient en train de remonter à la surface. Chagrins enfouis, déception. Colère.

Harry l'observait, les paupières rougies, le regard brillant.

— Tu es belle, Lisbeth. Tu as trouvé ta place dans la vie, ça se sent tout de suite, dès qu'on te voit dans cette maison, et tout à l'heure, au bord de la mer, je me suis dit que c'était à cela que j'aspirais, moi aussi. Vivre plus simplement, mettre des décorations de Noël rouges.

— Comment ça, des décorations de Noël rouges ? Qu'est-ce que tu veux mettre d'autre ? Du bleu ?

Harry secoua la tête.

— Tu ne crois pas si bien dire. Si tu voyais la décoration d'Agnès : un père Noël design *bleu*, un ruban doré, et c'est à peu près tout. Aucune chaleur. Nos décorations de Noël à nous me manquent beaucoup. Tu te souviens quand on accrochait tous ces trucs ? Ta Lucia en rouleau de papier toilette et mon père Noël en bois ? Ça m'a fait tellement plaisir de la voir…

En effet, l'Avent était leur période de l'année la plus harmonieuse. Enfant, Harry avait fabriqué un père Noël dans un bout de bois et ses parents le lui avaient aussi rendu, au même prétexte. « Ça te fera plaisir de le récupérer. » Lui et Lisbeth avaient ri et placé leurs œuvres côte à côte, les baptisant *a match made in heaven*[1]. Ensuite, ils avaient passé le chant « Noël, Noël, resplendissant Noël[2] ». Ayant fait partie d'un chœur d'enfants quand il était petit, Harry connaissait la deuxième voix. Il chantait bien. Lisbeth avait vu son visage se métamorphoser quand il chantait et cela lui avait plu.

— Et le soir du réveillon, continua-t-il, il n'est pas question pour elle de faire un repas traditionnel et de boire de la bière de Noël. Moi qui aime tant ça. J'adore le jambon, le hareng, la Tentation de Jansson, et le pain de seigle à la bière, et le craque-pain de Noël, et les boulettes de viande.

— Alors bienvenue chez nous, à une table de Noël traditionnelle. À onze heures, le 24, avec un jambon de Noël fait par ma mère, naturellement.

— Ah ! J'adore son jambon, personne ne le réussit aussi bien qu'elle.

Ce n'était pas une vaine flatterie. Avant de servir le jambon, Harry et la mère de Lisbeth, comme deux gamins dans la cuisine, en prélevaient des petits bouts qu'ils avalaient en pouffant de rire.

1. En anglais dans le texte, « un couple parfait ».

2. *Jul, Jul, strålande jul*, célèbre chant de Noël, écrit en 1921 par Edvard Evers, musique de Gustaf Nordqvist.

Lisbeth et Harry n'avaient pas fonctionné comme tout le monde. C'était en décembre qu'ils nageaient dans le bonheur. C'était fou.

— À Noël, Agnès veut absolument partir en voyage. En ce moment, elle ne jure que par Saint-Barth. Tu sais combien ça coûte d'aller là-bas en fin d'année ? Un an de salaire, pour avoir la plage et du soleil à Noël. L'horreur. Moi il me faut de la neige. Si au moins elle voulait faire du ski !

Saint-Barth. Une chance que Lisbeth soit récemment tombée sur un article qui parlait de cette île des Caraïbes, ça lui évitait d'avoir l'air idiot.

— Moi je pars au ski, ce week-end. En Autriche.

— Où ça ?

— À Sankt-Anton.

— Ouah. *Lucky you.* Quel hôtel ?

— Je ne me souviens pas du nom, ça finit par *hof.* Un très bel endroit.

Il ne lui demanda ni avec qui elle partait ni pour quelle occasion. Ça ne l'intéressait peut-être pas assez, ou alors justement, il ne posait aucune question parce que ça l'intéressait au plus haut point. Il commença à caresser le dos de la main de Lisbeth en faisant des petits cercles. Ni l'un ni l'autre ne parlait, l'atmosphère se chargea, devint plus épaisse.

Voilà, ça se précisait.

— Pourquoi es-tu venu ? Franchement ?

Une vieille angoisse rentrée déclencha en elle des bourdonnements d'oreille. Harry jouait toujours avec sa main, lui pressait les doigts. Son visage affichait une expression sincère et innocente.

— Je voulais seulement parler avec toi. Te dire que j'ai honte.

— De quoi ? De quoi exactement ? De la fois où nous étions à une fête et où tu as passé la soirée à draguer une autre femme, pendant que j'essayais de discuter avec des gens que je ne connaissais même pas ? D'avoir rigolé, au lieu de me défendre, quand ton père ou ta mère me lançait une vacherie ? Ou bien pour toutes les fois où j'ai vainement essayé de te dire ce que tu viens de me dire, à savoir que tout ça, ce n'était peut-être pas toi qui le désirais, mais tes parents qui le voulaient pour toi, et où tu me répondais qu'il n'y avait pas de mal à avoir un peu d'ambition ? Comme si je n'avais eu aucune ambition, moi ?

Il posa sa main sur celle de Lisbeth d'un geste protecteur. Ce contact lui donna un haut-le-cœur, elle retira aussitôt sa main.

— C'était stupide, je te dis. Tout ça était stupide. Je me croyais obligé de prouver quelque chose, non seulement aux autres, mais aussi à toi. Tu ne me croiras peut-être pas, mais je t'enviais, parce que ce que tu faisais était important et tu le savais, alors que moi j'avais une activité dont je doute encore qu'elle soit utile à qui que ce soit.

— J'ai beaucoup de mal à croire que tu m'aies enviée, Harry. Tu pensais même que je n'avais aucun goût, il fallait toujours que ta mère mette son grain de sel chez nous. Et puis quand tu me disais que j'étais trop intelligente pour un tel métier, ça ressemblait à un compliment, mais au fond ce n'est que de la condescendance.

— Je sais, je *sais*.

— Tes éternelles remarques… « Lisbeth ne pourrait jamais avoir de jardin, elle ne sait pas distinguer une fleur d'une mauvaise herbe. Non, Lisbeth n'y connaît rien. » Et ainsi de suite.

— J'ai été odieux plus d'une fois, c'est bien ce que je dis. Mais on a eu de bons moments aussi, non ?

À présent, il avait l'air de quémander. Il se pencha au-dessus de la table, l'implora du regard. Lisbeth renifla. Elle croisa ce regard.

— Oui, bien sûr, on a eu de bons moments. C'est pour ça que je suis restée avec toi, pour ces moments où tu étais toi-même. Quand tu me montrais que j'étais importante pour toi. Comme à Noël, par exemple, oui, tu as raison, j'ai toujours été heureuse avec toi, à Noël. Mais il y a eu ma fausse couche, Harry. Et le soir même, tu t'es tiré, parce que tu ne pouvais pas décommander cette réunion soi-disant essentielle. Parce qu'elle y était aussi, elle. Une femme que tu devais trouver plus importante que moi ce jour-là, justement.

Harry leva les bras au ciel.

— C'était une lâcheté, la pire lâcheté de ma vie. Pardonne-moi, Lisbeth, je…

— Je me rappelle encore ta tête, quand je t'ai annoncé que j'étais enceinte. Complètement pétrifié. Tu peux t'imaginer ce que j'ai ressenti ? Déclarer à son compagnon qu'on attend un enfant et ne déceler en lui aucune joie ? Pas le moindre signe ?

— J'avais tellement peur. Je ne savais pas ce que je voulais, alors j'ai… j'ai été pris de panique.

— Et il y a eu cette fausse couche et tu t'es tiré. Comme si tu partais *faire la fête*.

Le visage d'Harry changea d'expression. Maintenant, il était en colère.

— Là, tu te trompes. D'accord, c'était ignoble de ma part de ne pas te montrer combien j'étais heureux. Oui, j'ai eu la trouille, au début, je le reconnais. Mais après, je me suis réjoui. De plus en plus. Et quand tu as fait cette fausse couche… Lisbeth, je ne sais pas si tu peux comprendre, mais j'étais triste, moi *aussi*. Ça a comme déraillé dans mon esprit, je suis parti pour me persuader que tout était comme avant. Crois-moi, je n'ai jamais autant regretté quoi que ce soit de ma vie. Tu comprends ? Tu comprends que moi aussi j'étais triste ?

Il avait haussé le ton et ses yeux brillaient. Lisbeth se leva si brusquement que sa chaise se renversa. Elle était écarlate. Les contractions, la perte, l'effroyable sensation de vide. Elle avait tout refoulé, refusé d'y penser.

Elle voulut fuir, mais il la retint. Il la prit délicatement dans ses bras et lui caressa les cheveux jusqu'à ce qu'elle cesse de pleurer.

Alors il entoura de ses mains son visage strié de larmes, l'embrassa et, d'un geste assuré, l'entraîna vers l'escalier.

CHAPITRE SEIZE

Mercredi 13 décembre

Elle se réveilla avec l'impression que quelqu'un lui avait jeté une poignée de cailloux dans les yeux. Elle découvrit Harry à côté d'elle dans le lit. Couché sur le dos, la bouche ouverte, il avait étendu un bras en travers de son ventre.

Elle le repoussa, se glissa hors du lit. Elle n'avait pas entendu son réveil, avait dû couper la sonnerie en dormant. Le temps pressait, ce n'était rien de le dire. De plus… *non* ! Elle avait failli oublier. Pourtant ils avaient parlé de sa Lucia en rouleau de papier toilette, la veille. Aujourd'hui, c'*était* la Sainte-Lucie, avec la procession dans le réfectoire. Bon, les élèves les plus âgés se chargeaient de l'organisation, mais elle devait tout de même veiller à ce que ses rejetons soient assis à leur place avant que la reine de la lumière n'apparaisse avec sa suite.

Elle fila dans la salle de bains, prit une douche froide, en essayant d'ignorer la migraine qui lui martelait les tempes, la deuxième en peu de temps. Évidemment, elle préférait de loin se réveiller vaseuse après avoir bu du vin de bonne qualité que de batailler contre des maux de tête à cause de quelques tasses de glögg en trop. Mais le résultat était le même et, en l'occurrence, elle ne se souvenait guère de ce qui s'était passé. Il avait été question de prendre juste un verre. Et encore.

Elle retourna à sa chambre, se faufila jusqu'au placard d'où elle sortit discrètement des vêtements, qu'elle enfila dans la cuisine tout en préparant du café. La table était encombrée d'assiettes, de couverts et de verres maculés des reliefs desséchés du repas de la veille. Son estomac se serra, mais elle décida de tout laisser en plan, chaque minute comptait. Les roses s'étaient ouvertes pendant la nuit et embellissaient ce début de journée.

Lisbeth but son café debout et réfléchit. Devait-elle appeler l'école et se faire porter pâle ? Hors de question. Conscience professionnelle d'une part, perspective du week-end de l'autre, ce n'était pas le moment de se désolidariser ni d'attirer l'attention. En outre, Harry pourrait s'imaginer à tort qu'elle négligeait son travail parce qu'il lui avait fait l'honneur de sa visite et l'avait soudoyée en apportant des roses, du vin et des victuailles.

Ce qui n'était pas tout à fait faux, d'ailleurs. Ils avaient dormi ensemble toute la nuit, et même si cela n'était pas allé aussi loin que cela aurait pu, il s'était tout de même passé des choses, dans ce lit. Harry ne la connaissait que trop bien, hélas, il savait comment s'y prendre avec elle, ou plutôt comment la prendre. À un moment donné, elle avait été tout près de totalement lâcher prise. Mais une voix intérieure l'en avait empêchée, lui sifflant qu'elle risquait fort de le regretter le lendemain matin.

Bon, et après ? Que faire, maintenant ? Le réveiller ? Il n'avait pas vraiment l'air d'avoir envie qu'on le réveille, à supposer qu'on *ait pu* le réveiller dans l'état où il était.

Elle prit du papier et un stylo.

Bonjour Harry, je dois filer au travail. Dors autant que tu veux et sers-toi, il y a du café. Je serai de retour vers trois heures. C'est sympa d'être passé. La clé est accrochée près de la porte, mets-la sous le paillasson si tu pars. Je laisse mon portable allumé. Lisbeth.

Si elle avait eu plus de temps, elle aurait mieux choisi ses mots, mais elle était pressée. Elle avait indiqué l'heure de son retour – il pouvait rester s'il souhaitait encore discuter. Elle avait aussi écrit que cela avait été sympa, et puis « si » tu pars et non « quand » tu partiras. Cela suffisait.

Elle plaça le mot contre le vase de roses, mit son manteau et sortit. La voiture d'Harry était recouverte d'une fine couche de neige et quelques rares flocons tombaient en virevoltant.

Elle avait à peine fait quelques pas sur la route qu'elle entendit les claquements. Elle jeta un regard en arrière et aperçut Jan qui arrivait à cheval. Si elle avait pu, elle aurait pris la fuite, mais déjà il criait son nom, elle n'avait pas le choix, elle s'arrêta.

— Tu vas où, comme ça ?

— À l'école.

— Je t'emmène ?

Lui proposait-il sérieusement de grimper sur le cheval ? Et puis où ? Devant lui, sur la selle, ou bien derrière ?

— Merci, ça va aller. Je suis pressée.

— Alors comme ça tu crois que tu iras plus vite qu'un cheval ?

Lisbeth se dit qu'elle ne pourrait pas cacher ce qu'elle avait fait la veille au soir, cette nuit. Ce qui lui fut immédiatement confirmé.

— Tu as de la visite, j'ai vu. Ou bien tu as acheté une nouvelle voiture ?

— Un ami de Stockholm qui passait par là.

— Oui, je l'ai vu faire sa petite promenade au bord de l'eau.

L'idée que Jan avait trouvé Harry complètement ridicule avec son pardessus et ses chaussures anglaises amusa Lisbeth autant qu'elle l'irrita.

— Il faut que je me dépêche, maintenant.

Jan lui cria qu'il pourrait la prendre en stop une autre fois. Il était avec Cassius, l'étalon initialement destiné à la reproduction, désormais un hongre que Jan montait tous les jours et avec lequel il participait même parfois à des courses.

Elle pressa le pas, atteignit la cour de l'école et se précipita vers le réfectoire devant lequel ses élèves attendaient, dispersés. Elle leur cria de se rassembler, les poussa vers l'intérieur comme on ratisse des feuilles mortes. Elle leur fit ôter leurs manteaux, en rattrapa un qui était en train de détaler et leur ordonna de se mettre en rang pour rejoindre leurs places. Les joues roses, pétillants de joie, les enfants parlaient et riaient en attendant l'arrivée de Lucia. Leurs cris joyeux emplirent Lisbeth de reconnaissance. Tout était dans l'ordre des choses.

Puis le brouhaha retomba et on entendit les premières notes de *Sankta Lucia*. Aussitôt après, Lucia fit son apparition avec sa suite de filles et de garçons d'honneur, de lutins et petits personnages en pain d'épices. Cette fois-ci, la Lucia, en tête du cortège, était une fille. Les discussions avaient été animées, quelques garçons revendiquant leur droit à ouvrir la procession, ce à quoi d'autres élèves avaient répondu que pour une fois qu'un poste de chef était l'apanage d'une femme, on pouvait bien en rester là, jusqu'à ce que la parité soit respectée dans l'ensemble de la société, non ?

Demoiselles et garçons d'honneur étaient libres de choisir leurs rôles et on avait procédé selon ce principe. Le cortège se plaça devant le public et entonna *Det strålar en stjärna* puis *Lusse lelle*[1]. Un garçon chanta si joliment le cantique *Minuit, chrétiens* que Lisbeth en eut les larmes aux yeux.

Toutes ces fois où elle-même avait fait partie du cortège… Elle s'était levée au petit matin, dans le froid souvent saisissant du milieu de l'hiver, avait eu du mal à tenir la bougie sur sa corolle de carton. Elle avait revêtu la vieille chemise de nuit de sa grand-mère, au col et aux poignets finement brodés de dentelle, oui, c'était la plus belle robe de Lucia qu'elle ait jamais vue. Bien sûr, elle n'avait jamais marché en tête du cortège, jamais été choisie pour être Lucia. Sauf à la maison, quand on célébrait le retour de la lumière chez les grands-parents maternels et paternels ; là, elle et Helena avaient porté la couronne à tour de rôle.

1. *Det strålar en stjärna* (Une étoile rayonne) et *Lusse lelle* sont des chants de Noël, ce dernier toutefois plutôt une comptine de Noël pour les tout-petits.

Mais peu importait. La Sainte-Lucie était l'un des plus beaux jours de l'année et Lisbeth aurait toujours une boule dans la gorge dès qu'elle verrait les premières bougies vaciller dans l'obscurité, au moment où Lucia faisait son entrée, apportant sur un plateau du café ou du thé et du bon pain.

Elle sortit de sa rêverie lorsque tout fut terminé et qu'il fallut reconduire son petit troupeau dans la classe. Tout emplis de la magie du cortège, les élèves eurent pour tâche de raconter par écrit leur propre Noël. Lisbeth passa parmi eux, ils s'appliquaient et diverses histoires prenaient forme sur le papier, des Noëls avec beaucoup ou peu à manger, avec ou sans père Noël, avec ou sans cadeaux. Des Noëls où l'on enchaînait au pas de course les visites à toute la famille, d'autres où l'on dansait autour du sapin, d'autres encore où il n'y avait pas de sapin et où l'on ne se souciait guère de toutes ces légendes. Il y avait aussi des Noëls imaginaires dans lesquels de mystérieuses créatures coiffées de bonnets pointus menaçaient de prendre le contrôle sur la Terre et ses habitants, de fourrer ceux-ci dans des paquets et de les envoyer sur la lune.

Pendant la fête, Lisbeth s'était retenue de consulter son téléphone. Après, elle ne put s'empêcher de regarder à chaque récréation s'il y avait un message, ce qu'elle fit d'abord avec l'intime conviction de s'en soucier comme d'une guigne puis, le portable restant muet, avec un sentiment grandissant de déception. À l'heure du déjeuner, elle pesa le pour et le contre pour savoir si elle rentrerait à la maison, mais n'en fit rien. Elle alla saluer Jonas Bonde qui se précipita à sa rencontre avec son grand sourire mentholé, en regrettant d'avoir déjà mangé. Mais ils iraient grignoter un morceau ensemble dès que possible, n'est-ce pas, et sinon, ils en auraient bientôt le temps, à Sankt-Anton. Margaretha, la directrice, demeurait invisible.

Quand elle fit sortir ses élèves, à deux heures et demie, le temps s'était réchauffé. Dans la cour, un bonhomme de neige avait quand même réussi à prendre forme. Une guirlande sur la tête, il semblait s'être approprié toute la neige et lutter avec ses bras-bâtons tout raides contre une météo de moins en moins propice, qui menaçait de faire retomber son sourire de cailloux en une grimace larmoyante.

Lisbeth rentra directement chez elle, son téléphone au fond de la poche. Obstinément muet. En bifurquant dans sa rue, elle vit tout de suite de loin que la voiture n'était plus là. Déception. Irrépressible sentiment d'échec.

Pourquoi était-il venu lui ressortir de vieilles histoires et lui faire des promesses qu'il n'avait pas l'intention de tenir ?

La mouette s'était risquée jusque sur le perron. Lisbeth souleva le paillasson, prit la clé et expliqua à l'oiseau qu'elle voulait rentrer, à quoi le volatile répondit en inclinant la tête et en clignant des yeux. L'odeur de canalisation, bien plus forte que la veille, prit Lisbeth à la gorge – pourvu seulement qu'Harry ne l'ait pas sentie en se réveillant.

La cuisine étincelait de propreté, tous les restes du dîner étaient rangés dans le frigo, soigneusement emballés dans du papier alu et du film transparent. À côté des roses, sur la table, Harry avait placé la Lucia en rouleau de papier toilette et y avait adossé le mot de Lisbeth, complété de sa réponse :

Merci pour la soirée d'hier, merci de m'avoir laissé entrer. Je suis très heureux que nous ayons pu parler et d'avoir pu dormir ici. Tu me manques. On se recontacte ? À propos, heureuse Sainte-Lucie ! Je t'embrasse, Harry.

Lisbeth se laissa tomber sur une chaise, le mot dans la main. Elle saisit la Lucia, redressa un des cure-pipes sur sa tête. Et voilà, elle retombait dans l'enfer de l'interprétation : « d'avoir pu dormir ici », parlait-il seulement de dormir ? « Tu me manques », mais de quelle manière ? « On se recontacte », quand et comment ?

Le souhaitait-elle, d'ailleurs ?

Harry lui avait rappelé les bons souvenirs, et le fait est qu'ils avaient passé d'excellents moments parfois. Quand il oubliait de soigner son *image* et n'essayait pas d'en imposer aux autres. Lisbeth le croyait réellement sincère lorsqu'il avait affirmé qu'avec elle il arrivait à se détendre. Non, en effet, chez eux, dans l'intimité, il n'avait pas eu besoin de jouer un rôle. Restait à savoir si c'est parce qu'elle comptait beaucoup pour lui ou plutôt parce qu'elle ne signifiait rien.

Quels étaient ses propres sentiments, hormis l'immense soulagement qu'ils ne soient pas allés trop loin au lit, là-haut ? Parce que là, elle se serait vraiment sentie abusée ! C'était tellement facile avec elle.

La fausse couche. Survenue au cinquième mois, bien après la limite des douze semaines, au-delà de laquelle on peut normalement être confiante. La contraction subite, la violente hémorragie. Le trajet jusqu'à l'hôpital, puis le retour à la maison avec le sentiment d'une perte et d'un échec monstrueux. Helena qui venait d'accoucher de son deuxième, la terreur à l'idée de devoir raconter tout cela à ses parents et à sa sœur. Puis la remarque sans finesse de sa mère : « Ça marchera la prochaine fois, tu verras, moi aussi j'ai fait une fausse couche », aussitôt noyée dans la discussion sur les fêtes de Noël où, une fois de plus, Lisbeth avait dû entendre la liste de tout ce qu'il fallait faire *pour les enfants*.

Mais Harry avait été triste lui aussi, elle était contente qu'il l'ait dit. Et qu'il ait évoqué les bons moments.

Elle-même avait reparlé de cette soirée où il avait flirté et dansé avec une autre femme, ainsi que des piques qu'il lui lançait régulièrement, comme autant de méchants coups d'épingle. Mais en vérité, c'est un autre incident qui lui avait donné le coup de grâce. Une remarque.

Ils étaient allés à une réception dans une société d'investissement ; un gros bonnet inaugurait ses nouveaux locaux à Londres. Harry ayant plusieurs autres rendez-vous, ils s'étaient organisé un week-end prolongé dans cette ville. Ils avaient commencé par une visite guidée en bus, puis admiré des portraits anciens au musée, bu de la bière au pub et le soir, vu *Un violon sur le toit*. Ils avaient fait l'amour dans un grand lit à baldaquin, l'hôtel était *« so british »*, même les murs sentaient l'Earl Grey.

Cette nuit-là, elle s'était dit qu'elle avait des chances de retomber enceinte. Sa fausse couche ne serait plus qu'un mauvais souvenir qu'ils pourraient laisser derrière eux.

Pour la réception, ils s'étaient bien habillés ; Harry, toujours chic, portait un costume sombre, elle une robe très seyante et des chaussures à hauts talons, qu'elle n'avait par la suite plus jamais remises. Sur place, ils avaient bavardé, mangé des petits-fours, bu du champagne et déambulé dans des locaux tout de verre et de métal brillant. Lisbeth s'était sentie un peu mal à l'aise face à quelques très jeunes femmes minces comme des clous, qui se pavanaient dans des vêtements de marque devant des hommes pleins aux as, sans parvenir à dissimuler leur immaturité. Harry s'était éloigné pour aller parler affaires et Lisbeth avait tout de suite été entraînée dans une conversation avec une femme élégante de son âge.

Celle-ci portait une robe décolletée et commença par s'excuser pour ses seins : « Je ne devrais peut-être pas les découvrir autant, ils ne sont plus très beaux, après deux grossesses. » Elle lorgnait sans cesse vers son mari, un homme du style d'Harry, qui n'avait pas daigné lui accorder un seul regard.

Lisbeth l'avait complimentée pour sa robe et la femme s'était alors rapprochée, déclarant que beaucoup de choses les différenciaient elle et son mari. Elle n'avait pas pu terminer ses études d'architecte, les enfants étaient arrivés entretemps et de toute façon, son époux était plus talentueux et il avait fréquenté une meilleure université.

« He is upper class and I am working class, you see[1] », avait-elle dit avec un petit sourire. Comme si cela expliquait tout, y compris qu'il soit normal qu'elle se dévalorise ainsi elle-même et dévalorise son corps, pendant que son mari l'ignorait royalement.

1. En anglais dans le texte. « Il est de la haute société et moi d'un milieu modeste, voyez-vous. »

Lisbeth l'avait fixée du regard. Elle lui avait répondu qu'elle était jolie et qu'il était très difficile d'assumer seule la responsabilité de deux enfants tout en menant de front ses études. Ses propres propos lui avaient fait froid dans le dos.

Elle, c'est moi. Moi, c'est elle. Je suis en train de devenir comme elle.

De retour à Stockholm, Lisbeth avait essayé d'aborder la question avec Harry. D'abord, il avait ri, puis s'était mis en colère. La discussion avait dégénéré en une terrible dispute, ils s'étaient hurlé à la figure, et c'est là que cette fameuse remarque avait fusé, la goutte d'eau qui avait fait déborder le vase :

« Tu devrais peut-être plutôt me remercier d'être avec toi. »

Lisbeth avait pris ses cliques et ses claques et déménagé, c'était terminé.

Elle se prépara du thé, sortit les restes de la veille. Ils étaient encore frais, et les roses resplendissaient.

À bien y réfléchir, elle pouvait considérer tout cela comme une victoire. C'est elle qui avait quitté Harry, et non l'inverse. Elle avait senti le vent venir et paré à temps au danger. Or le voilà qui débarquait chez elle avec des roses qui avaient coûté bonbon, dans le même pardessus et la même voiture qu'à l'époque, pour confesser ouvertement qu'il n'était pas heureux avec sa coach sans frange aux lèvres botoxées. Il y avait quelque chose de désespéré dans son regard lorsqu'il avait décrit la personnalité et les exigences de cette femme, et sa situation financière semblait réellement l'inquiéter.

Il lui avait aussi demandé pardon pour ses propos. Pour cette horrible remarque.

Mais elle, elle avait sa propre maison à deux pas de la mer, un travail qui lui plaisait, des amis. Pas d'enfants, certes, ni de compagnon, mais une moto et une mouette dans son jardin.

Lisbeth alla dans le séjour, alluma des lampes, revint à la cuisine et y fit de même, alluma aussi les bougies du chandelier de l'Avent. Elle se tartina un cracker avec de la purée de tomate, l'orna d'une olive, but quelques gorgées de thé.

Peut-être Harry et elle auraient-ils pu surmonter tout cela s'ils avaient mis les choses à plat une bonne fois pour toutes. Durant toutes ces années, elle lui avait reproché son incapacité à écouter ou à s'ouvrir. En même temps, elle n'avait pas brillé en la matière, elle non plus. Par exemple, elle ne lui avait jamais expliqué pourquoi le fait qu'il apprécie d'autres femmes l'affectait tant. Elle n'était pas d'un tempérament jaloux, au fond, elle considérait la jalousie comme un sentiment contreproductif. Il n'y avait rien de mal à avoir un béguin pour quelqu'un d'autre, cela ne signifiait pas forcément qu'on mettait sa relation en péril. Et bien sûr, il n'était pas désagréable d'avoir un compagnon que d'autres aussi trouvaient séduisant. Tant que cela restait dans des limites acceptables.

Mais c'est là qu'était son talon d'Achille, la blessure d'enfance. *Ils vont encore avoir peur, tellement je suis laide.*

Cela remontait à loin et le souvenir en lui-même s'était peut-être estompé, même si l'effet persistait. Helena et Lisbeth étaient petites, elles avaient une nouvelle baby-sitter. La fille était gaie, leur avait dit bonjour gentiment et avait plu à Lisbeth. Jusqu'au jour où elle avait reçu la visite d'une copine.

La baby-sitter et sa copine bavardaient dans la cuisine, Helena était sans doute dans sa chambre. C'est en allant aux toilettes que Lisbeth avait entendu la nouvelle nounou confier tout haut à son amie : « Bon, les parents sont super sympas, et la petite Helena est mignonne comme tout, elle, mais l'autre, Lisbeth, aïe aïe aïe, quel laideron. Je crois que je n'ai jamais vu une gamine aussi disgracieuse de ma vie. Elle est laide à faire peur. »

Lisbeth s'était réfugiée dans sa chambre et, recroquevillée sur le plancher, elle avait pleuré.

Elle était laide, elle le savait. Les gens disaient toujours à Helena qu'elle était mignonne, mais jamais à elle. Comme peuvent le faire les enfants, elle en avait conclu qu'elle était laide. Même chose avec ses parents. Alors qu'ils qualifiaient Helena de joli petit chou, Lisbeth était leur bonne petite fille ou une enfant gentille et sage. Elle ne s'était pas trop posé de questions là-dessus.

Mais il ne lui était encore jamais venu à l'esprit qu'elle était laide à faire peur. La remarque s'ancra en elle et modifia son comportement. Chaque fois qu'elle rencontrait de nouvelles personnes, elle était assaillie par ce *Ils vont encore avoir peur, tellement je suis laide*, et ainsi, elle s'était repliée sur elle-même, avait perdu une part de sa spontanéité.

Alors chaque fois qu'Harry se prenait d'engouement pour quelqu'un d'autre, la blessure se rouvrait.

Elle se remémora les Noëls de son enfance, passés le plus souvent tous ensemble, avec les grands-parents, paternels et maternels. Tous les quatre en vie, tous les quatre gentils et bienveillants, ils offraient les cadeaux qu'on désirait, qui n'avaient aucune utilité. Puis les parents de son père étaient morts, et ensuite ceux de sa mère. Helena s'était mariée, elle avait eu des enfants et Noël s'était empli de tumulte et de cris, et du voisin déguisé en père Noël.

Elle revit son bonheur quand Harry était avec eux, sa solitude mêlée au souvenir brûlant de la fausse couche quand il ne fut plus là. Ce Noël affreux où ses parents avaient invité un de leurs amis, un jeune veuf, qui lui avait offert un négligé, et son père, se voulant diplomate, qui avait remarqué après coup : « Enfin, il est quand même avocat. » Elle avait jeté le cadeau. S'était sentie salie.

Lisbeth rangea la nourriture au frigo et passa dans l'entrée, fermement décidée à aller de l'avant plutôt qu'à ruminer. Après un rapide examen, elle jugea ses bottes en caoutchouc assez propres pour marcher avec dans la maison. Elle enfila plusieurs paires de chaussettes et enfonça sa jambe ainsi gonflée dans la botte. Elle prit un parapluie, raidit la jambe, appuya sur le talon, s'aida du parapluie.

Pas difficile. Pourquoi ne pas faire un essai dans l'escalier ?

Elle gravit une marche à la fois. Jambe tendue, talon, parapluie. Excellent. C'était comme une danse. Arrivée en haut, elle fit demi-tour. Elle avait juste amorcé la descente quand son téléphone envoya deux signaux successifs.

Le parapluie glissa sur le parquet et valsa dans les airs. Lisbeth voulut s'agripper à la rampe, la manqua, dérapa et dégringola plusieurs marches. Elle atterrit durement sur les fesses, poussa un juron et se releva. Pourvu qu'il n'y ait rien de cassé. Il ne manquerait plus que ça.

Son bras et son dos lui faisaient mal. Elle avança en boitillant jusqu'à son téléphone. Le premier message était d'Harry. « Merci encore. Ça m'a fait très plaisir de te voir. Ah, et puis : je n'ai jamais été aussi bien qu'avec toi au…, enfin, tu vois. À bientôt. J'y tiens. J'espère que toi aussi. Je t'embrasse, Harry. »

L'autre message était de Sara.

« Alléluia, Tu as gagné le gros lot. Je t'ai trouvé une tenue de ski ! »

Lisbeth entra dans le séjour, jeta son portable sur la table basse et atterrit elle-même dans le canapé. Elle attrapa la télécommande et alluma la télévision. Une rediffusion de la cérémonie matinale de la Sainte-Lucie. Par chance, elle avait des brioches à la maison, il devait bien y en avoir une au safran.

CHAPITRE DIX-SEPT

Jeudi 14 décembre

— Maîtresse, maîtresse, c'était qui ta meilleure amie quand tu étais petite ?

La cour fourmillait d'enfants et d'adultes, on aurait dit une migration de lemmings. Certains se bousculaient, d'autres se lançaient des boules de neige. Il y avait de l'animation, comme souvent, lorsque la cloche avait sonné la fin de la journée. On rentrait à la maison, un cartable plein de savoir sur le dos et les poumons remplis d'air frais.

Lisbeth était restée dans sa classe pour ranger, trier les dessins, les accrocher au mur. Il fallait bien le faire, mais surtout, elle voulait éviter de croiser des collègues, en particulier Jonas Bonde. Elle n'avait aucune envie de palabrer sur ses aptitudes de skieuse ou sur le week-end à venir. Ce voyage envahissait à nouveau son esprit, bien que la visite d'Harry, puis son message, aient fait diversion.

— Alors, c'était *qui* ?

Lisbeth baissa les yeux et vit le regard curieux du garçon aux brioches-monstres.

— Elle s'appelait Annabella.

— Annabella ? Drôle de nom.

— Je le trouvais joli. C'*est* un joli nom.

— C'était ta meilleure amie ?

— Oui, c'était ma meilleure amie, on jouait beaucoup ensemble. On habitait dans la même rue, nos maisons étaient voisines.

— Vous êtes toujours copines ?

Lisbeth secoua la tête, resserra son manteau, enroula son écharpe un tour de plus autour de son cou.

— Non. Enfin, si. Euh, non, nous ne sommes plus copines.

— Tu ne sais pas ?

— Non, parfois on ne sait pas. Mais maintenant il faut que je rentre, et toi aussi. À demain.

Pour toute réponse, il lui adressa un regard interrogateur, sa bouche s'ouvrit, prête à laisser jaillir un torrent de questions, que Lisbeth évita en s'esquivant sur un nouvel « au revoir ».

Elle descendit rapidement l'escalier, il fallait qu'elle se dépêche pour voir Tobbe. Il était arrivé chez elle sans prévenir, pendant qu'elle prenait son petit-déjeuner. Il s'était excusé, mais il passait par là et espérait pouvoir lui montrer le résultat de ses photos. Il avait tapoté sur son iPad, cliqué sur un lien, et une photo floue était apparue, censée représenter le tuyau. Puis il lui avait montré une zone plus sombre, la fameuse fissure.

La bonne nouvelle était que la fissure se situait sur le dessus. Le risque d'un dégât des eaux était donc minime. La moins bonne nouvelle était qu'il serait sans doute difficile de colmater le tuyau par chemisage. Mais il avait ses outils et était prêt à se mettre au boulot. Si elle lui faisait confiance, il pouvait travailler toute la journée, pendant qu'elle était à l'école.

N'ayant pas le temps de tergiverser, Lisbeth avait accepté. Il s'était donc installé dans la cuisine avec sa caméra et avait localisé le problème. Il ne lui restait plus qu'à s'y mettre et à croiser les doigts.

Quelle chance, tout de même, qu'Harry soit venu avant. Indépendamment de ce qu'elle éprouvait pour lui, elle n'aurait vraiment pas aimé qu'il arrive dans une cuisine sens dessus dessous. Ils n'auraient jamais pu se dire ce qu'ils s'y étaient dit ni faire ce qu'ils avaient fait, et tout cela n'était sans doute pas un hasard.

Même si elle ne savait pas quoi penser du message qu'il lui avait envoyé. Devait-elle le prendre comme un *compliment* ?

Lisbeth composa le numéro de Sara sur son portable mais n'obtint aucune réponse. Elle laissa un message vocal demandant des nouvelles et, à peine une minute plus tard, reçut un SMS : « Je te raconterai demain et j'apporterai les vêtements. Ils vont t'aller, je te le garantis. Suis en train de coiffer Margaretha. Parce qu'elle part au ski en Autriche ce week-end… »

Ce voyage au ski avait un potentiel de transformation sur tout le village. Telle une galerie de blaireau sous une terrasse. Un potentiel hautement explosif.

La voiture de Tobbe était toujours devant la maison. Lisbeth entra dans le jardin après avoir salué la mouette qui se reposait sur une marche. Le matin, elle lui avait donné un peu de pain, consciente que cela n'était pas forcément une bonne idée. Mais quelque chose dans la personnalité de cette mouette lui plaisait. C'était peut-être une mouette solitaire, qui voulait quitter sa colonie, vivre sa propre vie. Elle méritait bien un croûton ou deux.

Un nuage de poussière l'accueillit quand elle ouvrit la porte. Elle cria « Hou hou ! » et suspendit son manteau. Puis elle entra dans la cuisine.

Vide.

Enfin, non, pas vide, seulement… déplacée. Les placards du bas avaient été poussés, le sol mis à nu, et Tobbe portait un casque anti-bruit. Manifestement, il venait de percer le mur.

Quand il aperçut Lisbeth, il ôta son casque. Son pull était trempé et collait à son dos.

— Comment ça se présente ? demanda-t-elle en essayant de garder une voix ferme, alors qu'elle était au bord des larmes.

Elle avait mis tant d'espoirs dans la solution du chemisage et cru que tout serait réglé avec le minimum de désordre. Là, c'était le chaos maximal. Des éléments de cuisine dans le séjour, de la vaisselle par terre. De la poussière partout.

— Ça n'a pas marché, avec la chaussette ?

— Non, malheureusement. Ça s'annonçait bien, mais ça n'a pas tenu. J'ai fait ce que j'ai pu, mais les tuyaux sont trop vieux, tout simplement.

Tobbe secoua la tête. Les tuyaux étaient fragiles, il avait suffi qu'il commence à envoyer le produit avec son dispositif pour que ça éclate à d'autres endroits. La seule solution était de faire une saignée dans le mur et de reboucher ensuite.

Du doigt, il lui montra qu'il avait tout entreposé dans le séjour. Lisbeth considéra le sol de la cuisine, ou plutôt ce qu'il en restait. Le mortier avait été enlevé à la perceuse et à présent les tuyaux saillaient du mur en ondulant tels des serpents de mer.

Tobbe lui expliqua que la situation était plus complexe qu'il n'y paraissait. Il avait atteint l'origine de la fuite, assez éloignée. Pour l'instant, il devait aller dans un magasin de bricolage acheter un bout de tuyau à la bonne taille, puis il remplacerait l'ancien pour que tout soit étanche, et après on pourrait reboucher tout ce bazar.

— Vous pouvez utiliser le four et la cuisinière, mais pas le lave-vaisselle. Il y aura un peu de désordre pendant quelques jours, mais je vais arranger ça.

— OK.

Du désordre. La bonne blague.

Tobbe remarqua qu'elle était devenue livide.

— Vous pouvez avoir confiance, je vous assure, et je ferai en sorte que cela soit le moins cher possible. J'ai pensé à une chose. Vous partez, ce week-end, n'est-ce pas ? Si vous acceptez de me confier vos clés, je travaillerai pendant que vous n'êtes pas là. Ça vous épargnera en partie tout ce chaos en tout cas.

Elle ouvrit la bouche pour répondre, mais se retint. Elle devait au moins s'accorder un temps de réflexion.

— Il est quatre heures, reprit Tobbe, je vais essayer de trouver le tuyau. Je repasserai demain, si ça vous va, un peu plus tard. Vous me direz ce que vous avez décidé. Ah, j'ai aussi posé les roses dans le salon, si vous les cherchez.

Lisbeth approuva de la tête. Il avait donc remarqué les roses. Elle ne releva pas. Elle était sur le point de lui dire qu'elle lui faisait confiance mais que tout cela était un peu beaucoup pour elle, quand elle entendit un hurlement de pneus dans la rue. Presque aussitôt, on cognait à sa porte. Tobbe la regarda, elle alla ouvrir, envahie par l'idée absurde qu'elle avait fait quelque chose de mal et peut-être été démasquée comme usurpatrice, dénoncée par l'équipe nationale junior de ski alpin pour avoir tenté de se faire passer pour quelqu'un d'autre.

C'était Helena. Sa grande sœur.

Elle portait une sorte de large poncho sous lequel pointait son gros ventre. Jusqu'ici, la femme sur le perron était bien Helena, mais la ressemblance s'arrêtait là. Ce n'était plus une Helena bien coiffée, maquillée, maîtresse d'elle-même et prévenante. Cette Helena-là était une furie déchaînée, avec les cheveux en bataille et de la folie dans le regard. Derrière elle, un gros break, sa voiture, était garé l'avant enfoncé dans la haie.

— Bonjour. Mais qu'est-ce qui t'amène ?

— C'est quoi cette voiture devant chez toi ? J'ai failli l'emboutir.

— C'est un artisan qui…

Sans attendre la réponse, Helena poussa Lisbeth sur le côté. Elle fouilla dans la penderie en quête d'un cintre, grommela, se débattit avec le morceau de tissu qu'elle avait sur le dos, finit par le jeter par terre. La manœuvre avait rendu ses cheveux électriques, ils partaient dans tous les sens ; ses sourcils d'ordinaire si bien épilés se rejoignaient à la racine du nez. Son cou était constellé de rougeurs.

— Tu peux m'aider à enlever ces foutues bottes ?

Helena se laissa tomber lourdement sur une chaise. Lisbeth saisit la botte droite et dut s'arc-bouter pour la faire glisser, on aurait dit que la botte était moulée sur le pied d'Helena. Une fois la gauche retirée elle aussi, Lisbeth se retrouva tout en sueur.

Quand Helena était-elle venue ici pour la dernière fois ? Et toute seule ? Probablement juste après l'emménagement de Lisbeth. Mais non, elle avait eu les enfants avec elle, là aussi. En tout cas, chez Lisbeth elle avait toujours été comme on la connaissait : jolie et bien habillée, le regard haut, une femme efficace, ordonnée. Les cheveux brillants tombant droit sur ses épaules.

Cette fois-ci, elle était affalée sur sa chaise comme un morse échoué et n'avait même pas dit bonjour.

— J'ai été attaquée par une mouette complètement cinglée, dehors, et il y avait du pain à côté d'elle. Tu n'es quand même pas assez bête pour la nourrir, j'espère ? Parce que sinon, c'est toi qui les cherches, les problèmes. Elle va s'installer ici, faire des saletés et avoir des petits, tu ne pourras plus t'en débarrasser.

Curieux, ce qu'une telle remarque pouvait susciter comme sentiments. Au moment où elle avait jeté le pain à l'oiseau, Lisbeth avait bien envisagé la situation sous cet angle, en effet, mais soudain, tout se retournait. Que personne ne vienne se plaindre de sa mouette ni lui dicter ce qu'elle avait à faire avec ses… animaux domestiques.

Un « Tu m'emmerdes » faillit lui échapper, mais elle fit ce qu'elle incitait ses élèves à faire dans ces cas-là : elle serra les lèvres et se retint.

Qu'est-ce qui lui valait cette série de visites imprévues ? D'abord Harry, ensuite sa sœur. S'imaginaient-ils qu'elle avait ouvert un cabinet de psychologue ? À l'évidence, Helena avait quelque chose sur le cœur. Tout comme Harry, la veille. Alors pour ça, on venait la voir. Et cette cruche de Lisbeth était toujours prête à bouleverser son planning, il suffisait de la flatter un peu, et elle ne coûtait pas cher.

Helena se leva. Elle était énorme. Si Lisbeth n'avait pas su qu'Helena savait toujours tout mieux, elle aurait parié que sa sœur attendait des jumeaux. Son ventre était couvert d'un gigantesque pull tricoté main et de leggins détendus. Aucune trace de tenue de grossesse chic, à la mode et fonctionnelle.

— Qu'est-ce que tu fais…

Helena avait déjà franchi le seuil de la cuisine en se dandinant. Là, elle s'immobilisa et fixa Tobbe qui rassemblait ses affaires.

— Qui c'est, celui-là ? Qu'est-ce qu'il fabrique ?

Un tel manque de courtoisie fit rougir Lisbeth. Sa sœur avait un tas de défauts, mais il fallait reconnaître qu'elle n'était jamais impolie ni grossière. Elle devait être sérieusement perturbée.

Lisbeth s'interposa.

— Tobbe, je vous présente ma sœur, Helena. Tobbe est ici pour réparer un tuyau percé. C'est moins grave que ça en a l'air, pas d'inondation ou d'autre dégât, mais il faut s'en occuper, évidemment.

— Vous êtes tout seul, ici ? demanda Helena à Tobbe.

Typique, se dit Lisbeth, elle ne perd jamais de vue l'essentiel. Toujours le contrôle sur tout. Y compris sur les travaux de rénovation dans la cuisine de sa sœur, travaux qu'elle vient à peine de découvrir.

— Je suis une sorte d'homme-orchestre, voyez-vous. Je joue de tous les instruments, la guitare dans les mains, les grelots au pied, le tambour dans le dos. C'est comme ça que ça fonctionne le mieux en général, quand on ne dépend de personne. S'il y a quelqu'un sur qui on peut toujours compter, c'est soi-même, répondit Tobbe, et il tendit la main à Helena, qui la saisit machinalement, avant de pouvoir répliquer quoi que ce soit.

Tobbe ajouta qu'il était sur le point de partir. Lisbeth le raccompagna dans l'entrée, admirant la manière dont il avait désamorcé la situation et l'imaginant en musicien des rues. Quel sens de la répartie !

Il mit ses chaussures et répéta qu'il repasserait le lendemain, un peu plus tard, si cela lui convenait, bien sûr. Quand il souriait, il était vraiment mignon.

— C'est très gentil de votre part de me proposer de travailler ce week-end. Il faut juste que je trouve un double des clés.

— On verra ça demain. Allez, au revoir.

— Au revoir. Ah, et puis je suis désolée, pour ma sœur, elle n'est pas comme ça d'habitude, parvint-elle à chuchoter.

Le sourire de Tobbe s'élargit.

— J'ai vu pire, et à ce stade, on est d'humeur parfois un peu instable. On connaît ça.

Il avait donc des enfants, peut-être une femme aussi. Encore que ça n'en avait pas l'air, pourtant. À nouveau, Lisbeth se posa des questions sur sa situation.

— À demain.

— La voiture d'Helena vous gêne pour sortir, peut-être ?

— Ça va aller.

Lisbeth ferma la porte et retourna dans la cuisine où Helena s'était écroulée sur une chaise, jambes écartées.

— Tu veux boire quelque chose ?

La tête entre les mains, Helena soupirait.

— Je fais du thé ? demanda Lisbeth.

Pas de réponse, juste un signe de tête. Lisbeth prépara une théière, alla chercher les mugs anglais et, après un instant d'hésitation, ressortit les victuailles d'Harry. Elle lui était reconnaissante d'en avoir apporté autant.

Elle disposa sur la table le pain et les brioches d'Elina, qui avaient l'air presque aussi appétissants que la veille. Tomates, olives, salades et fromages s'étaient requinqués dans le frigo. Enfin, elle rapporta les roses. Autant montrer à Helena ce qu'elle pouvait offrir un jeudi ordinaire de décembre. Même dans une cuisine en ruine.

Elles étaient assises l'une en face de l'autre. Et de trois ! D'abord Sara et ses soucis, ensuite Harry, et maintenant Helena. Cabinet Thérapeutique Lisbeth. CTL. Ouvert 24 h / 24, à l'écoute de tous et de tout, et de préférence du pire.

— Qu'est-ce qui t'amène ? Enfin, je suis très contente que tu sois là, mais il s'est passé quelque chose, apparemment.

La dernière fois qu'elles s'étaient vues, c'était pour l'anniversaire de leur mère, cinq mois plus tôt, autour des habituels café et gâteau, dans le pavillon à Göteborg. À ce moment-là, le ventre d'Helena se remarquait à peine.

— Ce qui s'est passé ? Je vais te le dire. Micke en a marre, voilà ce qui s'est passé. Il dit qu'il ne sait plus où il en est. Il ne sait plus s'il souhaite continuer à faire ce qu'il fait, vivre comme on vit, ou vivre avec moi, et il songe sérieusement à ouvrir un restaurant en Italie avec une femme qui a dix ans de plus que lui.

CHAPITRE DIX-HUIT

Jeudi 14 décembre

Lisbeth ne put s'empêcher de penser que c'était se compliquer la vie. Ouvrir un restaurant en Italie ? On trouvait déjà des petits endroits agréables à tous les coins de rue, là-bas. Soit, elle n'était allée qu'une fois en Italie, mais c'était l'impression qu'elle avait eue.

Entretemps, Helena avait commencé à entasser la nourriture au petit bonheur sur son assiette. Peut-être l'enfant réclamait-il son repas. Il promettait, ce petit. Quelle chance qu'il reste des provisions mais qu'Harry soit parti.

— Oh, ma pauvre Helena. Il s'est passé quelque chose ? À son travail, peut-être ?

Micke travaillait dans une compagnie d'assurances depuis assez longtemps. Lisbeth n'avait souscrit aucun contrat chez lui.

Chaque fois qu'elle entendait son beau-frère s'échauffer sur les explications stupides que lui servaient les gens qui avaient eu un accident, Lisbeth était confortée dans l'idée de ne pas espérer d'indemnité en cas de sinistre. « Je roulais tranquillement sur la route quand un poteau s'est jeté sur moi. » L'une des éternelles blagues de Micke. La première fois qu'il l'avait sortie, c'était drôle, la deuxième, un peu moins et la troisième, plus du tout.

Cependant, Lisbeth s'était toujours bien entendue avec Micke. Derrière son air sec et ses lunettes carrées, elle avait deviné l'aventurier. Ainsi, ce qu'Helena venait de lui raconter ne la surprit pas outre mesure. Par exemple, quand elle s'était acheté sa moto, Micke avait été le seul de la famille à s'enthousiasmer au point de la lui emprunter pour faire un tour ; après tout, il avait passé le permis moto dans ses jeunes années et n'en avait que trop rarement profité.

Helena mastiquait rageusement une tomate séchée. À l'évidence, elle était prête à massacrer tout ce qui évoquait l'Italie. Elle n'avait pas encore versé une larme, n'était peut-être pas triste, d'ailleurs, seulement archi-furibonde. Lisbeth avait bien fait de suggérer que les problèmes de Micke étaient d'ordre professionnel et n'avaient rien à voir avec leur vie personnelle.

— Non, pas que je sache, en tout cas, répondit Helena. Tout est comme d'habitude. Les enfants sont sages, moi je vais bien et je ne fais pas d'histoires, pourtant, enceinte comme je suis, je pourrais me lamenter d'être obligée de dormir et de travailler avec cette espèce de grosse valise sur le ventre. Et voilà ce truc qui me tombe dessus. On était au restaurant – j'avais fait venir une baby-sitter –, je parlais de l'accouchement, et d'un coup il vide son sac. Maintenant il est parti. Il habite chez ses parents et s'est mis en arrêt maladie.

— Tu ne crois pas qu'il est simplement épuisé ?

Lisbeth aurait voulu dire que cette idée d'accouchement à la maison était peut-être la goutte d'eau qui avait fait déborder le vase. Mais elle n'osait pas. Helena était énorme. Et en colère.

— Par son boulot ? Alors là, il faut vraiment y mettre du sien pour arriver à s'épuiser dans ce job.

Lisbeth eut à nouveau envie de provoquer Helena en lui répondant que tout le monde n'avait peut-être pas sa capacité à elle d'écarter les surcharges émotionnelles et de foncer, le nez dans le guidon. Même si Helena en abattait beaucoup à la maison, elle avait un métier prenant, bossait à l'hôpital la plus grande partie de la journée, et puis les gosses étaient à eux deux. Trois, bientôt quatre, avec tout ce que cela signifiait d'allers-retours pour les conduire à leurs activités, en plus des devoirs, des achats de vêtements, des repas à préparer et des histoires à raconter le soir. Micke avait toujours accompli sa part. Il avait bien le droit d'être épuisé lui aussi.

Elle jeta un rapide coup d'œil aux tuyaux. *Du désordre*, c'était le moins qu'on puisse dire. La cuisine sentait la poussière, de fines particules en suspension rendaient l'air épais et difficilement respirable. Cependant il n'y avait pas d'odeur. Curieux. Maintenant que tout était ouvert, cela aurait dû puer, en fait.

Elle se rendit compte que Tobbe ne lui avait pas montré où se situait le trou exactement. Elle n'avait vu qu'une photo. L'arrivée d'Helena les avait interrompus et elle-même n'avait pas pu se concentrer.

Ce soir, il aurait fallu qu'elle s'entraîne. On était jeudi, elle n'avait plus beaucoup de temps. Demain, on lui poserait le plâtre. Elle maudit Helena d'avoir des problèmes de couple juste à ce moment-là et de venir s'épancher dans son giron. Pourquoi n'allait-elle pas voir une de ses nombreuses amies ? Celles avec lesquelles elle faisait régulièrement des virées, pour de courtes vacances ou un week-end prolongé à Paris, à Londres, et même à New York ?

Une fois, elles avaient proposé à Lisbeth de les accompagner. Mais n'ayant pas les moyens, celle-ci avait refusé, au prétexte qu'elle était déjà prise. Elle aurait dû donner la véritable raison, car elle n'avait plus jamais eu d'autre proposition.

Helena continuait à mastiquer frénétiquement, l'air maussade. Lisbeth l'observait. C'est ma sœur, pensa-t-elle, nous avons la même mère, le même père, nous avons vécu un certain nombre d'années sous le même toit et malgré cela, je ne sais plus vraiment qui elle est. Je peux dire comment elle s'habille, comment elle élève ses enfants, pour qui elle vote et qu'elle aime le dos de cabillaud aux crevettes.

Mais nous nous sommes éloignées l'une de l'autre et maintenant je ne sais plus ce qui la fait rire ou pleurer. J'ignore ce qu'elle souhaite le plus, ce dont elle a peur, si elle désire quelque chose qu'elle ne peut avoir. Je ne sais pas si elle redoute de tomber malade, si elle croit en Dieu et si oui, de quelle manière, et je n'ai aucune idée de ce que peut être sa vie sexuelle avec Micke. Nous aurions dû faire des choses ensemble, juste elle et moi, pour créer des occasions de nous parler.

Mais c'était peut-être trop demander. Quelques années plus tôt, Lisbeth avait lu que les frères et sœurs, du fait qu'ils avaient les mêmes parents – quand c'était le cas –, vivaient dans l'illusion qu'ils partageaient les mêmes expériences d'enfance et de jeunesse. Or ceci ne se vérifiait même pas dans les familles classiques. Les années qui séparaient les naissances suffisaient parfois à transformer radicalement les parents et leur relation, et par conséquent l'environnement dans lequel ils élevaient leurs enfants. Helena et Lisbeth avaient donc peut-être été élevées dans des atmosphères totalement différentes, avec des parents totalement différents, bien qu'identiques.

Helena était donc la plus âgée, et quatre ans, ça comptait beaucoup. Elle avait sa propre chambre, fermait la porte à clé. Elle laissait gentiment Lisbeth entrer, quand elle y était forcée, pas plus, ce qui était tout à fait compréhensible. Helena avait toujours été ordonnée, eu des projets, un but. Lisbeth était bien plus velléitaire.

Leurs parents les avaient-ils traitées différemment ? Difficile à dire. Non, en fait. On attendait de toutes les deux qu'elles réussissent à l'école et dans leurs loisirs, mais l'essentiel était qu'elles fassent de leur mieux. Avec Helena, il n'avait pas été nécessaire d'être très exigeant, et Lisbeth, elle, assurait le minimum nécessaire.

Pendant son adolescence, Helena avait eu un ou deux flirts ; plus tard, de beaux types passaient régulièrement la chercher, et Lisbeth, le nez collé à la fenêtre, se demandait où ils allaient. Helena avait rencontré Micke pendant ses études de médecine, ce fut lui, puis il y eut le mariage avec toute la famille, puis les enfants, la maison et tout ce qui s'ensuit.

Maintenant Helena était là, engloutissait de la nourriture comme si elle n'avait rien mangé depuis des jours, s'abreuvait de thé et avait de la tomate sur la joue.

Au milieu d'une bouchée, elle leva les yeux.

— Qu'est-ce que tu as fait à tes cheveux ?

— Je les ai fait couper.

— Joli. Mais je croyais que tu n'aimais pas les cheveux courts.

— Ça repousse, c'est ça qui est bien avec les cheveux. Comme le lui avait dit la fille qui l'avait coiffée, au salon de Sara. Pas mal comme argument, finalement.

Helena ne s'étendit pas sur le sujet. Elle posa son couteau et sa fourchette sur son assiette, s'essuya le visage avec sa serviette, étalant davantage la trace de tomate. Elle avait l'air fatiguée. Fatiguée et triste. Lisbeth ressentit de la compassion pour sa sœur, malgré la remarque ambiguë qu'elle avait faite sur sa nouvelle coiffure. Enfin, elle allait accoucher dans quelques semaines seulement.

— Où as-tu trouvé cet artisan ?

— Tobbe, il s'appelle Tobbe. Il vient d'arriver dans la région, j'ai vu une annonce dans un magasin et j'ai appelé.

— Tu as confiance en lui ?

— J'avais besoin que quelqu'un vienne rapidement, il était disponible tout de suite et jusqu'à présent il a bien travaillé. Je dois absolument faire réparer ce truc.

Helena ne répondit pas, se contenta de considérer le désastre, sans bouger de sa chaise. Lisbeth attrapa les allumettes et alluma les deux premières bougies de l'Avent.

— Où sont les enfants ? demanda-t-elle.

Helena poussa un soupir.

— Maman s'occupe d'eux à la maison. J'ai dit que j'étais obligée de rester plus longtemps au travail. Je n'ai pas encore eu le courage de lui parler de Micke, en fait. C'est bientôt Noël, alors elle prrrépare son jambon, tu sais bien.

Elles échangèrent un regard de connivence. Entre sœurs. Se sourirent.

— Je vois.

Le téléphone de Lisbeth émit un signal. Elle s'excusa et passa dans l'entrée. Elle s'attendait à recevoir des nouvelles de Sara, mais c'était un message d'Harry. Sous une photo de lui torse nu, dans un caleçon qui tombait assez bas, il avait écrit : « Tu me manques », et ajouté un cœur. Lisbeth fit disparaître la photo, respira profondément et retourna dans la cuisine.

— Excuse-moi.

Helena balaya l'excuse d'un revers de la main.

— Je ne comprends pas ce que Micke a dans la tête. On croit connaître quelqu'un, et un jour on découvre qu'on ne le connaît pas du tout. Il n'avait jamais parlé de ça avant, il avait l'air satisfait de sa vie, je veux dire, on était bien ensemble. On *est* bien ensemble. Chacun a ses problèmes, mais de là à partir pour jouer les cuisiniers… il ne *sait* même pas la faire, la cuisine.

— Il était comment, ces derniers temps ? Vous vous êtes beaucoup disputés ?

— Pas plus que d'habitude. En fait on ne se dispute pas si souvent, même s'il m'agace, parfois. Il a de ces idées, par exemple qu'on devrait tout envoyer balader, vendre la maison, acheter un camping-car et sillonner les U.S.A. et le Canada pendant un an, mener une vie simple. Complètement irréaliste. On dirait qu'il attend toujours que sa vie commence pour de bon. « Tu as des enfants », je lui ai rappelé, et il a répondu : « Mais on les emmène, évidemment. » Je te le dis, je ne comprends pas ce qu'il a dans la tête.

— Il est parti depuis combien de temps ?

Helena soupira. Après leur dîner au restaurant, il était rentré avec elle à la maison, avait fait sa valise à toute allure et s'était taillé. Ça faisait quatre jours, maintenant. Il n'avait ni appelé ni envoyé de message ni répondu aux siens, rien. Elle avait cherché à le joindre à son travail, il n'y était pas non plus.

Elle fit crisser son assiette à force de la racler. Lisbeth lui aurait bien demandé d'arrêter avant que la terre cuite apparaisse sous l'émail, c'était d'une pingrerie, mais une fois de plus, elle se retint. L'obsession de sa sœur de ne pas gaspiller une miette était ridicule. Ils en plaisantaient dans la famille : les assiettes d'Helena pouvaient retourner directement dans le placard sans passer par le lave-vaisselle. Helena se déclarait alors *not amused*, et elle continuait à racler.

— Qu'est-ce que tu comptes faire ? demanda Lisbeth.

Autrement dit : as-tu un plan ? Comme elle-même en avait un pour son séjour au ski. Ce qui était très bien pour elle, mais qu'on ne pouvait pas exiger d'une personne en crise. Il fallait l'écouter sans chercher à lui donner de bons conseils et surtout, ne pas tout ramener à soi. Ne pas commencer avec des « je sais ce que tu ressens moi aussi j'ai eu des angoisses et la nuit on croit qu'on va mourir mais si le cœur n'arrête pas de battre on ne meurt pas et on continue comme on peut une heure après l'autre ».

Enfin, on pouvait peut-être dire ce genre de choses, mais sans *s'étendre* sur son cas personnel ni minimiser ce que vivait l'autre et qui était unique. Les angoisses de Lisbeth n'étaient pas celles d'Helena, son sentiment d'abandon ne pouvait pas être comparé à celui de sa sœur. Et puis Helena avait des enfants, il ne fallait pas l'oublier. Des enfants dont on devait tenir compte, auxquels il faudrait donner des explications. Des enfants qui cogitaient, qui pleuraient et qui avaient des sentiments. On ne pouvait pas penser seulement à soi, en tout cas pas en permanence.

Et pourtant. Lisbeth observait Helena appuyée sur le dossier de sa chaise, le visage défait, elle qui avait d'ordinaire un teint si frais. Moi aussi j'ai été au bout du rouleau, faillit-elle dire. Quand j'ai perdu mon bébé, que j'ai quitté Harry et déménagé, je me sentais tellement seule, ratée et nulle que tout me semblait vain. Combien de fois m'as-tu appelée ? Une fois ? Es-tu venue passer un week-end ici avec moi ? Non, ça n'était pas possible à cause des enfants. Mais aller à Paris avec tes amies, ça c'était possible.

Laisse tomber.

— Qu'est-ce que tu dis ?

— Je me demandais ce que tu comptais faire.

Helena secoua la tête.

— Aucune idée. Qu'est-ce que je peux faire s'il n'y a même pas moyen de discuter avec lui et de savoir ce qu'il veut ? Je ne sais même pas ce que je vais dire aux enfants.

— Qu'est-ce que tu leur as dit jusqu'à présent ?

— Qu'il est en voyage pour son travail. Si ça se prolonge, il faudra que je leur dise qu'il est parti voir ses parents, mais il ne peut pas non plus rester là-bas éternellement. C'est bientôt Noël et je ne sais pas s'il va revenir passer les fêtes avec nous. Il me laisse avec tout sur le dos. Quel égoïste.

Les parents de Micke habitaient à Trollhättan, ce n'était pas le bout du monde, mais quand même assez loin de Göteborg. Helena semblait s'entendre assez bien avec ses beaux-parents, ils s'occupaient beaucoup de leurs petits-enfants, eux aussi. Pour ça, Helena et Micke avaient de la chance.

Le téléphone de Lisbeth émit un nouveau signal. Elle l'ignora mais peu après, un second bip retentit. Helena la regarda et elle se sentit rougir. Elle sortit de la pièce et vit qu'Harry avait envoyé une autre photo de lui au bord de la mer, se prélassant sur une couverture au soleil. Il avait écrit : « Je veux revenir ici avec toi. »

— C'était qui ? l'interrogea Helena.

Sa sœur n'allait donc pas si mal, finalement, si elle se permettait de mettre le nez dans ses messages.

— Seulement un collègue. Mais toi, ma pauvre. Je…

« J'aimerais pouvoir t'aider », avait-elle d'abord voulu dire. Pensée aussitôt suivie d'un « Qu'est-ce que je peux faire », puis d'un « Pourquoi es-tu venue me voir, moi ? », paroles dont Lisbeth ignorait quand elle les avait entendu prononcer par sa sœur aînée pour la dernière fois. Au même instant, elle comprit pourquoi Helena était venue chez elle. Bien sûr, elle cherchait du réconfort. Elle avait dû penser qu'il n'y avait rien de tel que les liens du sang, et aussi qu'il valait mieux perdre contenance devant sa sœur que devant quelqu'un d'autre. Ce qui était du reste une preuve de confiance.

Mais ce qu'elle désirait avant tout, c'était que Lisbeth parle avec Micke. Que ce soit elle qui prenne contact avec lui et qu'elle lui rapporte ensuite ce qu'il comptait faire.

— Tu ne pourrais pas lui parler, toi ?

Tout en l'implorant, Helena était soulagée d'avoir enfin pu en venir au fait. Comme si elle savait que Lisbeth était incapable de dire non.

— Tu crois qu'il voudra me parler, à moi ? S'il ne donne aucune nouvelle, c'est peut-être qu'il traverse une mégacrise.

Helena avança le menton, l'air buté. Puis elle posa ses deux mains sur son ventre. Son expression s'adoucit, elle murmura que le petit remuait tellement là-dedans qu'elle arrivait à peine à dormir. Malgré tous les malheurs et les injustices du monde, la fierté et l'amour étaient là, le bonheur d'accueillir un joyeux petit bout de chou, bientôt prêt à voir la lumière du jour.

Lisbeth s'empressa de demander à sa sœur si elle se sentait bien, évitant ainsi de se prononcer au sujet du coup de fil à Micke. Helena allait bien, elle n'avait presque pas eu de nausées cette fois-ci.

— S'il te plaît, Lisbeth, tu peux appeler Micke ? Je suis persuadée qu'il te répondra, il t'aime bien, il t'a toujours appréciée. Une fois il m'a dit qu'il t'admirait parce que tu étais très courageuse.

— Moi ? Qu'il m'admirait, *moi* ? Parce que j'étais courageuse ?

— C'est ce qu'il a dit.

Lisbeth se demanda de quand dataient ces propos et quelles conséquences ils avaient eues pour Micke. Helena s'était-elle aussitôt plantée devant lui, jambes écartées, mains sur les hanches, le priant de s'expliquer ? Est-ce qu'elle n'était pas courageuse, *elle* ? À quoi Micke aurait pu rétorquer que si, bien sûr, elle l'était, mais ça, tout le monde le savait, alors que quand on pensait à Lisbeth, ce n'était peut-être pas la première chose qui venait à l'esprit, elle n'étalait pas son courage la première fois qu'on la rencontrait. Et Helena de demander si elle étalait son courage, *elle*, et Micke de répondre que non, bien sûr, elle ne le faisait pas, ni elle ni Lisbeth n'étalaient leur courage.

Et il se serait maudit d'avoir abordé le sujet.

Lisbeth était dans une position difficile. Était-elle censée prendre parti ou servir de médiatrice ?

— D'accord, je peux essayer de l'appeler, mais que veux-tu que je lui dise ? Que c'est toi qui m'as demandé de le faire ?

— Non, mon Dieu, surtout pas. Dis-lui seulement… dis-lui que tu m'as vue, que je t'ai raconté ce qui s'est passé et que tu as eu envie de l'appeler pour prendre de ses nouvelles.

La conversation débuterait sur un mensonge et se déroulerait donc sur de fausses bases.

— Qui c'est, cette femme avec qui il veut ouvrir un restaurant ? Ils fricotent ensemble ?

Charmante périphrase pour ne pas parler d'infidélité. Pourtant ni l'une ni l'autre ne pouvaient écarter cette éventualité. Helena secoua la tête. C'était une collègue de Micke depuis des lustres, précisa-t-elle, une femme plus âgée, abandonnée par son mari depuis longtemps et qui avait toujours rêvé d'ouvrir un restaurant en Italie.

— Ce qu'elle va fabriquer avec Micke, en quoi il va lui être utile, ça reste un mystère pour moi, mais voilà, c'est ce que j'ai compris du peu qu'il a daigné me dire avant de partir.

« Elle a peut-être vu des choses qui t'ont échappé », voulut répondre Lisbeth, mais le regard d'Helena la retint.

Pourquoi les gens se faisaient-ils souffrir les uns les autres en permanence ? Pourquoi bataillaient-ils tous ainsi avec leurs échecs au lieu de se sentir un tant soit peu valables et bons, ce qui les rendrait plus conciliants envers autrui et surtout envers ceux qu'ils prétendaient aimer ?

À nouveau, elle balaya la cuisine du regard. Ne serait-ce que cela. Et bientôt, elle partirait en Autriche avec une jambe dans le plâtre.

— D'accord. Je l'appellerai. Ce week-end je m'absente, je verrai si j'arrive à le joindre avant.

Helena leva des yeux inquisiteurs.

— Tu vas où ?

— En Autriche. Faire du ski.

Ce voyage avait indéniablement ses aspects positifs, du moins en théorie, en tant qu'*event*. Harry n'avait certes pas posé beaucoup de questions quand elle avait évoqué son week-end au ski, mais d'un autre côté, il s'était mis à lui envoyer des photos d'un genre particulier, comme elle n'en avait jamais reçu, même dans les premiers temps après leur rencontre. Quant à Helena, son haussement de sourcils trahit autant d'étonnement que de d'insatisfaction.

— Avec qui ?

— Avec quelques collègues. L'un d'eux est un ancien champion de ski alpin, ça promet d'être super sympa. On va à Sankt-Anton.

Helena soupira.

— Oh, c'est tellement joli, là-bas. On y est allés il y a quelques années, c'était formidable. Je donnerais n'importe quoi pour partir moi aussi, seule, juste avec quelques personnes sympathiques. M'occuper de moi. Décompresser. Me faire masser…

Lisbeth garda les yeux fixés sur la flamme d'une des bougies jusqu'à ce que sa vue se trouble. Helena jouait distraitement avec la Lucia en rouleau de papier toilette, sans rien dire. Elle avait sans doute elle-même récupéré l'une ou l'autre de ses œuvres de jeunesse, mais Lisbeth doutait qu'elle l'ait exposée. Helena décorait son intérieur avec goût. Peut-être pas exclusivement en bleu avec un unique ruban doré, comme la petite amie d'Harry, mais pas loin. Les bricolages artistiques des petits avaient aussi leur place. L'amour d'Helena pour ses enfants ne faisait aucun doute.

Elles étaient silencieuses. Finalement, Helena se leva, non sans difficulté. Elle se tenait le dos, avait un air outragé.

— Bon, eh bien maintenant il faut que je rentre, annonça-t-elle.

— Tu es sûre ? Tu ne veux pas rester dormir ? Il fait très sombre dehors.

Helena secoua la tête.

— Demain je travaille, les enfants m'attendent et je dois libérer maman.

— Et elle ne se doute vraiment de rien ? Ou papa ?

— Je t'ai dit qu'elle n'est pas au courant, et papa encore moins. Je n'ai pas la force de leur parler de ça pour l'instant.

Helena tangua vers l'entrée, se laissa tomber sur la chaise et essaya d'enfiler ses bottes. Lisbeth s'agenouilla pour l'aider. Les jambes de sa sœur semblaient avoir encore enflé, elle ne parvint pas à remonter la fermeture éclair jusqu'en haut. Elle ramassa le poncho, glissa les pieds dans des sabots et accompagna Helena jusqu'à sa voiture.

Là, elles restèrent immobiles. Helena parut hésiter puis fit de son mieux, avec son gros ventre, pour embrasser sa sœur.

— Merci pour le repas. Ça m'a fait du bien de te parler. Mais promets-moi de ne rien dire à personne, hein ? Et fais-moi signe quand tu l'auras appelé.

— Oui.

Lisbeth serra ses bras autour d'elle-même, dans son pull léger elle avait froid.

— À propos, reprit-elle, maman m'a dit que tu voulais accoucher chez toi, avec toute ta famille.

Il était temps, elle n'avait pas osé évoquer le sujet auparavant mais ne risqua pas d'autre remarque, celle-ci suffirait peut-être à amorcer une réflexion.

— Oui, parfaitement. Je refuse de retourner une fois de plus à l'hôpital où les accouchements se font à la chaîne. Je veux enfin pouvoir accoucher à ma façon, répondit-elle, prête à démarrer.

Elle fit une brusque marche arrière, arrachant au passage un bon nombre de petites branches sèches de la haie. Lisbeth regarda les feux arrière de la voiture s'éloigner. Un cri venant du fond du jardin faillit la saisir d'épouvante, mais elle comprit que c'était sûrement sa mouette.

Un cri sympathique, songea-t-elle alors.

Cette mouette était sans conteste de son côté, et c'était très bien ainsi. Tout soutien était bon à prendre, maintenant qu'Helena exigeait d'elle un service mais se souciait comme d'une guigne de son séjour au ski, de son boulot ou de sa vie en général.

CHAPITRE DIX-NEUF

Vendredi 15 décembre

— Voilà. C'est terminé. Levez-vous, que je voie ce que ça donne.

Lisbeth considéra sa jambe recouverte d'un plâtre, des doigts de pieds jusque sous le genou. À la vérité, elle n'en menait pas large en sortant de chez elle, quand Sara était venue la chercher. Elle avait claudiqué sur une jambe pour que l'illusion soit parfaite, au cas où quelqu'un serait passé. Elle avait eu un instant de panique en apercevant le vieux Torsten avec son chien, un peu plus loin, mais par chance il avait pris une autre direction.

Dans la voiture, Sara avait parlé sans interruption et Lisbeth à peine décroché un mot. Ce qui l'attendait n'avait plus aucune commune mesure avec ce qu'elle avait placé dans la balance. Son petit stratagème exigeait courage et détermination, qualités dont elle ne possédait, à cet instant, pas une once.

Toute la journée avait été placée sous le signe de l'inquiétude. Quand elle avait aperçu Jonas Bonde au détour d'un couloir, Lisbeth avait lâchement fait demi-tour pour l'éviter. Les enfants, auxquels elle avait spontanément promis une heure de conte supplémentaire chez Mariana, avaient été sages comme des images pour qu'elle ne change pas d'avis. Après la classe, ils auraient trois jours de congé. Il n'y aurait pas école lundi puisque la maîtresse allait au ski, et elle leur apprendrait encore plus de trucs super quand ils iraient à la montagne.

Il était trop tard, maintenant, pour faire machine arrière. Mais quand le docteur Girard les avait fait entrer dans le centre médical, elle et Sara, quelque chose dans son regard avait rassuré Lisbeth. Il irradiait un tel bonheur qu'elle eut l'impression qu'elle pouvait surmonter n'importe quelle épreuve. Et, cerise sur le gâteau, le moral de Sara aussi était remonté. C'est fou comme elle rendait les autres heureux, avec ses problèmes.

Après le départ d'Helena, la veille au soir, elle avait rangé sa cuisine dévastée et enfin réussi à s'entraîner avec les bottes en caoutchouc et le parapluie. Cela fonctionnait très bien. Elle avait commencé à faire ses bagages, délaissant sa valise usée pour la plus belle qu'elle avait pu trouver. La moitié de la place serait réservée aux vêtements de ski. À ce sujet, Sara continuait à entretenir le mystère. La surprise était pour plus tard.

Le docteur Girard lui demanda comment elle se sentait avec son plâtre.

— Bien, ça va bien.

Elle se mit à marcher dans la pièce, s'appuyant sur la béquille qu'il lui avait prêtée. Ce n'était pas difficile. Même si sa jambe maigrissait, son bras, lui, se musclerait, et le docteur Girard avait assuré une fois encore qu'elle ne devait craindre aucune séquelle. Pas avec le procédé qu'il avait conçu.

Il s'expliqua. Dès leur rencontre précédente, une idée lui était venue, qu'il avait peaufinée. Tout n'était qu'une question d'illusion. Personne n'irait regarder ce plâtre de près, il avait donc le champ libre. Il avait imaginé un dispositif en deux parties : un plâtre d'abord construit d'une pièce, puis coupé en deux dans la longueur. Si Lisbeth devait se montrer plâtrée, elle réunirait les deux parties en les entourant d'un bandage élastique qui les maintiendrait ensemble. Une fois seule, elle pourrait se débarrasser de tout cet attirail.

Il y avait travaillé tous les soirs, d'après les mesures qu'il avait prises de son pied et de sa jambe, et le résultat était vraiment réussi. Si elle pouvait se procurer un pantalon large à enfiler par-dessus, personne ne soupçonnerait quoi que ce soit.

Lisbeth revint se placer devant le docteur Girard qui démonta le plâtre et l'invita à essayer d'effectuer la manipulation elle-même. Elle joignit les deux moitiés, les fixa à l'aide du bandage. Le résultat ressemblait à un cadeau de Noël mal emballé, mais elle finit par trouver le truc. Le plâtre était maintenant bien serré et elle se remit à clopiner dans la pièce avec de plus en plus de facilité.

— Parfait. Cela me semble impeccable. Et on pourra toujours croire que la ride d'angoisse que je vois sur votre front est due à la douleur. Ça va fonctionner à merveille.

Le docteur Girard sourit à nouveau, lui remit une enveloppe contenant le certificat pour la compagnie aérienne ainsi qu'une feuille de recommandations à observer quand on était plâtré. Comme par exemple de surélever sa jambe, en position assise, et ce genre de choses.

— Combien je vous dois ?

— Rien. Ça, je vous l'offre. Cela ira au crédit de mes petits plaisirs, à condition qu'à votre retour vous me racontiez tout. D'accord ? S'il y a quoi que ce soit, n'hésitez pas à m'appeler, même d'Autriche. Et n'oubliez pas que vous avez eu un accident de moto. Demain vous direz que le plâtre est juste sec. Bon, qu'est-ce que vous vous êtes fait, déjà ?

— Une fracture simple de la cheville.

— C'est bien. Vous m'appelez en cas de besoin, n'est-ce pas ?

— Promis. Mille mercis.

Sara opina, elles serrèrent la main du docteur Girard et sortirent. Lisbeth s'appuya sur le talon du plâtre et prit sa béquille ; elle se rendit compte que s'entraîner avec les bottes et le parapluie, c'était une chose, mais avec le véritable attirail, c'en était une autre. En tout cas, cela ne faisait pas mal et elle se rassura : personne n'attendrait qu'elle marche mieux que ça. Quel immense soulagement, aussi, que le docteur Girard ait fait en sorte qu'elle puisse ôter le dispositif pour prendre sa douche et pour dormir. Elle s'était déjà habituée à l'idée de déambuler ainsi affublée au moins pendant un mois.

Elles rejoignirent le parking, également orné d'un magnifique sapin de Noël. Lisbeth jeta un œil derrière elle, vers le centre médical ; la vue des chandeliers aux fenêtres, qui diffusaient une douce lumière dans l'obscurité de décembre, l'emplit de bonheur.

Elle réussit à se glisser à l'intérieur de la voiture, s'empêtra au passage dans sa béquille avant de réussir tant bien que mal à la caser devant elle. Une fois arrivées,

Sara ne cacha pas son envie d'entrer avec Lisbeth pour arroser leur succès d'un verre de vin.

Elle s'immobilisa dans la cuisine, muette de stupeur devant le désastre. Comme Helena la veille. Comme Lisbeth lorsqu'elle avait découvert les dégâts. Dieu merci, Harry n'avait pas vu cela.

— Est-ce que c'était nécessaire de casser autant ?

— Je ne sais pas. Je sais juste que ça sentait mauvais, que maintenant ça ne sent plus, que le type a l'air d'être bien et que ça ne me coûtera pas plus de trente mille couronnes, à ce qu'il dit.

— Il te l'a assuré ?

— Plus ou moins.

Sara se mit à quatre pattes et procéda à une inspection. Cela ne lui paraissait pas si exagéré vu l'ampleur du chantier.

— Le trou se situe là, je suppose, dit-elle en désignant un creux.

Lisbeth approuva de la tête, n'arrivait pas à dire qu'elle n'en avait aucune idée et s'était fiée à l'expertise de l'artisan.

— Va t'asseoir dans le séjour, je m'occupe de tout. Toi, tu as la jambe cassée.

Cette simple plaisanterie déclencha un rire libérateur et peu après, Sara apportait les restes – certes maigres mais encore assez appétissants – des victuailles d'Harry, ainsi que le vin qu'il avait eu le bon goût de laisser. Elle déposa tout sur la table basse du séjour et toutes deux s'enfoncèrent dans le canapé.

— Qu'est-ce que tu as fabriqué ? Cela m'étonnerait que tu aies acheté toutes ces bonnes choses ici. Et tu as aussi eu des roses, à ce que je vois.

Lisbeth regarda le bouquet que Sara avait malicieusement posé sur la table. Les roses étaient tellement ouvertes qu'elles atteignaient une taille presque inconvenante.

Elle poussa un soupir. Impossible d'esquiver.

— Harry est venu me voir à l'improviste.

— Harry ? Ton ex ?

— Oui.

— Qu'est-ce qu'il voulait ?

Sara avait rempli leurs verres et elles trinquèrent à leur « succès dans le plâtre ». Lisbeth était ravie que Sara soit là. Une Sara plus gaie, justement. Peut-être les choses s'étaient-elles aussi dénouées de son côté. Peut-être avait-elle elle-même un souci en moins.

Lisbeth s'enfonça dans les coussins et allongea la jambe en hauteur, comme si elle se l'était vraiment cassée. Elle raconta qu'Harry avait débarqué sans prévenir avec des provisions, du vin et des roses, qu'il avait commencé à parler de tout ce qui avait été si merveilleux entre eux, de sa relation actuelle qui le rendait malheureux et de sa tristesse quand Lisbeth avait fait une fausse couche.

Sara posa son verre.

— Tu as fait une fausse couche ?

— Oui.

— C'est affreux. Qu'est-ce qui s'est passé ?

Lisbeth aurait bien voulu éviter d'entrer dans les détails. Mais Sara s'était confiée à elle à propos de Solo, maintenant c'était son tour. Elle relata donc les faits aussi objectivement que possible puis passa rapidement aux récents messages et photos d'Harry. Sara comprit que la fausse couche était un sujet sensible, elle n'insista pas.

Elle demanda plutôt à voir les photos, alla chercher le portable de Lisbeth qui l'aida à les retrouver.

— C'est débile. Tu as répondu ?

— Quelque chose d'insignifiant.

— À savoir ?

— Que ça a l'air magnifique et que j'ai hâte que ce soit l'été.

— Ah ah.

Lisbeth ne parvint pas à déterminer si ceci était la dixième sentence, sagesse stoïcienne, ou seulement un *ah ah* ordinaire.

Elle but un peu, se sentit légèrement flottante et plus assurée, tandis que Sara observait la robe du vin en faisant tourner son verre.

— Oui, il s'y connaît en vin, à défaut d'autre chose. Je suis loin d'être experte, mais cette bouteille-là ne doit pas être donnée, même moi je suis capable de le reconnaître. Les roses ne sont pas gratuites non plus. Donc il a une idée derrière la tête. Ou alors il a été pris de panique parce que ça commence à devenir sérieux avec une autre.

Ce qui était probable. Très probable, même. N'empêche que ça faisait mal. Parce qu'elle était encore assez bête pour avoir cru Harry, elle aurait dû savoir, depuis le temps. Pas parce qu'elle voulait se remettre avec lui, mais parce que quelque chose de vraiment moche avait été moins moche pendant un petit moment.

Elle se tartina un cracker pour faire diversion.

— Oui, reprit-elle, c'est sûrement ça, mais je…

— Quoi donc ?

— Euh, non, rien.

Elle laissa planer un silence avant de continuer.

— C'est juste que j'étais contente qu'il dise avoir eu du chagrin lui aussi. Ça n'a peut-être l'air de rien, mais c'était important pour moi.

Sara lui tapota sa jambe plâtrée.

— Qu'est-ce que je peux dire, je ne le connais même pas. Tu as encore des sentiments pour lui ?

Lisbeth secoua la tête. Non. Pas plus que ce que l'on ressentait sans doute toujours pour quelqu'un dont on avait été très proche. Quelle que soit la manière dont cela s'était terminé.

Sara semblait réfléchir. Elle regarda Lisbeth avec gentillesse.

— Il n'est pas trop tard pour avoir un enfant, si tu le désires. Tu n'es pas si vieille.

— Oui. Et toi, où en es-tu avec Solo ? Il y a du nouveau ?

— Absolument. Attends, je vais juste chercher un truc.

Elle disparut. Lisbeth remplit les verres et essaya de chasser les sentiments qu'avait réveillés la remarque de Sara sur le fait d'avoir un enfant. Elle eut le temps de penser que, pour certaines choses, on ne supportait même pas d'entendre un encouragement amical, et Sara réapparut, un grand sac à l'épaule, et commença à en extraire le contenu.

— Regarde un peu. C'est pas joli, ça ?

Un anorak ajusté avec ceinture et capuche bordée de fausse fourrure. Un fuseau pourvu de fermetures éclair sur les côtés, vraisemblablement pensées pour les chaussures de ski, mais parfaites aussi pour un plâtre. Avec ça, des gants blancs brillants, un porte-skis de couleur assortie et une élégante paire de lunettes teintées.

— Où as-tu déniché tout cet équipement ? Ne me dis pas que tu l'as acheté, c'est de la folie !

La tenue avait dû coûter une fortune, les roses à la puissance dix. Puissance cent.

— Mets-les ! Il faut qu'on teste avec ta jambe.

Lisbeth enfila les vêtements. Quand elle la vit habillée, Sara elle-même en demeura muette et, dans la glace, ce n'était pas Lisbeth qui se regardait, mais une reine des pistes, une femme qui avait de la classe et du goût, une skieuse qui savait encore se tenir, longtemps après avoir terminé sa carrière dans l'équipe nationale junior de ski alpin. Même sa nouvelle coiffure était en harmonie.

Elle sentit quelque chose de dur dans une manche, tira la fermeture Éclair et trouva un forfait de remontées mécaniques. Il provenait d'Aspen, Colorado. Le pantalon s'enfila aisément par-dessus le plâtre, c'était génial.

Aucun doute, l'ensemble était fonctionnel, en plus. Ayant de plus en plus chaud, Lisbeth ôta les différentes couches de vêtements. Entretemps, Sara avait atteint l'extase totale : magnifique, absolument sublime, mieux que tout ce qu'elle s'était imaginé.

— Si tu me dis que c'est toi qui as acheté toutes ces affaires, je ne sais pas ce que je te fais. Ou bien si, je sais, je ferai le ménage à vie dans ton salon de coiffure.

— T'es dingue, ou quoi ? Je les ai empruntées à Nadine, la copine de lycée de Solo. Qui les a elle-même empruntées à sa mère.

— Quoi ?

Sara était surexcitée, elle ne tenait plus en place. Il est vrai qu'elle avait eu du mal à tenir sa langue, à la maison, mais elle était restée assez fidèle à la vérité en racontant que Lisbeth partait en Autriche suivre une formation de monitrice de ski, et qu'elle appréhendait un peu. Berra et Solo l'avaient écoutée attentivement, il s'était ensuivi une discussion sur la peur de ne pas être à la hauteur et, pour la première fois depuis fort longtemps, tous les trois avaient passé un moment vraiment agréable pendant le dîner.

Sara avait ensuite abordé la question des vêtements de ski dont Lisbeth avait besoin, et Solo avait proposé son aide. Deux jours plus tard, elle rapportait tout l'équipement.

— Avec cette histoire de cambriolage, j'ai eu peur, évidemment, que ce soient des affaires volées. En fait, Solo est allée voir son amie Nadine, celle que j'ai croisée au commissariat. Apparemment, ils sont très bons skieurs dans sa famille, et Solo pensait emprunter des vêtements à Nadine. Or Nadine lui a apporté les affaires de sa mère. Solo a beaucoup hésité, il va sans dire, mais Nadine lui a assuré qu'elle avait demandé à sa mère et que cela ne posait aucun problème.

Heureusement que c'était la combinaison de ski de la mère plutôt que celle de la fille. Sinon, Lisbeth n'aurait pas pu y caser ses fesses, ses cuisses et son ventre, en tout cas pas en même temps. Par chance aussi, cette femme, que Lisbeth ne connaissait ni d'Ève ni d'Adam mais qui lui confiait un équipement hors de prix, n'était manifestement pas mince comme un clou. Enfin, Lisbeth devrait quand même faire attention à ne pas élargir les vêtements. Ni renverser quelque chose dessus. Il faudrait qu'elle les enlève avant de manger. Du chocolat, du café, de l'apfelstrudel ou du glühwein sur ce tissu… ce serait la catastrophe.

— La maman de Nadine sait-elle que je vais skier avec ses vêtements ?

Sara leva la main.

— Du calme. Je l'ai appelée, bien sûr, d'ailleurs Solo a trouvé que je faisais bien de la contacter. Elle, la maman donc, a été charmante et m'a dit que si elle pouvait nous aider, moi et Solo, ce serait avec plaisir. Apparemment, elle croyait que les affaires étaient pour moi, alors je ne l'ai pas contredite. Quant au reste, je n'ai rien compris. Du coup, après j'ai demandé des explications à Solo.

Elle se tut. Lisbeth eut l'impression que les vêtements de ski par terre prenaient vie. Qu'ils se levaient, se transformaient en épouvantail-skieur et se mettaient à swinguer.

— J'ai demandé à Solo, reprit Sara, si elle ne pouvait pas une bonne fois pour toutes me raconter ce qui se passait. J'ai répété que je l'aimais, quoi qu'elle ait fait, et qu'on allait arranger ça parce que tout s'arrange toujours, à condition de rester unis. Elle s'est mise à pleurer et a parlé. Elle n'a absolument rien à voir avec ces vols, Nadine non plus d'ailleurs. Mais Nadine en sait un peu plus, et la police s'en est rendu compte ; ils l'ont interrogée en détail, comme Solo. Mais Solo n'a rien dit à cause de Nadine et Nadine a gardé le silence à cause de ses copains, ce qui n'a bien sûr rien arrangé.

« Quoi qu'il en soit, Solo a réussi à convaincre Nadine de raconter à la police ce qu'elle savait et, finalement, elles y sont allées toutes les deux. Berra et moi n'étions pas au courant. Elles étaient mortes de peur, évidemment, mais elles ont eu affaire à quelques personnes vraiment bien. Il y a eu assez de recoupements de toute façon, et le témoignage de Nadine n'était pas indispensable. Je suppose qu'elle a informé ses parents, ils doivent être aussi heureux que moi qu'on ne soupçonne plus leur gamine. J'irai voir cette maman un jour, pour parler de tout ça avec elle. En tout cas, je crois que Solo était contente de pouvoir se rendre utile. Elle sait bien que cette histoire nous a beaucoup stressés.

Sara avait l'air soulagée. Lisbeth respira. Son plâtre heurta l'accoudoir du canapé.

— Alors tout est terminé maintenant ?

— Ce n'est pas terminé, mais c'est en bonne voie. J'aurais eu vraiment peur si ça avait été une bande de délinquants violents, mais ce sont de bons élèves qui ont déconné, et je ne pense pas qu'ils aient l'intention de s'en prendre à Solo ou à Nadine pour se venger. Tu vois, ce sera peut-être un Noël paisible, malgré tout. Nous, on réveillonne à la maison, ensuite on doit aller voir le père de Berra, à moins qu'il ait la force de passer les fêtes avec nous. Il se peut que ce soit la dernière fois, on n'en sait rien. Ce serait tellement bien qu'il puisse venir.

Sara s'enfonça un peu plus profondément dans le canapé, attrapa un plaid et se couvrit. Elle raconta qu'autrefois, le soir de Noël, le père de Berra apportait toujours une bouteille d'eau-de-vie maison et que sans être elle-même spécialiste, elle la trouvait délicieuse parce qu'il l'aromatisait avec des herbes de son propre jardin.

— Nous, on la boit avec le hareng. Tiens, tu savais que si tu transvases du hareng du commerce dans un récipient à toi et que tu y ajoutes des rondelles de carottes et de l'oignon rouge, c'est aussi bon que du fait maison.

— Ah bon ? Tu en sais des choses.

— Un truc hérité de ma mère, on faisait toujours ça, chez nous. Elle avait pas mal d'astuces de ce genre. À propos, tu as fini ta valise ?

Sara avait presque retrouvé sa joie de vivre. Lisbeth songea qu'il n'y avait rien de plus agréable qu'une douleur quand elle se dissipe. Une douleur physique, bien sûr. Mais aussi psychique. Elle se leva avec un peu de difficulté et claudiqua jusqu'à ses CD. Elle avisa celui de Noël avec Andrea Bocelli, et l'*Ave Maria* ne tarda pas à retentir dans la pièce. Sara murmura : « Il est tellement beau, celui-là », alors elles se turent pour l'écouter.

Il ne restait qu'une grosse semaine jusqu'à Noël, pensa Lisbeth, durant laquelle elle allait partir en voyage en Autriche. Elle se réjouissait que tout rentre dans l'ordre pour Sara et Solo. Solo qui avait donc une très bonne amie nommée Nadine et qu'on ne connaissait pas. Amie dont la mère, tout aussi inconnue, aiderait Lisbeth, grâce à ses belles fringues, à produire l'illusion parfaite.

Tout cela avait peut-être un sens, même s'il demeurait caché.

Elle sentit une démangeaison sous son plâtre. Mais on pouvait le retirer. Merci docteur Girard.

CHAPITRE VINGT

Vendredi 15 décembre

Quand on sonna à la porte, Lisbeth crut d'abord qu'Helena était revenue. Qu'elle avait avancé sa voiture jusqu'au bout du chemin, massacré la mouette, et qu'elle exigeait maintenant un rapport sur la conversation téléphonique avec Micke. Tâche dont Lisbeth n'avait pas eu le temps de s'acquitter, c'est tout juste si elle y avait pensé.

Cependant le visiteur, dehors, avait utilisé la sonnette et pas frappé comme une brute. C'était peut-être à nouveau Harry, alors comment faire, dans ce cas, avec sa jambe dans le plâtre, une cuisine en chantier et Sara passablement éméchée, étendue sur le canapé ?

Ce n'était ni Harry ni Helena, mais Tobbe, qui attendait sur le perron, un moule à gâteau recouvert de papier aluminium dans les mains.

— Bonsoir. Ah, mais oui, vous deviez passer. Entrez ! Je vais vous donner la clé, c'est vraiment gentil à vous de venir travailler pour moi ce week-end.

— Pas de problème. Tenez, c'est pour vous !

Lisbeth prit le moule, il était encore chaud et une odeur délicieuse s'en dégageait. Elle souleva légèrement le papier et découvrit une génoise.

— Vous avez eu un tel choc en voyant votre cuisine, reprit-il, je voulais m'excuser de ne pas vous avoir expliqué assez clairement comment je comptais procéder. Moi je sais que ce n'est pas aussi terrible que ça en a l'air. Mais pour vous, rentrer à la maison et voir tout démoli…

— Merci, vous êtes gentil, mais il ne fallait pas.

Il restait sur le perron. Lisbeth ne savait que faire. L'inviter à entrer pour – oui, pour quoi d'ailleurs ? Sara était là, et puis que se diraient-ils de plus ?

Entretemps, Sara avait rejoint Lisbeth dans l'entrée. Elle toisa Tobbe de la tête aux pieds et finalement, lui tendit la main.

— C'est donc vous, le fameux Tobbe qui va réparer la cuisine de Lisbeth.

— Ouais, c'est moi. Je viens juste chercher une clé.

— Ne vous dérangez pas pour moi, j'allais partir de toute façon. Lisbeth, je viens te chercher de bonne heure, demain. Je peux laisser ma voiture ici ?

Tobbe proposa aussitôt de déposer Sara quelque part. Elle secoua la tête, ça ne lui ferait pas de mal de marcher jusque chez elle pour s'éclaircir un peu le ciboulot. Elle s'habilla et fila, Lisbeth eut tout juste le temps de l'embrasser et de lui dire à nouveau merci.

Tobbe ne décollait pas du perron. Lisbeth n'avait plus tellement le choix, elle le fit entrer. Une fois à l'intérieur, il parut un peu hésitant et elle se dit qu'il n'avait rien de mieux à faire, un vendredi soir à neuf heures, que de venir chercher une clé chez elle et lui apporter un gâteau.

Il est seul, en conclut-elle. Aussi seul que moi. Encore que ce soir, je n'étais pas si seule puisqu'une bonne amie était avec moi. Lui ne pouvait pas en dire autant. Mais il s'était installé ici tout récemment, c'est bien ça ? Ces dernières semaines il avait peut-être passé toutes ses soirées devant la télé.

— Il est encore chaud. Vous en voulez une part, avec une tasse de thé ?

Elle en avait bien envie elle-même. Après le vin et les restes bénis du traiteur.

Il hésita un bref instant. Pas longtemps.

— Volontiers. Si ça ne vous dérange pas. Du reste, j'espère que je n'ai pas fait fuir votre amie.

— Pas du tout.

Tobbe suspendit son manteau et la suivit dans la cuisine. C'était la première fois qu'elle le voyait sans ses vêtements de travail. Soudain, devant sa mine étonnée, elle comprit que son heure de vérité avait sonné.

— Mais que vous est-il arrivé ? Vous avez un plâtre ?

— Oui, je suis tombée de moto et me suis fait une fracture simple de la cheville.

— Oh ! Ça s'est passé quand ?

Lisbeth hésita. Hier ? Non, Tobbe était là. Alors juste après.

— Hier… soir. Tard. Une fois que vous êtes partis, vous et Helena, je suis allée faire un tour à moto, et voilà.

— Aïe. Oui, les routes sont très glissantes en ce moment. Quelle poisse. Vous avez mal ?

— Ça va. Un peu.

— Mince alors. Ça aurait pu être beaucoup plus grave.

L'eau bouillait, Lisbeth prépara le thé et coupa le gâteau encore fumant. Tobbe avait dû partir aussitôt après l'avoir sorti du four. Elle réfléchit et finalement posa tout sur la table de la cuisine. Tobbe y avait ses marques et ils se sentiraient tous les deux sans doute plus à l'aise s'ils mangeaient ici, sur la nappe d'Estrid, avec la Lucia en carton dans leur champ de vision et les tuyaux à proximité. Si la gêne s'installait, ils pourraient toujours passer en revue les dégâts.

Entretemps Tobbe s'était assis. Il avait l'air un peu emprunté. Comme s'il était plutôt habitué à avoir les mains occupées pendant qu'il parlait. Là, elles reposaient sur ses cuisses, inemployées, et quand il leva sa tasse, il y eut quelque chose d'émouvant dans son mouvement.

Émouvant. Dans son *mouvement.* Bon, ça suffisait.

— Qu'est-ce qui vous fait rire ?

Lisbeth hocha la tête.

— Non, ce n'est rien. Excusez-moi.

Le silence retomba. Lisbeth mordit dans le gâteau.

— Mmmm, il est délicieux. Il a un goût de Noël !

— C'est un moelleux aux épices. J'en fais toujours, au mois de décembre.

Tobbe avait l'air content. Il but un peu de thé avant de demander :

— Mais vous avez vraiment l'intention de partir en voyage, avec cette jambe ?

— Oui, tout est réservé, alors j'y vais.

— Vous allez où ?

— En Autriche. C'est un week-end de ski organisé par l'école, nous allons avoir une formation. Je ne veux pas rater ça.

Tobbe siffla.

— Ça ne pouvait pas tomber plus mal : se casser la jambe avant un week-end au ski. Heureusement que le plâtre a séché. Je me suis cassé la jambe, il y a quelques années, et je n'ai pas eu le droit de marcher sur mon plâtre pendant plusieurs jours. Mais ils ont sans doute fait des progrès, maintenant.

— Celui-là sèche très vite. Mon médecin traitant est français, il a fait des tas de plâtres dans les Alpes, alors il s'y connaît.

— Une chance dans votre malheur.

— Oui, on peut le dire.

La béquille était restée dans le séjour. Lisbeth aurait préféré l'avoir près d'elle, le simulacre n'en aurait été que plus crédible.

Ils continuèrent à discuter, d'abord un peu hésitants, puis plus à l'aise. Tobbe répéta qu'il n'habitait pas là depuis très longtemps. Il avait pris un appartement à Åsa, le temps de trouver autre chose. Il rêvait d'une petite maison, même délabrée, il la retaperait. Près de la mer, bien sûr. Enfin, il n'était pas le seul à désirer cela.

Il venait du Nord, mais il avait beaucoup séjourné sur la côte ouest car ses grands-parents paternels avaient une stuga près de la frontière norvégienne. Les circonstances l'avaient ramené ici et il fallait en tirer le meilleur parti.

Dehors il faisait nuit noire. Lisbeth pensa que ses projets grandioses de guirlandes et autres décorations dans son jardin n'avaient pas abouti. Elle s'en ouvrit à Tobbe ; lui-même possédait un joli support à sapin et comptait bientôt y mettre un arbre de Noël. Il adorait les sapins pour leur odeur et savait s'en occuper, il tenait cela de sa grand-mère. Elle lui avait légué son support, un ancien modèle qui pouvait contenir suffisamment d'eau pour l'arbre. Il avait également un joli tapis à placer sous le sapin, avec des motifs de boucs et de cochons.

— Qu'est-ce que vous faites pour Noël ?

Lisbeth tritura un peu la nappe brodée d'Estrid.

— Je serai chez mes parents, avec ma sœur et sa famille. Helena, celle que vous avez croisée. Je suis désolée que vous l'ayez vue dans cet état, d'habitude, elle est très soucieuse de son apparence et elle a du savoir-vivre. Mais là, elle était un peu en crise.

— Pas grave. Elle est à un stade très avancé, alors ce sont peut-être les hormones qui la travaillent.

Lisbeth hésitait à poser la question, mais comme il avait lui-même abordé le sujet, elle se lança.

— Vous avez des enfants ?

— Deux. Un garçon et une fille, de dix et douze ans. Ils sont chez moi un week-end sur deux pour l'instant, ensuite on verra.

Devait-elle continuer à l'interroger, au risque d'être lourde ou indiscrète ? Tobbe la devança :

— Elle m'a quitté il y a six mois. Pour mon meilleur ami.

— Oh non, quelle horreur. Ça a dû être terrible, pour vous.

CTL. Cabinet Thérapeutique Lisbeth. Me revoilà. Cette pensée ne la fit même pas sourire. Elle avait juste infiniment pitié de l'homme assis en face d'elle. Plaqué pour son meilleur ami. Comme si Harry et Sara s'étaient mis ensemble du temps où elle vivait avec Harry. Pouvait-on se remettre un jour d'un tel coup du sort ?

— Il était si souvent chez nous, alors le pire, c'est que les enfants l'aiment beaucoup. Et moi je me suis confié à lui, aussi, quand j'avais des soucis ; en fait il était là pour faire son propre marché.

— Quel malheur. Je suis vraiment désolée pour vous.

— C'est comme ça, il faut continuer. Inutile de pleurer sur du lait renversé. En tout cas ça ne sera pas le Noël que j'aurai le plus attendu dans ma vie.

Ne pas pleurer sur du lait renversé, une de perdue dix de retrouvées, qui ne tente rien n'a rien. Oui, il y avait pléthore d'adages pour dire que l'on pouvait se relever, s'ébrouer et continuer.

Mais en réalité personne ne connaissait l'enfer intérieur enduré par une âme solitaire, et nul ne pouvait prétendre détenir la solution. Chacun la détenait pour soi-même, ils pouvaient en témoigner, ceux qui étaient passés par là et savaient ce que chaque pas leur avait coûté.

— J'imagine un peu ce que vous éprouvez. Mon ex est venu me voir, il y a quelques jours, et ça m'a fait tout drôle. Nous n'avons pas eu d'enfant, on a essayé, mais ça n'a pas marché. Je n'étais jamais assez bien pour lui, enfin c'est comme cela que je l'ai vécu en tout cas, et là, il a eu envie d'en parler. Je ne sais pas pourquoi.

Trêve de confidences. Voilà, ils avaient partagé leurs déceptions. Elle leva les yeux, croisa le regard de Tobbe.

— Alors, en effet, ajouta-t-elle, mes Noëls ne sont plus très joyeux non plus. Pourtant j'adore cette période, en fait.

— Moi aussi. Mais il faut tenir le coup.

— Oui, c'est ça.

— S'effondrer n'arrange rien.

— Non, ça n'arrange rien.

Les bougies presque entièrement consumées faisaient de belles flammes immobiles. Lisbeth avait chaud sous son plâtre. Elle jeta un coup d'œil à la pendule : dix heures et demie. Déjà plus d'une heure qu'ils discutaient, cela avait été un moment agréable, malgré le sérieux de leurs sujets de conversation. Mais le lendemain, Lisbeth avait un programme chargé. Peut-être vit-il son regard, car il se leva aussitôt et proposa de débarrasser, pour lui éviter de trop se déplacer avec sa jambe plâtrée.

Avant qu'elle ait pu objecter, il avait tout rangé dans le frigo. Il rapporta les roses que Sara avait mises dans le séjour et les posa délicatement sur la table de la cuisine.

Il avait dû deviner d'où elles provenaient mais ne dit rien. Il se contenta de lui tendre sa béquille. Elle le suivit en clopinant jusque dans l'entrée et lui remit le double de la clé.

— Je rentre lundi soir. Faites ce que vous pouvez, je n'attends pas du tout que vous restiez là tout le week-end.

— Ne vous inquiétez pas. De toute façon, je n'ai pas les enfants, alors autant que je m'occupe. Merci pour le thé. J'espère que vous me confiez votre maison sans crainte.

— Absolument. Et merci à vous pour le gâteau, il était vraiment délicieux. Qu'est-ce que vous mettez dedans ?

— De la cannelle, du gingembre et des clous de girofle. Et un peu de confiture d'airelles. Je vous donnerai la recette, si vous voulez.

Il avait recommencé à neiger et quelque part près de la haie, une ombre bougea. La mouette. Lisbeth la signala à Tobbe ; il avait déjà remarqué que le volatile était en train d'élire domicile ici, c'était compréhensible.

Soudain, Tobbe caressa la joue de Lisbeth, un effleurement si rapide qu'elle ne s'en rendit pas compte tout de suite. Puis il parut tellement embarrassé qu'elle eut presque pitié de lui.

— Pardon, vous aviez quelque chose, là. En tout cas, ne vous en faites pas pour votre cuisine.

— Merci. Quel soulagement que vous ayez pu venir si vite.

Tobbe sourit et se dirigea vers sa voiture. Il ouvrit la portière, se retourna.

— Une chose, encore. Vous êtes super courageuse. Pas une plainte, alors que vous vous êtes cassé la jambe, non, vous serrez les dents. Chapeau.

Lisbeth cligna de l'œil pour chasser un flocon qui s'était pris dans ses cils. Elle regarda le ciel d'hiver.

— Merci. Je fais de mon mieux.

Tobbe démarra, baissa la vitre et lui fit signe de la main en s'éloignant.

— Ça roule, Lisbeth.

CHAPITRE VINGT ET UN

Samedi 16 décembre

La chambre était plus luxueuse que tout ce qu'elle avait imaginé. Ce voyage était quand même financé par la commune, et l'école y avait aussi contribué. L'habile Margaretha avait dû obtenir de l'hôtel un arrangement qui tenait du prodige.

On pouvait lui faire confiance. C'était une fine négociatrice, elle avait toujours un argument en réserve quand on croyait la discussion terminée. La direction de l'hôtel avait peut-être capitulé elle aussi. Même s'ils n'avaient aucune raison de sponsoriser des enseignants venus de Suède.

Un lit double pour elle toute seule. Des boiseries brillantes sur les murs. Une salle de bains fraîchement rénovée, des serviettes de toilette moelleuses, minibar à volonté – même s'il ne contenait que des boissons sans alcool. Une machine à café. La première chose qu'elle pourrait faire le matin serait de boire un café sur le balcon.

Le balcon, parlons-en. Lisbeth ouvrit la porte-fenêtre et sortit. L'air de la montagne, blanc et pur, emplit ses poumons. Le balcon, entouré de sapins poudrés de neige, semblait flotter au milieu du versant. Un peu plus loin, on apercevait la piste où slalomaient les skieurs.

Lisbeth se laissa tomber sur la chaise, placée de manière à offrir la plus belle vue possible. Elle découvrit une lampe à infrarouge, l'alluma et sentit la chaleur se diffuser tandis que le balcon s'éclairait d'une lueur jaune-orangé. Cela valait la peine, déjà pour ça. Elle allongea sa jambe plâtrée, son pantalon flottait au vent. Elle se releva, un peu difficilement, alla se faire une tasse de café puis ressortit.

La vraie vie. Quoi qu'il arrive, cet instant lui appartenait. De même que le souvenir du regard de Margaretha quand toutes les deux s'étaient retrouvées à l'aéroport.

Sara était venue chercher Lisbeth de bonne heure, comme convenu, et ensemble elles avaient chargé les bagages dans la voiture et gratté le pare-brise ; ensuite Lisbeth s'était casée avec sa béquille sur le siège avant. Elle s'était lavé les cheveux et avait enfilé le joli bonnet de la mère de Nadine, qui lui donnait une allure montagnarde en même temps qu'il tenait la frange en échec. Rien ne devait être laissé au hasard.

La veille au soir, elle avait ôté son plâtre sans difficulté et étonnamment bien dormi. Elle avait eu un peu plus de mal à remettre correctement le bandage, s'était énervée un moment mais avait fini par y arriver. Elle avait aussi dû refaire sa valise en vitesse, en prenant le plâtre en compte. Elle y avait fourré une robe longue pas portée depuis dix ans, un pantalon large ainsi qu'un jean préalablement découpé aux ciseaux, non sans regret. La fin justifiait les moyens et lui donnait de surcroît plus de crédibilité. Certains sacrifices étaient inévitables.

Le trajet en voiture avait été rapide, Sara l'avait déposée devant le terminal sans l'accompagner à l'intérieur, mais elle l'avait gratifiée d'une amicale tape dans le dos en exigeant des comptes rendus réguliers. Lisbeth était donc partie clopin-clopant, sa béquille dans une main, tirant sa valise de l'autre.

Elle avait causé un certain émoi. Dès l'instant où Margaretha et Jonas Bonde l'avaient aperçue, la situation était devenue impayable.

— Mais que t'est-il arrivé ?

Regard incrédule de Margaretha, les mains plaquées sur la bouche. Lisbeth avait débité avec naturel son histoire d'accident de moto et de fracture simple de la cheville. Grâce à Tobbe, elle avait pu répéter.

— Mais pourquoi n'as-tu pas appelé ?

— Enfin, Margaretha, je n'allais tout de même pas te laisser en plan pour une broutille pareille, alors que tu as tout si bien organisé. Le docteur Girard a dit que je pouvais partir, et Sara m'a aidée. Je ne voulais en aucun cas t'inquiéter. Tu avais certainement d'autres chats à fouetter.

Sentiment merveilleux. Indescriptiblement merveilleux. Ne sachant quoi répondre, Margaretha s'était réfugiée dans un silence rafraîchissant. Le Jonas Bonde mentholé en revanche, avec sa veste d'une célèbre marque de sport et ses bottes façon chaussures de ski, à lacets rouges, positivait à en friser la provocation.

— C'est ce que j'appelle de l'ardeur au combat. On voit que tu as fait de la compétition, avait-il dit, avant de lui prendre sa valise d'une main ferme et de gagner le comptoir d'enregistrement.

Par chance, ils n'étaient pas placés l'un à côté de l'autre dans l'avion, ce qui avait épargné à Lisbeth de trop longs moments en tête à tête et les développements sur l'équipe nationale de ski alpin qui auraient pu s'ensuivre. Dans leur voiture de location, Jonas s'était d'office installé au volant, avait attribué à Lisbeth la place à côté de lui, arguant que c'était *normal*, et laissé Margaretha trôner seule à l'arrière.

— Sauf si tu veux conduire, Margaretha. Mais je connais la route par cœur, je suis venu des tas de fois ici.

Margaretha avait répondu que c'était très bien ainsi, puis elle s'était tue, comme si elle n'avait pas encore choisi la manière dont elle allait faire face à la situation. Lisbeth se disait que tout cela était à son avantage et, en regardant le paysage et les montagnes de plus en plus nombreuses à l'horizon, elle s'était sentie presque euphorique.

C'était donc cela, la sensation qu'éprouvaient les imposteurs après un coup réussi. Elle en mesurait l'attrait, tout en s'exhortant à ne pas crier victoire trop vite.

Mais maintenant elle était bien là, à l'hôtel. Elle avait sa propre chambre, son propre balcon, sa propre cafetière. Une charmante jeune fille en costume traditionnel autrichien l'avait accueillie en lui disant *Grüss Gott* et en la plaignant pour sa jambe cassée.

Et ces décorations de Noël ! Des rennes empaillés sur lesquels on avait pulvérisé de la neige et qui vous regardaient fixement avec leurs yeux de verre, des boules argentées, d'antiques luges et des skis en bois joliment disposés, des coupes remplies de pommes rouges, des anges scintillants suspendus au plafond, et cela sentait bon la neige et l'hiver. Dans sa chambre aussi, il y avait un père Noël à longue barbe et manteau rouge ainsi qu'une coupe de friandises à la pâte d'amande, emballées dans du papier brillant.

Elle regarda l'heure. Cinq heures. Le cours théorique prévu dans le programme initial à ce moment-là avait été annulé en raison de la défection de dernière minute de l'animateur, appelé pour commenter une compétition de ski. Lisbeth disposait donc d'une heure pour se reposer et se changer avant de rejoindre tout le monde au restaurant de l'hôtel, d'abord pour un cocktail puis pour le dîner.

Du balcon, elle vit en contrebas une piscine extérieure éclairée, dans laquelle un homme faisait des longueurs, tout seul. Elle plissa les yeux, n'aurait pas été étonnée que ce soit Jonas Bonde. Il ne perdait pas son temps. Dieu merci, elle ne risquait pas de le rencontrer à la piscine ni au spa. Personne ne s'attendait à ce qu'elle aille nager ou faire du sauna dans l'état où elle se trouvait.

Elle rentra, se déshabilla et laborieusement, retira son plâtre. Il lui faudrait un peu bricoler pour le reconstituer. Sa jambe était rouge, la peau légèrement écorchée ; elle se massa pour activer la circulation puis entra dans la douche. Comment faisaient les gens qui s'étaient cassé la jambe en toute honnêteté ? Ils l'emballaient dans un sac en plastique ? En tout cas ils ne pouvaient sûrement pas rester debout aussi longtemps qu'elle et laisser l'eau chaude couler délicieusement sur leur corps autant qu'ils le désiraient.

Le lait hydratant de l'hôtel sentait la lavande, elle s'en enduisit copieusement puis enfila l'élégant peignoir plié sur son lit. Elle défit sa valise, passa une main fébrile sur la tenue de ski, remercia en pensée la maman de

Nadine – peu importait son nom – pour sa générosité, et se demanda une fois de plus si cette femme savait qui porterait ses vêtements ce week-end. Elle croyait probablement que c'était Sara. Raison de plus pour rendre l'équipement impeccable à son retour.

Devant la penderie, Lisbeth hésita et opta finalement pour la robe longue. Ce n'était pas une robe de soirée, elle convenait tout à fait pour ce genre d'occasion : noire, assez décolletée, mais Lisbeth avait emporté un cardigan et depuis qu'elle avait entendu cette Anglaise s'excuser pour ses seins, elle avait décidé de ne plus jamais avoir honte des siens.

Harry lui avait d'ailleurs fait des compliments pour cette robe. Pourquoi ne l'avait-elle pas portée davantage ? Parce qu'elle se trouvait trop extravagante dedans. Mais là, nécessité faisait loi.

Harry, oui. Il n'avait plus envoyé de photos et elle ne savait toujours pas comment réagir à son geste, si elle devait se mettre en colère, se sentir offensée, en rire, le mépriser ou le plaindre. Cette dernière option tombait d'elle-même : il était seul responsable de sa situation. Mais encore une fois, il avait semblé sincère quand il avait parlé de leur couple, de son propre comportement et de sa tristesse.

Cela ne signifiait pas pour autant qu'il fallait exhumer un amour tel un vieil os enterré depuis longtemps. Un nonos à présent savoureux et bon à ronger.

Et puis il y avait Micke, son beau-frère. Elle devrait peut-être l'appeler, pour en finir avec cette corvée. Lui demander pourquoi il s'était taillé comme ça, juste avant Noël et l'accouchement à la maison. Mais la communication coûterait sans doute cher et risquait, en plus, de la déconcentrer.

Elle préféra envoyer un message à Sara, avec quelques photos de l'hôtel. Puis elle se maquilla et se coiffa. Fallait-il enfiler son collant avant de remettre le plâtre ? Non, sinon elle se trahirait tout de suite. Elle mit donc le mi-bas fourni par le docteur Girard, replaça le plâtre, coupa une jambe de son collant avec ses ciseaux à ongles et enfila l'autre. Elle chaussa son pied valide d'un escarpin, en songeant à l'avantage de n'avoir eu à emporter qu'une chaussure de chaque paire. La valise était nettement plus légère.

Elle prit la béquille, jeta un œil dans le miroir. Sa frange tombait comme il fallait, ses cheveux avaient peut-être un peu repoussé ou bien elle s'était habituée. En tout cas, elle parvenait à s'identifier à son reflet dans la glace. La robe cachait sa jambe, seuls le capuchon d'orteils et la base du plâtre dépassaient.

Prête.

Elle poussa la porte du restaurant avec cinq bonnes minutes de retard, dans l'espoir de ne pas se retrouver seule avec Jonas Bonde. Mais était-ce l'air de la montagne, le sentiment d'être en vacances ou autre chose qui faisait mollir Margaretha ? Celle-ci n'était pas encore descendue non plus. Seul au bar, Jonas Bonde sirotait un verre, adossé au comptoir, face à la baie vitrée qui offrait une vue panoramique sur les pistes.

En voyant Lisbeth, il s'illumina.

— Bonsoir, la voilà enfin. L'héroïne du jour. Qu'est-ce que tu es élégante !

Il fit de grands gestes des deux mains pour souligner qu'elle était jolie de la tête aux pieds, de sa coupe à la Jeanne d'Arc jusqu'à son plâtre. Lui-même portait une chemise blanche sur un pantalon noir, et une veste coûteuse. Son visage était rose, probablement l'effet de sa séance de natation et peut-être d'un petit tour au sauna, voire de quelques descentes à ski. Lisbeth le croyait capable de tout, physiquement.

— Qu'est-ce que tu bois ?

— Un verre de vin blanc, s'il te plaît.

Jonas Bonde passa commande dans un allemand tout à fait acceptable ; le personnel répondit en anglais avec un léger accent. Lisbeth prit son verre de vin, trinqua et, comme Jonas, s'adossa au bar pour contempler les pistes à travers la vitre, et la ville, un peu plus bas. Jonas Bonde poussa un soupir.

— Je suis impatient. *Can't wait.* Ça se présente tellement bien. Ça doit être dur, pour toi, de ne pas pouvoir skier. Je te plains beaucoup.

— Oui, je me plains moi aussi.

— Parce que, regarde un peu ! Ils sont encore en train de skier, tu vois ? Tout est sûrement ouvert très tard, en haut des pistes. Plutôt dangereux, en fait. Mais la neige est parfaite, je suis allé faire un tour pour tester. Tu n'auras pas cette neige-là dans quelques mois, même s'il n'y a rien de meilleur que le ski au printemps. Faire une pause au soleil, assis dans la neige. Enfin, tu sais ce que c'est. Tu skies combien de fois par an ?

— Eh bien… c'est-à-dire, euh, c'est variable. Tout dépend de quand j'ai la possibilité de partir. Je vais parfois à Sälen[1]…

1. Station de ski en Dalécarlie.

Elle tenta désespérément de se rappeler la fois où elle y était allée, avec toute la tribu d'Helena. Jonas Bonde éclata de rire.

— Sälen ? Pas très stimulant, pour toi, hein ?

Lisbeth fit tourner son verre entre ses doigts.

— C'est surtout pour les impressions.

— Exactement. *Feeling.* Dans quelle discipline étais-tu la meilleure ?

Vite, réfléchis ! Est-ce que ça s'appelle toujours slalom géant ? *Mon Dieu, fais que ça s'appelle slalom géant.*

— Le slalom géant.

Jonas Bonde hocha la tête.

— Ah bon ! Très technique. J'ai beaucoup fait de slalom géant moi aussi. Et du slalom aussi, bien sûr. On sort ?

Lisbeth le suivit sur la terrasse qui semblait entourer presque tout le restaurant. Plus bas, les pistes étaient juste éclairées par les phares des dameuses. Jonas Bonde soupira, tout cela faisait un peu penser à New York, n'est-ce pas ? Lisbeth approuva de la tête sans faire de commentaire. New York était quand même plus plat et on n'y voyait guère de dameuses. Elle n'était certes jamais allée à New York, mais avait vu suffisamment de photos. Cela devait être une question de *feeling.*

Elle se mit à grelotter malgré son cardigan. Jonas Bonde lui saisit les avant-bras et se mit à la frictionner en bon camarade. Brusquement, il s'interrompit et la fixa d'un regard si intense qu'elle éclata de rire.

— Lisbeth, je voulais te dire quelque chose avant que Margaretha arrive. Nous n'avons pas eu le temps de faire mieux connaissance, tous les deux, et j'espère que nous allons bientôt rattraper ça, mais je trouve que tu as super bien réagi au fait que je reprenne tes heures. Je me sens bien accueilli dans l'équipe et j'espère qu'on pourra travailler ensemble même si tu n'as plus la responsabilité des classes.

Lisbeth se força à sourire. La vengeance est un plat qui se mange froid.

— Tant mieux si tu es satisfait. J'espère que tu te plairas à l'école et à Frillesås. Qu'est-ce qui t'a amené à choisir cet établissement, d'ailleurs ? À part le poste ?

Jonas Bonde avait toujours le regard planté dans celui de Lisbeth. Elle le fixait de la même manière, fermement résolue à ne pas perdre cette épreuve de force-là. Il finit par baisser les yeux, épousseta une poussière inexistante de son pantalon.

— Hé, mais c'*était* le poste, tiens. Je suis de Göteborg, même si ça ne s'entend plus tellement, et je trouvais que ce serait sympa de revenir.

— Tu étais où, avant ?

— Ici et là, un peu à Stockholm, un peu à Uppsala, et j'ai poussé jusqu'à Hudiksvall. À Åre[1] aussi, pendant quelques années, les meilleures de toutes. Oui, tu comprends.

Il dirigea à nouveau son regard vers le panorama, sortit un cigarillo et l'alluma. Il en tira quelques bouffées, détournant son visage de celui de Lisbeth pour souffler la fumée.

— Pardon, tu en as eu dans les yeux ?

— Pas grave. Ça sent très bon, parfois, quand on est dehors. Le cigare, en tout cas. Je ne fume que ça.

1. Importante station de sports d'hiver dans le Jämtland.

— *Le cigare ?*

— Oui, de temps en temps. Mais seulement à l'extérieur.

Harry et elle s'achetaient chacun un cigare, à l'occasion, quand ils avaient un événement à fêter. Elle se souvenait de l'odeur, des chaudes soirées d'été où ils mangeaient des écrevisses et regardaient le coucher de soleil sur la mer. Jonas Bonde la gratifia à nouveau d'un regard admiratif.

— On n'a pas fini de s'étonner avec toi. Tu fais du ski, de la moto, tu fumes le cigare et… ah oui… pardon, tu en veux un ?

— Pourquoi pas ?

Elle tira un cigare de la boîte et laissa Jonas Bonde le lui allumer. Il se trouva soudain tout près d'elle et elle put constater qu'il sentait bel et bien la menthe. Était-il seulement réel ? Il y avait en lui quelque chose de théâtral. Tout ce qu'il disait, il l'avait d'abord répété chez lui devant la glace. Enfin, cela en faisait sûrement succomber plus d'une.

Elle se tourna vers la montagne, tira quelques bouffées. Jonas Bonde montrait, expliquait, s'étendant sur l'Arlberg, les montagnards qui avaient construit la première remontée mécanique à grand-peine et enduré moult épreuves, il avait lu un livre là-dessus, il pouvait le lui prêter si elle voulait.

Ensuite il s'excusa d'avoir tant parlé. Il s'emballait souvent ainsi, quand ça le touchait, mais maintenant, il voulait en savoir un peu plus sur *elle*. Pourquoi elle était devenue enseignante, depuis combien de temps elle habitait à Frillesås et travaillait dans cette école, si ça lui plaisait et ce qu'elle avait fait avant.

À ce moment-là, Lisbeth se demanda qui, en réalité, avait eu l'idée de cette certification en Autriche. L'initiative en revenait-elle à Margaretha ? Cette formation était-elle vraiment nécessaire pour ouvrir une filière ski au lycée ? Elle répondit en donnant quelques informations sur sa vie, évoqua Stockholm et son désir à elle aussi de revenir sur la côte ouest. Jonas Bonde se retourna.

— Dis, je crois que Margaretha est là. On rentre ?

En effet, Margaretha était arrivée dans le restaurant, mais aucun autre participant à la formation n'était encore apparu. Cheveux gonflés, robe sophistiquée, pieds comprimés dans des chaussures neuves trop étroites, la directrice avait l'air d'une diva. Lisbeth se rendit compte qu'elle ne la connaissait pas très bien. Elles échangeaient des propos cordiaux, travaillaient ensemble, prenaient le café dans la salle des professeurs, discutaient puis se disaient au revoir à la fin de la journée.

Mais elle n'avait jamais été invitée chez Margaretha, savait juste que celle-ci avait un mari et des enfants partis de la maison. Pour sa part, Lisbeth avait décidé de souhaiter la bienvenue à chaque nouveau collègue en l'invitant à dîner. Il fallait être bête pour croire que les gens avaient déjà une vie sociale organisée dans un endroit où ils ne vivaient que depuis quelques semaines.

Elle ferait peut-être une exception pour Jonas Bonde. Il serait sûrement invité ailleurs.

La directrice leva son verre.

— Oui, nous voici donc réunis. Permettez-moi de porter un toast et de vous souhaiter la bienvenue à ce week-end de formation. Nous avons naturellement beaucoup de travail en perspective, mais nous ferons aussi en sorte d'avoir du bon temps et de mieux nous connaître. Je veux tout particulièrement te souhaiter la bienvenue à toi, Jonas. Nous nous embarquons dans une aventure passionnante pour donner à notre école une compétence de pointe en tant qu'école de ski, et j'ai toute confiance en la réussite de l'entreprise. Une école sans ambition stagne. Je pense qu'il a été très stimulant d'entendre tes arguments. Sur ce, je crois que nous pouvons passer à table.

Lisbeth remarqua le regard que Margaretha posa sur elle. La directrice n'avait pas mentionné ses efforts pour venir malgré sa jambe cassée. Qu'à cela ne tienne. La seule chose à laquelle elle-même devait veiller était de ne pas être trop bavarde ni d'oublier comment elle devait marcher.

Cette dernière précaution s'avéra un moindre souci car sans plus de cérémonie, Jonas Bonde lui prit le bras et elle n'eut qu'à le suivre en boitant. Elle pensa *in extremis* à attraper sa béquille de sa main libre. Nouveau regard impayable de la directrice.

CHAPITRE VINGT-DEUX

Dimanche 17 décembre,
Troisième dimanche de l'Avent

Un rayon de soleil tomba sur son visage. Il était sept heures et demie, elle avait dormi d'un sommeil profond et sans rêve. Mieux que depuis longtemps. Inquiétant, de se dire qu'elle dormait mieux quand elle mentait que lorsqu'elle s'efforçait de bien agir.

Lisbeth repoussa la couette, se fit du café et sortit sur le balcon. Les silhouettes des montagnes ressemblaient à celles que ses élèves découpaient dans du papier, et le ciel promettait d'être bleu. La journée serait sans doute lumineuse, un jour de rêve pour tout skieur.

Elle se pencha sur la balustrade, sentit l'effet coup de fouet de la caféine. Le dîner avait été agrémenté d'une, et même deux bouteilles de vin. Lisbeth s'était un instant demandé sur quels comptes les frais seraient répartis. Les fonctionnaires d'État ou municipaux avaient-ils le droit de se régaler ainsi aux frais de la princesse et de boire autant de vin ? Enfin, la directrice était assez tatillonne en matière de règlements, elle devait bien le savoir.

Lisbeth jeta un œil en contrebas, soupçonnant Jonas Bonde de vouloir faire quelques longueurs de piscine dès le matin, auquel cas il risquait de regarder en l'air et de l'apercevoir sans son plâtre. Mais le bassin était encore couvert, et puis les forces de son collègue devaient quand même avoir des limites, elles aussi. Il avait beaucoup bu la veille, s'était un peu plus approché d'elle à chaque verre, lui répétant qu'elle était très courageuse, quel *fighting spirit* elle possédait et comme ça allait être agréable de travailler ensemble et tchin-tchin pour les victoires passées et les victoires à venir.

Lisbeth avait à son tour trinqué à la santé de son ancien professeur de ski, Holmlund, qui lui avait enseigné tout ce qu'elle savait. Un toast plus qu'audacieux, carrément périlleux, même. Mais que ne vous faisaient pas faire quelques éloges, combinés à l'alcool et à l'altitude ? Jonas Bonde avait levé son verre lui aussi et posé son bras sur les épaules de Lisbeth.

Margaretha n'avait pas paru enchantée. Lisbeth pensa que la directrice était peut-être tombée sous le charme du mentholé Jonas. Ce qui serait un peu triste, mais pas impossible, naturellement. Margaretha pouvait succomber, elle autant qu'une autre. Lisbeth la surveillerait du coin de l'œil aujourd'hui.

Le paysage était toujours aussi fascinant, et à présent Lisbeth regrettait amèrement de ne pas pouvoir skier. Elle prit quelques profondes inspirations, sentit le courant d'air froid sur ses jambes et retourna dans son lit. Elle se glissa sous la couette, alluma son portable.

Il y avait trois messages. Le premier était de Sara et consistait en une suite de joyeux émoticônes, points d'exclamation et encouragements, ainsi qu'en exhortations à lui envoyer d'autres photos, en particulier d'elle dans sa combinaison de ski. Le deuxième venait d'Helena qui lui demandait sans ménagement si elle avait parlé à Micke. Le troisième était d'Harry : une photo de lui portant une veste noire, un casque de ski et d'immenses lunettes, le tout sur fond de soleil radieux. « Amuse-toi bien en Autriche. »

Une vieille photo, apparemment. Elle aurait pu être prise n'importe où, même dans son jardin à elle, à la rigueur.

Le désir de Sara était facile à satisfaire et Lisbeth répondit qu'elle lui enverrait des photos dès qu'elle en aurait fait assez. À Helena, elle écrivit un *non* laconique et précisa qu'elle était en Autriche pour le week-end. Sa sœur avait bien besoin qu'on lui rafraîchisse la mémoire, vu qu'elle n'avait même pas eu la délicatesse de se souvenir que Lisbeth était en voyage.

Elle hésita un instant puis sortit sur le balcon pour prendre une photo de la vue sur les sapins et la montagne. Elle l'envoya à Harry avec un bref commentaire. « J'y compte bien. » S'apercevant que le temps pressait, elle se prépara en hâte.

Cette fois-ci, elle n'eut aucun mal à remettre son plâtre. Elle enfila des sous-vêtements de ski, son pantalon large par-dessus, saisit sa béquille et descendit à la salle à manger. Ses collègues s'étaient déjà servis au buffet du petit-déjeuner. Jonas Bonde paraissait tout excité, il parlait en faisant de grands gestes et dès que Lisbeth prit place, il se leva.

— Bonjour, bonjour. Je vais te préparer une assiette. Qu'est-ce que tu veux ? Prends le porridge, il faut le commander là-bas. Tu te souviens, c'était la seule chose qu'on nous donnait pendant les périodes d'entraînement intensif. Du porridge avec des fruits secs, des raisins et ce genre de truc. C'est toujours la seule chose que je mange avant de faire du sport, et des œufs, bien sûr. Tu veux aussi un œuf ? Je t'apporte un œuf.

Sur l'assiette de Margaretha, il y avait des croissants, du salami, du yaourt et de la confiture. Lisbeth accepta le petit-déjeuner montagnard et Jonas lui rapporta du porridge et un œuf. Tout était bon comme à la maison. Ils se régalèrent, ne tarirent pas d'éloges, et on leur resservit café, thé et jus de fruits. Le serveur demanda à Lisbeth si elle désirait autre chose, elle commanda du pain et dégusta ensuite un délicieux pain noir à la croûte craquante, avec du fromage et du jambon de la région. Un petit-déjeuner auquel on pouvait prendre goût.

— Et maintenant ? On va d'abord sur les pistes, n'est-ce pas ? demanda-t-elle.

— Tu as vraiment l'intention de nous accompagner là-haut ? répondit Margaretha pour le moins sceptique.

— Oui, bien sûr. Je n'ai aucune raison de rester à l'hôtel alors qu'il fait si beau dehors. On va avoir un cours, j'écouterai avec vous, puis j'irai m'asseoir quelque part en vous attendant.

À cet instant elle songea qu'entre un skieur chevronné comme Jonas Bonde et Margaretha, leur moniteur autrichien aurait un groupe très hétérogène. Sans compter les autres participants, dont elle n'avait toujours pas vu une ombre.

Elle comprit soudain que la directrice n'avait jamais eu l'intention de skier, elle non plus. Elle pensait plutôt s'asseoir au soleil et suivre tout cela de loin.

— Bon, comme tu voudras. Fais quand même attention à ne pas glisser. Tu viens de te casser la jambe, tu as certainement mal.

— Oui, j'ai mal. Enfin, rien qui résisterait à un cachet, et maintenant que je suis là, je veux participer le plus possible. Pour l'école, au moins.

Margaretha eut l'air agacée. Lisbeth lui avait assez fait remarquer son engagement pour l'école et l'équipe pédagogique, ces derniers temps. La directrice devait regretter amèrement ses exhortations à être solidaire. Eh bien, qu'elle continue un peu à les regretter.

— C'est toi qui es le mieux à même de savoir comment tu te sens, je suppose.

— Oui, c'est moi. Alors quel est le programme ?

— Le programme prévoit que tous ceux qui sont inscrits dans ce groupe se retrouvent devant le télésiège pour monter ensemble sur la piste. Jonas et moi pourrons déjà prendre nos skis, ça nous fera gagner du temps. Apparemment, aucun autre participant ne loge ici, j'imagine qu'ils nous rejoindront. Je ne sais pas comment tu comptes faire, mais quelqu'un de l'hôtel pourra peut-être t'accompagner. Quelle heure est-il ? On a rendez-vous là-bas à dix heures.

— Alors je vous laisse, excusez-moi. À tout à l'heure au télésiège.

Lisbeth avala rapidement son café. Jonas Bonde la retint et lui rappela de prendre son portable avec elle sur la piste, et est-ce qu'elle pouvait lui donner son numéro ? Elle le lui récita machinalement et quitta la table. De retour dans sa chambre, elle vit qu'il l'avait déjà appelée pour s'assurer qu'elle ait aussi son numéro à lui.

Lisbeth contacta la réception : ils se feraient un plaisir de la conduire. Elle se mit en tenue de ski, s'enduisit le visage de crème, releva ses lunettes de soleil sur son crâne et constata une fois encore qu'elle avait une allure de parfaite professionnelle. Elle prit sa béquille sous le bras et descendit. Un employé de l'hôtel l'attendait près de la voiture. Ses deux collègues avaient disparu.

L'Autrichien parlait bien anglais, il plaignit Lisbeth de s'être blessée mais elle n'était pas la seule. Les conditions étaient trompeuses et il y avait beaucoup de monde sur les pistes. Le système de remontées mécaniques avait été développé et transportait les gens plus rapidement ; cela signifiait moins d'attente, mais une plus grande affluence. D'où l'avantage de faire du hors-piste, encore que là aussi, il fallait être très prudent et ne pas minimiser le risque d'avalanche. Il était tombé tellement de neige qu'il valait mieux ne pas partir seul, même si l'on était très bon skieur.

— *Schönen Tag noch*, bonne journée, lui cria-t-il tandis qu'elle se dirigeait à pas hésitants vers le télésiège où Margaretha et Jonas Bonde attendaient, skis aux pieds.

Près d'eux se trouvaient plusieurs autres skieurs qui avaient tous l'air de petits frères et sœurs de Jonas Bonde. Au milieu du groupe, un homme bronzé en combinaison rouge était appuyé sur ses bâtons. Il devait être informé de la situation, parce qu'il salua Lisbeth sans paraître étonné, se présenta comme le moniteur et, avisant sa béquille, constata de manière laconique que ce n'était vraiment pas de chance ; puis il enjoignit tout le monde à se mettre dans la queue. Qu'elle aille sur la piste avec une jambe cassée semblait le laisser indifférent.

Ici, chacun prenait ses responsabilités et se débrouillait comme il pouvait.

Ce que même Margaretha avait apparemment compris. Elle ne disait rien, un peu tassée dans son fourreau moulant. Jonas Bonde, en revanche, avait l'air euphorique, dans sa tenue fonctionnelle et avec son gros sac à dos.

— Ouah, tu es en pleine forme ! Et quel bel ensemble !

Il la flatta encore un moment puis changea brusquement de sujet, expliquant avec force détails que le risque d'avalanche était manifeste mais qu'en étant équipé d'un tel sac à dos, on avait un pourcentage de chances de survie bien plus élevé si on le déclenchait à temps. Il partit dans d'interminables descriptions des circonstances précises où le coussin d'air se déployait, à quel instant exactement. Pendant ce temps-là, Lisbeth concentrait son attention sur le télésiège.

Quand son tour arriva, elle n'eut pas de difficulté à monter, et là encore, Jonas Bonde se retrouva à côté d'elle, un vrai crampon.

Le télésiège se mit à osciller et bientôt ils flottèrent au-dessus des pistes. Il y avait un monde fou, enfants autant qu'adultes. Montagnes imposantes, immensités blanches inondées de soleil. Il faudrait vraiment qu'elle revienne ici seule, un jour. Prendre des cours avec un moniteur de ski, se perfectionner. Elle trouvait toujours aussi stupide que l'école se spécialise en ski alpin, mais elle n'y pouvait rien, alors autant s'accommoder de la situation ; et puis si Jonas Bonde voulait imposer sa marque là où elle travaillait, elle entendait tout de même avoir son mot à dire. Et participer à tous les séjours au ski.

Elle aperçut deux personnes qui s'étaient arrêtées sur la piste et semblaient hésiter quant à la direction à prendre. À en juger d'après ce qu'elle avait pu distinguer sur la photo d'Harry, l'homme était habillé comme lui et la femme portait une combinaison gris argent. Ces deux personnes auraient très bien pu être Harry et elle-même, sauf qu'elle n'aurait jamais choisi cette couleur.

Jonas Bonde palabrait toujours. Il réclama son attention et elle tourna la tête : à présent, il voulait lui montrer la série d'écussons cousus sur son anorak.

— Là, j'ai Aspen, tu connais ? Non ? Alors il faut absolument que tu y ailles. Le ski aux U.S.A., c'est particulier, la neige n'est pas pareille, tout est super *nice*, les gens sont adorables et il y a une bonne ambiance, tu vois. Un petit *feeling* nordique, des sapins au milieu des pistes, et tu peux même tomber nez à nez avec un ours si t'as pas de bol, enfin, moi ça ne m'est jamais arrivé. Tiens, et là j'ai Whistler, le Canada c'est vachement bien aussi. J'avais loué un petit chalet là-bas et c'était géant, tu te réveilles le matin et tu vois des chevreuils ou ce genre de bestioles qui passent juste devant. La dernière fois, j'ai eu du soleil pendant neuf jours d'affilée. J'ai écrit un article sur les environs pour une revue de voyages, les gens m'ont beaucoup aidé à trouver des pépites, les meilleures pistes, tu aurais aimé.

Le télésiège poursuivait son ascension. Jonas Bonde parlait sans discontinuer, détaillant ses écussons.

— Et ça, c'est Chamonix, un endroit magnifique, authentique, tu vois, là-bas il n'y a que des vrais vétérans, ça se sent. Tu peux faire du hors-piste à l'infini, skier des heures sans rencontrer personne. Les remonte-pentes ne sont pas comme ici, ils sont assez vieux, mais j'aime bien, c'est un peu du *give and take*, tu vois. Et celui-là, tiens, regarde… celui-là c'est le Japon. Faut aimer, il neige à longueur de journée, tu skies dans la poudreuse et tu as des courbatures aux bras à force de devoir les lever tout le temps au-dessus de toute cette neige. C'est violent.

— Je veux bien te croire.

Lisbeth serrait sa béquille. La montée toucherait bientôt à sa fin et elle commençait à se demander comment elle allait descendre du télésiège. Il devait bien y avoir du personnel là-haut, pour faire ralentir la machine afin qu'elle ne soit pas déversée comme un vulgaire sac-poubelle et qu'elle ait le temps de s'écarter avant l'arrivée des skieurs suivants.

Elle ne voyait pas les yeux de Jonas Bonde, n'aurait pas pu les voir d'ailleurs, même s'il n'avait pas porté de lunettes de soleil. Mais il en portait, évidemment. Une version nettement plus couvrante que celles d'Harry, mais avec des verres aussi sombres.

— De ce côté, j'ai la Suisse. L'Autriche, c'est un peu plus cosy, et la Suisse un peu plus élégant, chalets de montagne ici contre restaurants super chic là-bas, en tout cas à Zermatt.

— Je préfère les chalets, je n'ai pas envie de passer mon temps au restaurant quand je fais du ski.

Jonas Bonde approuva. Non, qui en aurait envie ? Toujours est-il qu'on mange bien, à Zermatt. Sans parler de l'Italie. Les Dolomites, c'était magnifique. Il avait l'écusson, là.

Plus que quelques mètres avant l'arrivée. Lisbeth cessa d'écouter, se concentra sur la rampe de sortie, de plus en plus proche, bordée d'une rangée de lampes clignotantes vertes et rouges. Entretemps, Jonas avait soulevé le garde-corps et, se retrouvant face au vide, Lisbeth s'apprêtait à effectuer le saut de la mort quand le télésiège ralentit, s'arrêta presque. Un jeune homme s'avança prestement vers elle, la prit sous les bras et, de nouveau sur la terre ferme un peu à l'écart du télésiège, elle respira.

Le moniteur les attendait. Lisbeth constata avec soulagement que la neige était assez dure. Sa béquille s'enfonçait, bien sûr, mais elle avait recouvert son pied prétendument cassé de plusieurs épaisseurs de chaussettes, cela amortissait un peu.

Margaretha et les autres arrivèrent. La directrice exceptée, ces hommes et ces femmes semblaient tous avoir fait du ski depuis le berceau.

Le guide déclara qu'il comptait les emmener encore plus haut. De là, ils pourraient redescendre une partie en hors-piste.

La bouche de Margaretha ne fut plus qu'un trait au-dessous de ses lunettes de soleil. Elle devait être complètement paniquée. Elle s'était certes mise elle-même dans cette situation, mais les conséquences étaient brutales.

— Bon, alors on continue, annonça le guide, se tournant vers Lisbeth. Toi, tu peux attendre ici, tu nous verras de la terrasse, et on discutera plus tard.

Il lui montra un chalet où étaient déjà entreposées quelques paires de skis. Margaretha ouvrit la bouche, sans doute pour déclarer, dans une dernière tentative de sauver sa peau, qu'elle considérait comme son devoir de garder un œil sur sa collègue blessée. Jonas Bonde se remit à parler à Lisbeth de ses expériences montagnardes comme si rien ne les avait interrompus.

— Devine ce que j'ai, là. Regarde !

Il souleva son anorak et montra son chandail, lui aussi couvert d'écussons.

— Je mettrai Sankt-Anton quelque part, forcément, j'y suis allé tellement souvent, encore que je pratique la méthode française, en fait. Je veux dire, j'ai appris à skier en Suède, mais mon premier professeur était français et je…

Il continua à parler tout en se baissant pour serrer ses chaussures. Quelques skieurs passèrent à toute vitesse tout près de lui et il glissa en arrière. Il essaya de s'arrêter, mais un accident de terrain l'entraîna encore plus bas, il culbuta, perdit l'équilibre. Sa vitesse augmenta, ses bâtons valsèrent tandis que ses skis restaient accrochés aux chaussures.

Lisbeth tendit le cou, vit Jonas Bonde dévaler la pente de plus en plus vite, disparaître dans un nuage de neige et finalement rester allongé par terre sans bouger, pendant qu'une foule grandissante de skieurs faisait cercle autour de lui.

— *Das ist doch… mein Gott… aber so was…*

Leur guide semblait avoir perdu la parole. Puis il s'excusa brièvement et rejoignit l'attroupement. Margaretha ne décrochait pas un mot. Lisbeth s'avança un peu en boitant ; plus bas, le nombre des badauds augmentait.

Soudain elle entendit un gros éclat de rire, se retourna et avisa trois hommes d'un certain âge. Des Suédois.

— Vous avez entendu ? Il pratique la méthode française. Mais la culbute, elle, avait l'air cent pour cent suédoise !

CHAPITRE VINGT-TROIS

Dimanche 17 décembre,
Troisième dimanche de l'Avent

— Nom de Dieu, qu'est-ce que ça fait mal. Comment est-ce que tu as pu crapahuter comme ça, toi, juste après ta chute ? J'en ai eu des fractures, autrefois, aux jambes et aux bras, alors j'étais déjà surpris que tu le prennes aussi bien, mais là, ça me travaille encore plus. Comment as-tu fait toute la journée, hier ?

— Je suis assez dure à la douleur. Et moi, je n'ai qu'une fracture simple de la cheville.

— Quand même, tu es arrivée à l'aéroport comme si de rien n'était, on aurait dit que tu faisais ta promenade du dimanche. Moi je peux à peine bouger… aïe, merde.

Ne dis pas de gros mots, faillit-elle répondre, comme lorsqu'elle rappelait ses élèves à l'ordre. Ce n'est pas avec des grossièretés que ça va s'arranger. Ceci dit, je comprends que tu aies mal. Enfin, non, je ne comprends pas, puisque je ne sais pas ce que c'est.

— D'ailleurs, poursuivit Jonas, moi aussi j'ai une fracture simple de la cheville. Le médecin a parlé d'un truc, je n'ai pas compris mais j'ai regardé sur mon portable.

— Bienvenue au club.

Lisbeth leva son verre. Après un instant d'hésitation, Jonas Bonde leva aussi le sien. Il avait pris des antalgiques mais ne semblait pas se soucier de l'effet potentiellement explosif du mélange avec l'alcool. La seule chose qui comptait désormais était de noyer dans les vapeurs de l'oubli le souvenir de cette chute ridicule ainsi que la douleur qu'elle avait déclenchée. La honte : s'étaler dans une pente sans avoir fait une seule descente à ski.

À cette pensée, un rictus se forma sur les lèvres de Lisbeth, elle dut lutter contre l'envie de rire, qui ne l'avait pas quittée depuis qu'elle avait vu Jonas Bonde glisser sur la neige comme une noisette de beurre dans une poêle chaude. D'accord, c'était une épouvantable malchance et il ne fallait pas se réjouir du malheur des autres, *a fortiori* quand ils se faisaient mal.

Mais la scène avait été tellement drôle.

Tout le monde excepté Lisbeth s'était rendu sur le lieu de l'accident, même Margaretha ; ils avaient attendu les secours près de Jonas, et des sauveteurs autrichiens aguerris étaient arrivés, un traîneau dans leur sillage. Jonas avait été empaqueté, remorqué jusqu'en bas et immédiatement transporté à la clinique où, une fois la fracture diagnostiquée, on l'avait plâtré.

Lisbeth était redescendue en télésiège et avait réussi à mettre la main sur une personne de l'hôtel qui l'avait raccompagnée. Elle s'était installée à une place stratégique sur la terrasse devant l'hôtel et avait attendu les nouvelles. Margaretha était apparue deux heures plus tard, l'air sinistre, toutefois elle avait recouvré un peu de son ancienne détermination. Il se posait à présent un problème qu'elle était en mesure de résoudre, elle était donc en terrain connu. Plus une trace de l'expression timorée qu'elle avait eue sur la piste.

Maintenant, il fallait composer avec la situation, déclara-t-elle d'emblée à Lisbeth avant même de lui exposer de quoi il retournait. À savoir que sa nouvelle recrue de pointe était en l'occurrence une recrue de pointe dans le plâtre, elle aussi. On pouvait tirer un trait sur la certification.

Margaretha avait immédiatement annulé la participation de l'école à la formation. Ni Lisbeth ni Jonas ne pouvant monter sur des skis, mieux valait limiter au maximum les dégâts. Sa propre participation était largement inutile. Le formateur s'était montré très compréhensif et elle espérait obtenir le remboursement d'au moins une partie des frais.

— Puisqu'il est prévu que nous repartions dès demain, nous n'allons pas nous compliquer la vie à essayer de rentrer plus tôt. Profitons plutôt au mieux du temps qu'il nous reste à passer ici, avait-elle dit.

Lisbeth était remontée dans sa chambre. Elle avait précautionneusement retiré son élégante tenue de ski après avoir pris une photo dans la glace et l'avoir envoyée à Sara. Ensuite, elle s'était enveloppée dans son peignoir et assise sur le balcon pour lire, puis Margaretha l'avait avertie que Jonas était rentré de la clinique et qu'ils comptaient se retrouver au restaurant un peu plus tôt, pour faire le point devant un café et un apfelstrudel.

Ils avaient donc bu du café, mangé du strudel, pris un schnaps et continué avec du vin. Finalement, ils étaient passés à table après un détour par leurs chambres respectives pour se changer. Ils avaient dîné d'un savoureux gibier local, chamois ou bouquetin, ils ne savaient pas très bien, bu du vin autrichien et essayé chacun à sa manière de composer avec la situation et d'en mesurer les conséquences.

Jonas avait l'air passablement accablé. Il s'était habillé au petit bonheur, contraint de mettre un pantalon de jogging puisqu'il ne pouvait pas enfiler son jean sur sa jambe plâtrée. La chemise et le veston s'accordaient mal avec le bas décontracté qui couvrait ses jambes, mais il observa avec un certain humour que tant qu'il restait assis, cela allait.

Lisbeth avait remis sa robe sans fixer son plâtre trop serré. Personne n'irait y regarder de près, la robe avait rempli son office la veille, elle le remplirait également ce soir. Margaretha semblait avoir retrouvé son appétit, elle insista pour commander un dessert. Ce soir aussi elle s'était mise sur son trente et un et bien coiffée.

— Bon, ce sont des choses qui arrivent.

La directrice vida son verre, le remplit à nouveau. Lisbeth ne put s'empêcher de penser à ce qu'allait coûter ce voyage, elle se demandait si on pourrait vraiment l'imputer sur les frais généraux. Le vin n'était pas des moins chers, mais Margaretha avait marmonné un « profitez-en » sans préciser de quoi.

Margaretha se tourna vers Jonas, essaya de le distraire en l'interrogeant sur ses précédentes expériences d'enseignement. À l'occasion, elle effleura la question de sa situation familiale, mais Jonas éluda le sujet. Au moment du dessert – une glace de Noël saupoudrée de cannelle, avec des tranches d'orange confite –, personne n'aurait su dire si Jonas Bonde était célibataire ou non, ni s'il avait des enfants.

Normalement, Margaretha aurait dû le lui demander lors de son entretien de recrutement, songea Lisbeth. Mais s'il avait évité aussi habilement les sujets personnels à ce moment-là, la tâche n'avait sans doute pas été aisée. Après tout, c'était lui qu'elle embauchait, pas sa famille.

Margaretha commanda un café et un pousse-café. Elle demanda à Lisbeth si elle n'était pas fatiguée. Il y avait un petit quelque chose dans sa voix, une nuance à peine perceptible, peut-être même un appel.

Eh bien soit. Si Margaretha voulait prendre un dernier verre en tête à tête avec Jonas Bonde, elle pouvait y aller. Pour sa part, Lisbeth n'avait pas particulièrement envie de faire plus ample connaissance avec un homme qui, certes, avait des qualifications, mais ne semblait s'intéresser qu'à lui-même. Peut-être le souvenir de sa vie avec Harry agissait-il comme un signal d'alarme, peut-être avait-elle à nouveau le sentiment que Jonas Bonde jouait un rôle.

Elle monterait plus tôt dans sa chambre et se mettrait à l'aise. Entre Margaretha et Jonas Bonde, les choses se limiteraient très certainement à une conversation. Jonas Bonde n'était pas en état de jouer les séducteurs.

Lisbeth mit la main devant sa bouche et bâilla avec ostentation.

— Je ne sais pas ce que vous en pensez, mais c'était une longue journée et moi je…

Jonas Bonde la regarda, les yeux vitreux.

— Non, ne t'en va pas tout de suite. La soirée ne fait que commencer, tu n'es pas du genre à déclarer forfait comme ça. Vous entendez ça ?

Il se tourna vers les autres convives, se leva avec peine. Il chancelait.

— Allez, à la santé de Lisbeth, vous entendez. Elle est terrible. Dans la vie, soit on se défile soit on affronte. Cette nana, elle, elle affronte.

Les gens cessèrent de parler et échangèrent des regards. Il y avait une famille avec des enfants, un groupe de messieurs plongés dans une discussion approfondie sur la politique allemande, un couple à une table isolée qui n'avait jusque-là eu d'yeux que l'un pour l'autre. De la cuisine attenante, on pouvait voir tout ce qui se passait dans la salle à manger. Le personnel, poli, s'était immobilisé en plein service.

Jonas Bonde se tourna vers Lisbeth. Il poursuivit d'une voix plus forte.

— Tu as vraiment plus de caractère que je ne croyais la première fois que je t'ai vue !

— Merci.

Elle acquiesça tout en tirant discrètement sur son veston pour qu'il se rasseye. Jonas Bonde retomba lourdement sur sa chaise et les convives se remirent à manger en échangeant rires et commentaires de connivence.

Lisbeth sentit ses joues brûler, à cause du soleil et de la gêne d'avoir été l'objet d'un piètre éloge aux yeux de tous. Sans pour autant s'inquiéter de l'opinion des autres, on peut s'imaginer ce qu'ils pensent de nous. Voilà trois Suédois, dont deux ont une jambe dans le plâtre, l'un se lève et fait un discours en l'honneur de l'autre, assez fort pour que tout le restaurant l'entende.

— Bon, il faut vraiment que j'aille me coucher, insista Lisbeth.

Au même instant, le téléphone de Margaretha sonna. Elle voulut l'ignorer, mais la sonnerie ne s'arrêtait pas. La directrice tira son portable de son sac à main, dit « allô », se leva et, avec un geste d'excuse partit vers les toilettes.

Quand elle revint, elle avait un air grave.

— C'est moi qui vais quitter la table. Lisbeth, peux-tu prendre l'addition et la faire mettre sur le compte de ma chambre ? Numéro 29.

— Bien sûr. Il n'est rien arrivé, au moins ?

Margaretha lui fit un sourire fatigué.

— Non, il n'est rien arrivé, rien de nouveau en tout cas. Excusez-moi, je vous souhaite un bon moment à tous les deux, avec vos chevilles fracturées.

Sur cette tentative d'humour, qui demeura sans effet, elle s'en alla.

Il était très tard à présent, Lisbeth n'avait plus besoin d'invoquer la fatigue. Seulement elle hésitait à abandonner Jonas Bonde dans l'état où il se trouvait. Depuis son toast spontané, il semblait dégrisé, certes, il avait peut-être même toujours été conscient et juste voulu faire quelque chose d'insensé. Elle connaissait ce sentiment. C'était dans les moments où tout allait au plus mal, où cela pouvait difficilement être pire, qu'on grimpait sur la table et qu'on poussait la chansonnette.

Quand même. Jonas était un futur collègue et il avait du mal à marcher.

Il commanda un autre café et se mit à parler de Noël. Il aurait voulu partir au ski, là aussi, n'avait rien réservé, mais pour une seule personne, on trouvait toujours quelque chose. Y avait-il mieux que la montagne, à Noël ? Ça vous épargnait toutes les complications.

— Noël est compliqué, pour toi ?

— Mes parents ont divorcé il y a quatre ans. Je ne comprends pas. Ils étaient ensemble depuis quarante ans, mariés depuis trente-cinq. Pourquoi divorcer alors ? Quand on s'est supportés si longtemps, on peut bien tenir le coup encore un peu, non ?

— Ils n'avaient peut-être pas envie de seulement se supporter ? Ils voulaient peut-être autre chose ?

Jonas Bonde haussa les épaules.

— Aucune idée. Toujours est-il que ma mère a un nouveau compagnon et ils passent les fêtes avec sa famille. Quant à mon père, tous les ans à cette période il part en Thaïlande, et la maison de mon enfance est vendue. Ça me fait vraiment drôle au moment des fêtes, surtout à Noël, alors en général je me taille. J'aime bien faire du ski tout seul avant le réveillon, puis me préparer un bon riz au lait avec plein de cannelle et des amandes, et ensuite aller à la messe de minuit dans une petite église de montagne, c'est tellement agréable d'être au chaud à regarder toutes ces bougies allumées, entendre les cantiques et chanter avec l'assistance. Enfin cette année, ça s'annonce mal.

Lisbeth était prête à lui parler du repas de Noël à onze heures du matin, mais elle se ravisa, comprenant que, comparé à la situation de Jonas, ce repas de famille était un pur bonheur. La maison de son enfance était toujours là, ses parents toujours ensemble. À un moment, au cours de leur chemin commun, ils l'avaient décidé : « Nous deux, c'est pour la vie. »

Le restaurant commençait à se remplir de nouveaux convives. Les uns se pressaient au bar, d'autres sortaient flâner sur la terrasse. Jetant un œil par-dessus son épaule, Jonas Bonde déclara que ce lieu était très prisé par les clients des autres hôtels, qui venaient y boire un verre en soirée. Lisbeth allait lui demander si c'était lui qui avait convaincu Margaretha de descendre ici, quand elle vit entrer deux personnes qu'elle reconnut. L'une de la vraie vie, l'autre d'une photo dans un magazine féminin.

Harry et sa coach au botox, sans frange.

CHAPITRE VINGT-QUATRE

Dimanche 17 décembre,
Troisième dimanche de l'Avent

C'était Harry, tel qu'elle l'avait rencontré jadis devant un cinéma, ou Harry invité à une réception à Londres. Pas celui qu'elle avait vu tout récemment et qui avait dormi dans son lit. La coach portait un fourreau noir très échancré dans le dos. Escarpins à hauts talons, cheveux crêpés pour simuler du volume.

Harry s'était frayé un chemin jusqu'au comptoir et avait hélé le barman. Les deux nouveaux venus eurent bientôt chacun un verre dans la main, trinquèrent puis se retournèrent pour jauger leur entourage.

Impossible de se dérober. Sauf à plonger sous la table et s'y cacher jusqu'au lendemain matin. Éventualité qu'elle envisagea pour de bon pendant un court instant. Jonas Bonde l'observait. Très intensément, maintenant.

— Quelqu'un que tu connais ?

— Mon ex. Avec sa nouvelle copine.

— Ton ex ? Merde alors.

Au même moment, Harry aperçut Lisbeth. Il resta pétrifié. Ce qui était loin d'être une simple métaphore, constata-t-elle. Il se figea littéralement sur place. Comme pris par le gel. Il s'en fallut de peu qu'il ne laisse tomber son verre.

Il savait pourtant bien qu'elle allait à Sankt-Anton, ce week-end, et que son hôtel avait un nom en *hof*. Mais vu sa surprise, il ne s'attendait pas à la trouver là, c'était évident. Vraiment ? Et lui, que faisait-il ici, d'ailleurs ?

Le comportement d'Harry fit tiquer la coach au botox qui, n'obtenant visiblement pas la réaction escomptée à ce qu'elle lui disait, comprit vite ce qui retenait son attention. Lisbeth eut l'impression que le regard de la coach glissait sur elle comme un filet de bave d'escargot, les évaluait, elle et Jonas Bonde, convertissait le tout en couronnes, statut social ou pouces levés. Harry fixait toujours Lisbeth et elle le fixa à son tour avec une telle insistance qu'il commença à se tortiller.

Jonas Bonde suivait la scène avec intérêt. Quand il se retourna vers Lisbeth, ses yeux brillaient d'un nouvel éclat. C'était bien ça. Il était fait pour la compétition. Voilà précisément ce qui liait ceux qui s'étaient entraînés ensemble dans l'équipe nationale junior de ski alpin.

Il se pencha au-dessus de la table et chuchota :

— Tu savais qu'il allait venir ?

Lisbeth baissa la voix elle aussi.

— Non.

— Et sa copine, tu la connais ?

— Non.

Jonas Bonde hocha la tête. Une lueur malicieuse apparut dans ses yeux.

— D'accord, je vois.

Harry fut le premier à agir. À son tour, il se pencha pour chuchoter quelque chose à l'oreille de la coach.

Celle-ci pinça les lèvres et s'accrocha à son bras lorsqu'il s'avança vers Lisbeth et Jonas.

— Tiens, bonsoir. Quelle surprise ! C'est là que tu…, euh, toi ici, quel hasard !

Il avait failli se trahir. Selon toute vraisemblance, la coach, Agnès, puisque c'était son nom, ne soupçonnait pas qu'Harry était au courant de la présence de Lisbeth à Sankt-Anton, ce week-end-là. Il était tout aussi vraisemblable qu'il ne lui avait pas raconté sa visite chez elle non plus, ni les roses et le vin, et absolument certain qu'il ne lui avait rien dit de la nuit passée dans la petite maison de Frillesås au bord de la mer, auprès de Lisbeth.

De la même manière, celle-ci n'était pas censée savoir qu'Agnès s'appelait Agnès. À moins de l'avoir lu dans un magazine, évidemment. Ce qui était tout à fait possible.

Jonas Bonde s'était levé lui aussi, tant bien que mal. Disparu, le malade qui s'apitoyait sur son propre sort. Il était redevenu l'aventurier du matin qui sentait la menthe, avait le goût du risque et était prêt à en assumer les conséquences. Plutôt une descente téméraire au prix d'une fracture de la cheville que de ridicules slaloms de mauviette sur des pentes balisées pour faire semblant de skier comme tous ces pauvres mortels.

Lisbeth et Jonas Bonde étaient désormais *partners in crime*. Leur accord, conclu sans un mot, d'un unique et bref regard, stipulait une seule chose : « Si tu me viens en aide, je t'aiderai aussi. »

— Oui, vraiment, quelle surprise ! Quelle coïncidence !

Lisbeth fit le tour de la table et s'avança vers le couple. Elle donna une légère accolade à Harry et tendit la main à Agnès. La coach lui rendit une poignée de main molle et un peu froide tandis qu'une moue de dépit plissait ses lèvres gonflées aux fillers.

— C'est inattendu. Se rencontrer, comme ça. Je m'appelle Lisbeth.

Elle allait ajouter : « Et c'est moi l'ex-petite amie d'Harry », mais elle se retint. Agnès savait qui elle était, évidemment. Mais sous quel jour la connaissait-elle ? Lisbeth ignorait en quels termes Harry avait parlé d'elle. Il l'avait peut-être totalement dénigrée afin de flatter Agnès, qui n'avait pas l'air du genre à aimer partager la lumière des projecteurs. Ou bien il l'avait rendue plus séduisante qu'elle ne l'était pour se placer lui-même plus à son avantage.

Jonas Bonde saisit immédiatement l'occasion et se présenta lui aussi.

— Et moi je m'appelle Jonas Bonde. Un collègue de Lisbeth.

Pour la première fois, Lisbeth lui fut reconnaissante dc son culot.

— Harry.

— Agnès.

Jonas Bonde plongea son regard dans celui d'Agnès, ce qui sembla produire un certain effet. La coach se fendit d'un petit sourire. Puis le silence retomba, tous se demandaient ce qui allait se passer ensuite. Allait-on échanger d'autres politesses ou prendre congé rapidement ? Lancer un « ravis de vous avoir rencontrés, mais on doit y aller, maintenant » ?

Une fois encore, Jonas Bonde prit une initiative salvatrice. Il était peut-être celui qui avait le moins à perdre.

— Asseyez-vous donc un moment ! On va commander deux cocktails en plus, la même chose que vous.

Bitte schön, lança-t-il à un serveur qui passait en coup de vent.

Harry était mal à l'aise et Agnès avait repris son air acrimonieux, mais déjà, Jonas Bonde lui avançait une chaise et elle fut obligée de s'asseoir. Harry se plaça à côté de Lisbeth. Les dés étaient jetés. Les boissons arrivèrent, Jonas Bonde leva son verre.

— Eh bien, un toast aux Alpes, alors ! Aux rencontres inattendues dans les Alpes !

Harry se tortillait sur sa chaise et fit tomber la béquille de Lisbeth. En la ramassant, il remarqua que celle-ci avait le pied plâtré.

— Mais que t'est-il arrivé ?

Jonas Bonde s'avança au-dessus de la table, les yeux écarquillés.

— C'est dingue, non ? On était partis tôt ce matin, une petite bande avec notre guide à nous, pour une virée au-delà de ces montagnes, là-bas, on n'y accède qu'en hélicoptère, mais c'est là qu'il y a la meilleure poudreuse, absolument génial. Nous voilà à pomper comme des fous, Lisbeth en tête, et tout se passait bien, jusqu'au moment où une petite avalanche s'est déclenchée. On a accéléré à fond et évité le pire, mais Lisbeth et moi, on en est ressortis avec une jambe cassée. Enfin, ça a été, ils sont venus nous chercher assez rapidement. Alors même si ça n'est pas très agréable de pendouiller dans les airs sous un hélicoptère, moi je dis chapeau aux sauveteurs, ici en Autriche. En tout cas, ça valait le coup, hein ?

Il rayonnait. Il posa la main sur le bras de Lisbeth, elle le laissa faire et poursuivit avec le même enthousiasme dans la voix :

— Et comment ! Ces descentes-là, on ne les oublie pas. *Once in a lifetime*, comme on dit, une seule fois dans une vie. Tôt le matin, quand le soleil se lève, juste nous et le sommet des montagnes.

Il fallait voir la tête d'Harry.

— Une avalanche, c'est horrible. Tu parles d'une aventure. Mais, j'ignorais que tu…

Il s'interrompit, conscient d'être face à deux possibilités : soit il la dénigrait, soit il se rangeait du côté du plus fort.

Jonas Bonde lui tendit la perche :

— C'est une flèche, sur les pistes. Enfin, tu le sais bien, toi !

Agnès eut un petit rire affecté et perfide.

— Ah bon. Vraiment ? Pourtant tu disais qu'elle était plutôt timorée et ne prenait jamais de risques.

Elle. Comme si Lisbeth n'avait pas été là. Bizarrement, elle n'en fut même pas irritée. Mais d'autant plus déterminée.

— Ce n'est pas vraiment comme ça que je l'ai formulé, se défendit Harry en se forçant à rire.

Son regard oscillait entre les deux femmes. Il avait peur. Lisbeth sourit à Agnès.

— Et il avait raison. Il fut un temps où j'étais plus prudente. Mais avec la bonne personne à ses côtés, on peut atteindre des sommets.

Des sommets. Peut-être un peu exagéré. En tout cas, cela fit de l'effet. Agnès avait l'air encore plus dépitée.

— Mais, reprit Lisbeth, vous êtes arrivés quand ? Et vous restez combien de temps ?

Agnès posa sa main sur le bras d'Harry, tout comme Jonas Bonde avait posé la sienne sur le bras de Lisbeth. C'était à son tour de triompher :

— Nous sommes arrivés hier et restons jusqu'à mardi. Un peu pour profiter de l'hiver avant de nous envoler pour Saint-Barth, un peu pour chercher *the best place* pour notre mariage. Nous ne savons pas encore vraiment si ce sera un mariage d'hiver ou un mariage d'été. Oui, vous n'étiez peut-être pas au courant, d'ailleurs ? Nous allons nous marier.

Les derniers mots étaient adressés à Lisbeth. Qui se pencha en avant et répondit avec un sourire encore plus généreux :

— Non, je n'étais pas au courant. Mais je suis très heureuse pour vous. Félicitations.

Son estomac se noua, pour d'obscures raisons. Elle tirerait cela au clair plus tard. Pour l'instant, il s'agissait de jouer la comédie aussi bien que Jonas Bonde, sans faiblir une seconde. Harry était sous le choc, c'était pour elle un avantage incontestable. Elle lui aurait bien volontiers ouvert le cerveau pour voir toutes les merveilles qu'il recelait. Harry ne rayonnait pas de bonheur, c'était peu dire.

— Vous allez vous marier ? Mais c'est formidable ! Toutes mes félicitations à vous deux ! Nous devrions peut-être nous décider nous aussi, chérie ? Cet été ? En Scanie ?

Jonas Bonde avait un culot et un sens de la répartie grandioses. Il avait compris que Lisbeth luttait pour garder la face. Et l'effet fut magistral. Harry était au bord de l'explosion et Agnès piquée par la curiosité.

— En Scanie ? Où donc ?

Jonas Bonde s'appuya sur le dossier de sa chaise et croisa les mains sur sa nuque.

— Ma famille possède cet endroit depuis plusieurs générations, actuellement c'est mon père qui y demeure. C'est trop grand, en fait, il y a beaucoup de terres à entretenir et des chevaux de course plein les écuries. Mais cela rapporte, et on ne se débarrasse pas de son histoire si facilement, on se doit tout de même de faire fructifier son patrimoine pour la génération suivante. Je veux dire par là qu'on ne peut pas laisser la jeunesse totalement ignorante de son passé…

Agnès était en extase.

— C'est exactement ce que je dis. Mes parents ont une propriété en Scanie, eux aussi, à Österlen, dans le sud-est.

— Non, sérieusement ?

Tandis que Jonas Bonde et Agnès approfondissaient la discussion sur les propriétés en Scanie, les familles nobles et l'histoire de la Suède, Harry tentait de capter le regard de Lisbeth. Il paraissait en proie à la panique.

— Vous logez ici, dans cet hôtel ? s'enquit Agnès, à nouveau tournée vers toute la tablée.

— Naturellement. Où descendre, sinon, à Sankt-Anton ? Cet établissement est le meilleur, et en voyage, nous tenons à nous loger correctement. Cela contribue au plaisir, je trouve.

Jonas Bonde leva les mains pour appuyer ses propos. Agnès fit une moue approbatrice.

— Tout à fait d'accord. J'ai moi-même essayé d'expliquer cela à Harry, mais sur ce point, nous devons encore travailler *un peu*. Nous sommes justement en train de chercher un hôtel à Saint-Barth, pour Noël et le jour de l'an, et je lui ai bien dit : cela n'a aucun sens de loger dans un hôtel quelconque quand on part en voyage, voyons, pourquoi descendre dans un endroit affreux alors qu'il y en a de si beaux ?

Harry vida son verre et passa un doigt à l'intérieur du col de sa chemise. À nouveau, il chercha le regard de Lisbeth. Entretemps, Agnès avait aperçu un convoi de dameuses sur la piste.

— Mon Dieu, comme c'est joli, il faut que je fasse une photo. Tu viens, Harry ?

Jonas Bonde para aussitôt :

— Il est peut-être temps d'y aller pour nous aussi, chérie. On va prendre un *night cap* sur *notre* balcon ? On aura une plus belle vue de là-haut. Mais, encore félicitations à vous, hein ? Allez, amusez-vous bien. C'était sympa de se rencontrer.

Sur ce, il se leva et saisit ses deux béquilles. Il n'avait plus l'air pitoyable, au contraire. Il offrait l'image d'un *still standing man* blessé à la chasse mais satisfait de sa prise. Lisbeth se leva elle aussi et attrapa sa béquille. Elle constata que ni Harry ni Agnès n'avaient eu la curiosité d'en apprendre davantage sur leur descente en hors-piste ou sur le genre de fractures qu'ils s'étaient faites. Elle considéra cela comme un succès.

Elle rejoignit Jonas Bonde en clopinant et sourit aux deux autres.

— Au revoir, Harry. Et, oui, c'était un plaisir de vous rencontrer, Agnès. Amusez-vous bien, ici et à Saint-Barth. Ah, du reste vous pouvez prendre notre table, si vous le souhaitez, peu importe que vous ne logiez pas ici.

Arrivée au bar, elle s'aperçut qu'elle avait oublié de demander l'addition. Elle la réclama et s'appliqua à signer sans laisser son regard dévier ni à droite ni à gauche. C'est seulement dans l'ascenseur qu'elle reprit ses esprits. Elle se sentait envahie par les sentiments les plus bizarres. De la reconnaissance envers Jonas Bonde, en même temps que de l'effroi devant le flot de mensonges qu'il avait débités avec une telle légèreté. De la fureur et de la déception face à l'hypocrisie d'Harry, et de la rage envers elle-même d'avoir cru à ses litanies.

Penché vers elle, Jonas Bonde continuait à parler de tout et de rien. Comme si ce qu'il avait raconté s'était déjà transformé en vérité. Ils s'étaient tous les deux réellement cassé la jambe dans une avalanche et maintenant ils allaient prendre un dernier verre sur leur balcon. Elle ne prêta à nouveau l'oreille à ses propos qu'en l'entendant affirmer qu'elle l'avait échappée belle avec ce type et que sa copine était le genre de fille qu'il détestait le plus au monde.

— Ces gens-là, ils ne font qu'une bouchée de leurs semblables, et la seule chose qui les préoccupe, c'est eux-mêmes et leur apparence ; chez eux tout n'est que façade, ils sont ennuyeux à mourir, on les regarde une fois, deux fois, puis on se dit : « Mais est-ce que tu vas raconter quelque chose d'intéressant un jour… »

Ils s'arrêtèrent devant la porte de Lisbeth, lui appuyé sur deux béquilles, elle sur une.

— Merci pour la soirée, Jonas. Tu es complètement cinglé, mais c'était vraiment… alors, merci. Surréaliste. Mais mémorable.

Elle était prête à entrer dans les détails, à le remercier d'avoir feint d'être son petit ami et inventé un accident bien plus passionnant que la réalité, d'avoir donné de l'éclat à son image, même s'il avait par la même occasion aussi poli la sienne.

Mais cela, il le savait déjà. Ils le savaient tous les deux. Jonas Bonde fit une grimace de contentement.

Puis un clin d'œil.

— Alors, on va le prendre, ce dernier verre sur le balcon ? On pourra faire la grasse matinée demain. Puisqu'on n'a pas besoin d'être de bonne heure sur les pistes…

Il avait l'air ravi du jeune chien qui attend un sucre parce qu'il a été obéissant. Elle hésita une seconde de trop.

— D'accord, mais seulement un. Je suis vraiment fatiguée.

Elle ouvrit la porte, ils entrèrent tous les deux. Elle alluma la lumière, passa devant lui, alla brancher la lampe chauffante du balcon puis rentra dans la pièce. En ouvrant le minibar, elle se souvint qu'il ne contenait aucune boisson alcoolisée. Il fallait commander. Elle se retourna, Jonas Bonde était tout près d'elle.

Quand il l'enlaça, ses béquilles tombèrent par terre avec fracas. Lisbeth sentit ses lèvres contre les siennes, puis il l'embrassa sur le front, sur les joues, et à nouveau sur la bouche. En équilibre sur une jambe, il baissa les bretelles de sa robe, passa la main sous le tissu et lui caressa les seins.

Lisbeth recula prudemment contre le lit, Jonas Bonde la suivit en sautillant. Elle avait très peur car il s'appuyait sur elle, et si elle s'écartait trop vite, il se casserait la figure. Ce qu'il faisait n'était pas désagréable, elle sentit son corps commencer malgré elle à réagir sous les mains de Jonas, en même temps qu'une autre partie d'elle-même s'envolait au plafond et riait aux éclats en observant leurs maladroites tentatives d'intimité.

Finalement, elle perdit l'équilibre et tomba à la renverse sur le lit. Jonas Bonde roula sur elle. Il se hissa sur ses bras tout en continuant à l'embrasser, sa jambe blessée pesait lourdement sur celle de Lisbeth, les deux plâtres frottaient l'un contre l'autre.

— Lisbeth, tu es tellement délicieuse, tu es vraiment extra, tu n'as peur de rien et tu es tellement, tellement, tu es une vraie…

Le voilà qui retirait son pantalon de jogging, bataillait pour ôter les deux jambes, soulevait la robe de Lisbeth, mettant le faux plâtre à découvert. Mon Dieu, faites qu'il ne se soit pas détaché, eut-elle le temps de penser, mais Jonas Bonde ne semblait absolument pas intéressé par la confection du plâtre. Il se décala vers le bas, la caressa à l'intérieur des cuisses, l'embrassa aussi là. Sa jambe plâtrée pendillait au bord du lit et sciait le tibia de Lisbeth qui essayait de se tourner sans savoir comment procéder. Rien ne l'empêchait de se laisser aller, de complètement lâcher prise malgré le ridicule achevé de la situation, après tout, qui s'en souciait ? non, quand même. Les plâtres se heurtèrent à nouveau et Lisbeth dégagea sa jambe.

— Aaaaaïe !

Jonas Bonde était recroquevillé par terre, la jambe tendue devant lui. Lisbeth se redressa et regarda par-dessus le bord du lit.

— Jonas, ça va ?

Pas de réponse. Il ne bougeait pas et gémissait. Lisbeth s'extirpa du lit avec peine et l'aida, avec encore plus de peine, à se relever. Il titubait dangereusement. Elle crapahuta pour récupérer les béquilles et les lui tendit. Sentant que son plâtre à elle était sur le point de se détacher, elle fut prise de panique. Elle remonta le pantalon de Jonas et lui boutonna sa chemise tout en essayant discrètement de resserrer son propre bandage. Elle se demandait comment Jonas avait réussi à se déshabiller dans son état. Elle avait sans doute affaire à un professionnel en bien des domaines.

— Dis, Jonas… on pourrait peut-être remettre ça à plus tard ?

Il ne lui était rien venu de mieux. Il la regarda, lèvres serrées, il avait l'air d'avoir très mal. L'effet des cachets et de l'alcool avait dû passer.

— Je t'accompagne jusqu'à ta chambre, dit-elle. Maintenant il faut qu'on dorme, tous les deux.

Toujours aucune réponse. Il se laissa reconduire jusqu'à sa chambre, éloignée de quelques portes seulement, et Lisbeth improvisa une prière pour que Margaretha ne pointe pas un nez curieux dans le couloir. Elle entra avec lui et s'arrêta net, un peu désarçonnée, devant les vêtements de ski éparpillés et la valise à moitié déballée. La bande élastique autour de sa jambe plâtrée menaçait sérieusement de se défaire, tout allait tomber, elle essayait désespérément avec son autre jambe d'empêcher la catastrophe.

— Tu as encore besoin d'aide ?

— Non, laisse tomber, je vais me débrouiller.

Sur l'oreiller trônait un petit ours en peluche râpé. Jonas Bonde fit une grimace.

— Mon plus fidèle compagnon de route.

— Bonne nuit.

Il s'effondra sur le lit et se remit à batailler pour ôter son pantalon. Il grimaçait de douleur mais quand elle ouvrit la porte, il esquissa un sourire.

CHAPITRE VINGT-CINQ

Lundi 18 décembre

Le restaurant était presque désert. Évidemment. Au réveil, les gens avaient ouvert les rideaux, regardé le ciel, et englouti à la hâte porridge et autres mets pour pouvoir profiter au maximum d'une journée radieuse.

Lisbeth avait tranquillement pris une tasse de café sur son balcon, en attendant que la ruée soit passée, puis elle était descendue. Elle était entrée avec une certaine appréhension dans la salle de restaurant, espérant ne pas tomber sur ses compagnons de voyage. Elle n'avait certes pas de souci à se faire avec Margaretha, mais autant éviter d'avoir à répondre à des questions sur la tournure de la soirée après son départ. Quant à Jonas Bonde, elle préférait ne pas le croiser dès le petit-déjeuner.

Elle allongea sa jambe sous la table. Son plâtre, qu'elle avait retiré pour la nuit, était à nouveau bien en place. Il l'encombrait, mais ça s'arrêtait là… Être en forme, ne pas souffrir, quel cadeau. Tant qu'on avait la santé… Pour autant, Lisbeth était encore triste et en colère quand elle repensait à Harry et à leur rencontre inopinée de la veille.

Quel avait été le but de sa visite à Frillesås ? Avait-il juste été pris de panique avant un éventuel mariage ? Il devait savoir ce qu'il faisait, tout de même, quand il était venu la voir et lui exposer ses remords. Sans parler de la nuit passée à côté d'elle dans son lit.

Peut-être qu'il l'aimait, cette Agnès, mais qu'il ne savait pas par quel bout la prendre. Ou bien il était en train de s'apercevoir qu'il ne l'aimait pas. Que les choses peuvent être très belles en apparence mais vous glisser entre les doigts dès qu'on essaie de s'en saisir. Quelle plaie, de vivre avec une telle personne.

Mais pourquoi était-il venu à Sankt-Anton avec sa petite amie s'il savait que Lisbeth y était aussi ? Dans cet endroit en *-hof* ? Avait-il deviné de quel hôtel il s'agissait quand elle lui avait envoyé une photo du panorama, en réponse à la sienne en tenue de ski ? Avait-il eu l'obscure intention de faire des comparaisons ? De les voir l'une à côté de l'autre avant de se décider ? Comme s'il avait eu le choix ?

— Je peux vous apporter quelque chose ?

Le serveur était attentif, elle commanda des œufs puis se rendit au buffet en clopinant. Elle chargea son assiette de croissants, de petits pains et de tout ce qu'il y avait de bon à tartiner. Elle commanda d'abord du thé, ensuite du café, regarda les pistes, par la fenêtre. Magnifique. À nouveau.

Ils partaient à trois heures. Il lui restait du temps. Elle avait décidé d'aller au centre-ville. Elle s'aperçut que ses préoccupations concernant sa cuisine lui étaient complètement sorties de la tête et elle se demanda si en ce moment même Tobbe était chez elle en train de travailler comme un forcené. Elle devrait peut-être l'appeler. D'un autre côté… non. Un tuyau percé de plus et elle craquerait elle aussi. Il faudrait la chemiser intégralement pour la réparer.

Elle sortit son portable et l'alluma. Elle avait délibérément retardé cet instant, n'ayant aucune envie de se retrouver face à la réalité et aux gens qui la peuplaient. Ce moment sur le balcon, les majestueux sapins lourds de neige, voilà ce qu'un vrai Noël devait vous offrir.

Il y avait trois appels manqués et deux textos d'Harry, arrivés pour certains très tard la veille, probablement après qu'Agnès s'était endormie et qu'elle-même avait sombré dans les bras de Morphée. « Appelle-moi », écrivait-il. « S'il te plaît, appelle, je t'expliquerai, ce n'est pas ce que tu penses », disait-il dans le second. Margaretha aussi avait écrit : elle était montée sur les pistes pour skier un peu toute seule. Et encore un message d'Helena qui demandait pour la énième fois si Lisbeth avait contacté Micke et terminait par un « j'espère que tu t'amuses bien, envoie un peu de soleil ».

Lisbeth reposa son téléphone, but son orange pressée, mordit dans le croissant encore chaud, réclama plus de café. On lui servit un café de Noël qui sentait bon la cannelle, accompagné d'un petit biscuit au gingembre. Il ne fallait pas qu'elle s'attarde trop au restaurant, Jonas Bonde pouvait débarquer et, quand bien même l'éventualité était microscopique, qui sait si Harry, dans son désespoir, ne viendrait pas également jusqu'ici. Il lui avait bien demandé de le rappeler, sans envisager qu'Agnès serait peut-être à côté de lui à ce moment-là.

— Quelqu'un pourrait-il me conduire en ville dans une demi-heure ?

— *Aber sicher doch*, bien sûr.

L'aimable serveur lui fit un signe affirmatif de la tête et elle se dépêcha de quitter le restaurant, non sans avoir jeté un œil à une statue de la Sainte-Vierge posée sur une étagère. Elle s'imagina que son gracieux sourire lui était destiné, tel un encouragement.

Une demi-heure plus tard, elle était dans la voiture avec l'homme qui l'avait déjà emmenée au téléphérique. Il lui fit la conversation avec le même naturel que la fois précédente. Quel dommage qu'elle ne puisse pas faire de ski, sinon il lui aurait indiqué les pistes fréquentées par les gens du coin, montré l'endroit où ils se rendaient le matin, tout au bout de la station, et prenaient un vieux tire-fesses pour contempler ce paysage dont on ne se lassait pas.

— Il y a beaucoup de monde, ici, à Noël ?

— Énormément.

Le chauffeur confirma d'un hochement de tête. Oui, pour Noël et le jour de l'an, tout était réservé. Des gens de tous les pays venaient passer les fêtes dans les Alpes. Alors eux faisaient le maximum pour créer une ambiance de Noël : repas, musique, sapins, paquets ; les églises étaient ouvertes, bien sûr, et pendant certaines messes on pouvait entendre la plus belle musique.

— Il faudra venir, conclut-il, et avant de la déposer, il l'invita à l'appeler dès qu'elle serait fatiguée.

Lisbeth avança dans la rue principale, veillant à ne pas poser sa béquille sur une plaque de verglas ou dans la neige. L'idée l'avait effleurée de se promener ici sans son plâtre, mais elle n'avait pas osé prendre un tel risque. Elle avait réussi à entretenir l'illusion jusque-là, elle ne voulait pas trébucher sur la ligne d'arrivée. Elle fit un tour dans les boutiques. Magasins de vêtements, cafés, points de location de skis et de chaussures. Elle pensa à la boulangerie d'Elina, aux brioches au safran, aux biscuits au gingembre ; ici, on vendait du stollen, du lebkuchen et autres douceurs.

Noël, oui. Le repas à onze heures. Elle avait encore des décisions à prendre.

Elle sentit une odeur de vin chaud et aperçut un petit stand où l'on vendait du glühwein. Elle hésita puis s'en acheta un gobelet, qu'elle but tout en inspirant l'air de la montagne et en regardant les hauts talus de neige sur le bord de la route. Ce soir, elle serait de retour chez elle, c'était un peu surréaliste.

Chemin faisant, elle entra dans l'une des grandes boutiques d'articles de ski, cela sentait la neige mouillée et les grosses chaussettes de laine. Elle déambula parmi les rayons, admira des chandails aux motifs de Noël, des écharpes rouges avec des boules de neige. Finalement, elle acheta des bonnets pour ses trois neveux, un porte-monnaie en cuir pour son père, des gants pour sa mère et un sac pour Helena. Restait son beau-frère, Micke. À supposer qu'elle le voie à Noël. Elle opta pour une écharpe de ski et, après un moment de réflexion, prit une décoration en forme de téléphérique pour le sapin de Tobbe ; il appréhendait cette période mais aimait les arbres de Noël. Elle paya toutes ses emplettes et sortit. Elle alla s'asseoir dans un salon de thé, commanda un café et un apfelstrudel.

De sa place à la fenêtre, elle observait tranquillement les passants emmitouflés, dont le souffle faisait des petits nuages de vapeur. Elle en vint à se demander s'il y avait des gens de la montagne de même qu'il y aurait des gens de la mer ou de la forêt. Sans doute. Il était évident qu'on était marqué par l'environnement naturel dans lequel on grandissait.

Elle sortit son portable. Un appel manqué d'Helena. Celle-ci devait friser l'hystérie. L'idée que sa sœur parvienne à la joindre avant qu'elle ait elle-même contacté son beau-frère n'enchantait pas Lisbeth. Tant pis pour les frais, au point où elle en était. Mais d'ailleurs, l'Union européenne n'avait-elle pas décidé que les communications entre pays membres n'étaient plus surtaxées ?

Elle composa le numéro. Micke répondit à la troisième sonnerie. La liaison était excellente, comme s'il était assis à côté d'elle.

— Bonjour ! Quelle surprise, je ne pensais pas que tu répondrais.

— Et pourquoi je ne répondrais pas ? Qui est-ce, d'abord ?

Sa voix était tendue.

— C'est moi, Lisbeth.

— Ah, tiens. Bonjour.

Combien de fois Lisbeth avait-elle appelé Micke directement, sans passer par Helena ? Pas très souvent, lui semblait-il. Deux ou trois fois tout au plus, pendant toutes ces années. Depuis qu'Helena avait fait supprimer leur ligne fixe, c'était devenu encore plus rare.

— Comment vas-tu ?

— Qu'est-ce qui t'amène ? C'est Helena qui t'a demandé d'appeler ?

Évidemment. Il n'était pas idiot.

— Écoute, je t'appelle d'Autriche. Je rentre ce soir, mais je voulais quand même me manifester pour…

— C'est Helena qui t'a demandé de m'appeler ?

Lisbeth n'y couperait pas. Et là, elle n'avait pas envie de mentir.

— Oui, c'est elle. Elle est venue chez moi il y a quelques jours et m'a raconté ce qui s'était passé.

Micke se mit à rire. Un petit croassement amer.

— Helena te demande d'appeler, alors tu appelles. Bien sûr. Est-ce qu'elle t'a aussi dicté ce que tu devais me dire ?

— Non. Elle m'a raconté que tu étais chez tes parents et que tu avais l'intention d'ouvrir un restaurant en Italie et surtout que tu ne savais plus si tu voulais continuer à vivre avec… enfin, ce que tu veux faire.

— Donc elle t'envoie aux nouvelles pour qu'ensuite tu lui fasses un rapport ?

Il marquait un point, d'accord. Mais elle n'apprécia pas d'être attaquée par lui parce qu'elle essayait de ne pas l'être par sa sœur.

— Tu sais, Micke, si cela ne tenait qu'à moi, on pourrait interrompre cette conversation tout de suite. Je n'ai pas demandé à être mêlée à vos affaires. Helena est venue me voir complètement remontée, alors je n'ai pas pu refuser. Mais je n'ai rien à voir là-dedans, je suis en week-end au ski et je préférerais me passer de vos querelles familiales. On peut raccrocher, maintenant, je dirai à Helena que tu n'as pas voulu me parler, comme ça j'aurai fait ce que j'avais à faire et pourrai me consacrer à des choses plus amusantes ici, à Sankt-Anton.

— Sankt-Anton ? Oh, c'est tellement joli, là-bas.

— C'est aussi ce qu'a dit Helena.

— Qu'est-ce que tu y fais ?

— Une formation avec l'école. On repart cet après-midi.

— Avec l'école. Super !

Il y eut un silence, puis Micke reprit la parole. Il n'était plus agressif, seulement résigné.

— Tu vois, quand tu dis que tu n'as pas pu refuser… Eh bien moi j'en ai marre qu'on me donne des ordres. Au boulot, à la maison, partout. Ça ne va jamais, quoi que je fasse, ce sont des récriminations à longueur de journée. Tu veux savoir ce qui m'est arrivé la semaine dernière ? J'avais eu une journée pourrie et je m'étais arrêté pour prendre un café avant de rentrer à la maison ; j'étais tranquille, j'essayais de souffler un peu, et voilà qu'une femme s'approche, me fixe du regard et me dit : « Tu es un homme blanc offensé ? » Au travail, mes supérieurs hiérarchiques sont des femmes et à la maison, c'est Helena qui décide, alors elles sont où, toutes ces faibles femmes dont on parle ? Je ne les vois nulle part.

Il reprit sa respiration. Lisbeth éclata de rire. « Un homme blanc offensé. » Celle-là, elle la ressortirait un jour ou l'autre.

Micke soupira.

— Excuse-moi Lisbeth, je suis content de t'entendre. Tu n'y es vraiment pour rien, et si quelqu'un comprend que tu te sois sentie obligée d'appeler, c'est bien moi. Mais encore une fois, j'en ai juste marre de tout ça. Marre de vivre avec une femme qui sait tout mieux et fait tout mieux que moi, qui a une solution pour tout, n'a jamais l'air fatiguée, regarde toujours en avant et se montre forte, mais qui ne reconnaîtra jamais qu'elle ne va pas bien. Elle est insatiable, c'est ça le pire. Trois enfants ne lui suffisent pas, il lui en faut un quatrième. Comprends-moi bien, je les aime tous, naturellement, mais parfois, je ne peux plus respirer. Elle ne se contente pas d'être médecin, il faut qu'elle soit médecin chef. Elle ne se contente pas d'avoir une grande maison, il lui en faut une *encore plus* grande. Une semaine au ski, c'est trop court, il faut y aller deux semaines. Je n'arrive pas à suivre. Ça fait des années que je n'arrive plus à suivre. Parfois, j'aimerais qu'il y ait un gros truc, pour me mettre vraiment en colère, mais non, ce ne sont que les petites bricoles quotidiennes.

— Quelles bricoles ?

— Je t'ai dit, ce n'est jamais assez. Il faut toujours avancer, avoir de nouveaux projets. On ne peut jamais simplement être satisfaits de ce qu'on a.

— Helena est terriblement ambitieuse. Elle l'a toujours été. Je ne sais pas non plus comment elle tient le coup, et moi aussi je me sens parfois écrasée par elle. Mais ça m'arrive avec d'autres aussi. Pas seulement avec elle. On ne peut pas tout mettre sur le dos de l'autre. Permets-moi de te dire ça.

— Tu n'es pas mariée avec elle.

— Non, mais je suis sa sœur. Et malgré tout, ce n'est pas de sa faute si je suis comme je suis. Ni si tu es comme tu es. On doit tous s'assumer un jour ou l'autre.

Nouveau silence. Lisbeth regarda par la fenêtre : des gens qui passaient, dans un sens, puis dans l'autre, certains avec des skis sur l'épaule, des maisons plaisantes. Une famille avec des enfants, dont un petit Martien qui essayait de tenir son casque, ses bâtons et ses skis mais laissa tout échapper, et un adulte qui vint l'aider à ramasser.

Lisbeth revint à la charge.

— Et la solution, c'est de partir en Italie ? C'est ça que tu veux ? Abandonner tes enfants en Suède ?

Elle avait failli dire : « En Italie, là où il est encore bien vu d'être macho. »

— Je ne *sais* pas. Quand ma collègue m'a parlé de ça, tout paraissait si beau. Partir, faire autre chose. C'est ça que je voulais. On a une idée de soi-même et on s'y accroche, tu comprends, et moi, je me vois bien vivre très simplement, avec peu de choses, n'importe où dans le monde. Mais bon, je n'ai encore rien décidé. J'ai des enfants, comme tu dis, et je les aime. Et il y en a un autre en route.

On s'accroche à l'idée que l'on a de soi-même. Peut-être. Ou alors c'est le contraire, justement. On a une idée de soi-même et on ne veut *absolument pas* y coller. On pense qu'on veut trouver ses racines. Ou bien les arracher. Les planter ailleurs, dans un sol plus fertile.

Ce n'étaient peut-être que deux faces de la même médaille.

Lisbeth se dit que, au fond, Micke était peut-être inquiet à cause de leur situation financière. Comment subvenir aux besoins de quatre enfants, voire davantage s'il en prenait l'envie à Helena et qu'elle réussissait à tomber enceinte ? Lisbeth n'avait aucune idée de ce que Micke gagnait avec sa compagnie d'assurances, en revanche il y avait tout lieu de croire qu'Helena avait un bon salaire. Encore que.

Elle pensa au quatrième enfant, celui qui allait bientôt naître et était peut-être à l'origine de la crise.

— Helena m'a dit qu'elle voulait accoucher à la maison, cette fois-ci. Tu étais d'accord ?

— À ton avis ? J'ai déjà une peur bleue des piqûres, la vue du sang ne m'enchante pas particulièrement, et il va falloir que toute la famille soit là, je veux dire les garçons, est-ce que c'est si intéressant de voir sa mère allongée et… mon Dieu, imagine qu'il se passe quelque chose. D'accord, il y aura une sage-femme, mais quand même.

— Alors pourquoi n'as-tu pas dit non ?

Micke éclata à nouveau de rire. D'un rire amer.

— Quand as-tu toi-même dit non à Helena pour la dernière fois ?

— Je ne sais pas. Mais ce n'est pas une raison.

Ils se turent tous les deux, puis Micke rompit le silence. Sa voix était triste.

— Bon, encore merci d'avoir appelé. Je t'ai toujours appréciée, tu le sais. Tu t'es sortie d'une relation néfaste avant qu'il ne soit trop tard. Tu as estimé valoir mieux, et c'était courageux. J'aurais dû te le dire plus tôt.

— Je ne sais pas si j'avais une si haute estime de moi-même, Micke. Je me suis laissé rabaisser assez longtemps, jusqu'à ce que cela ne soit tout simplement plus supportable.

— Tu vois, tu savais où était la limite.

L'avait-elle vraiment su ? Ce n'étaient ni le lieu ni le moment de parler de ça avec son beau-frère. De son comportement avec Harry ou bien, souvenir horrible, de sa tentative d'apprendre à monter à cheval quand elle était tombée amoureuse de Jan.

Le compliment lui fit tout de même plaisir.

— Non, je ne suis pas si sûre de l'avoir su, en fait. Il y avait un tas d'autres facteurs. En tout cas, j'espère que, pour vous deux, les choses vont se dénouer d'une manière ou d'une autre. Le seul conseil que j'ai à vous donner est de parler, et je pense que tu devrais être honnête avec toi-même, te demander ce que tu ressens et comment tu vas. Vous n'avez pas besoin de prendre de décision tout de suite. À part sur le fait qu'il n'y aura pas d'accouchement à la maison.

Micke se remit à rire. Un peu plus gaiement cette fois-ci.

— On verra bien. Tu es sur les pistes, là ?

— Non, je suis dans un café. Il faut que je rentre à l'hôtel faire ma valise.

— Bon. Prends soin de toi. À bientôt.

— Oui. Toi aussi, prends soin de toi.

Elle raccrocha, vida sa tasse, attrapa sa béquille et sortit en boitant. La tête en arrière, elle contempla les guirlandes lumineuses féeriques suspendues dans les rues, signe que Noël approchait. Noël avec son message de paix et de sérénité. Elle songea qu'il était temps d'envoyer un texto à Helena pour lui dire qu'elle avait parlé avec Micke, mais pas appris grand-chose de nouveau, ce serait fait.

Puis elle regarda l'heure, appela l'hôtel pour qu'ils viennent la chercher. Elle devait plier la tenue de ski. Libérer sa chambre.

Rentrer chez elle.

CHAPITRE VINGT-SIX

Mercredi 20 décembre

— Laisse-moi commencer par te faire des excuses, Lisbeth. Je dois reconnaître que j'ai manqué de discernement. Cela ne me ressemble pas et ne m'est encore jamais arrivé dans de telles proportions. Mais ce n'est pas une excuse.

Elles étaient assises dans le bureau de la directrice, sur le canapé du coin salon. Margaretha avait fait du café qu'elle avait servi sur la table basse, avec une brioche tressée au safran. Elles s'étaient déjà croisées dans un couloir la veille, toutes les deux épuisées par le voyage de retour de Sankt-Anton. Margaretha avait alors prié Lisbeth de venir la voir le lendemain, après la classe.

Lisbeth était donc là. Elle étendit prudemment sa jambe. Le plâtre était bien en place, elle n'avait plus aucune difficulté à l'assembler impeccablement en quelques minutes. Elle s'y était habituée et fut presque surprise quand s'abattit sur elle le déluge de questions de ses élèves. « Maîtresse, Lisbeth, maîtresse, qu'est-ce que tu t'es fait ? » « Cassé la jambe », avait-elle répondu, presque aussi étonnée qu'eux. Oui, c'est ça.

Margaretha l'avait invitée à s'asseoir dans le canapé, signe que la conversation durerait un peu plus longtemps mais s'annonçait sous un jour favorable pour Lisbeth. La directrice soupira, croisa les mains sur ses genoux. Elle avait un air à la fois déçu et abattu.

— J'ai été séduite par Jonas Bonde, enfin, pas de cette manière, bien sûr…

Un bref sourire passa sur son visage.

— … mais « séduite » est le mot juste. Un peu fascinée, aussi. C'est un beau parleur, incroyablement persuasif. Quand il était là, dans ce fauteuil, et qu'il m'a exposé ses ambitions pour l'établissement, j'ai été conquise. Les gens croient malheureusement qu'à l'école tout était mieux avant. Nos hommes politiques rivalisent pour pointer la baisse des résultats, l'augmentation des problèmes et le manque de professeurs. Et voilà que se présente un enseignant qualifié qui déborde d'enthousiasme, c'était stimulant. On a beau être d'un naturel positif, comme moi, il arrive quand même qu'on perde la foi. Je pensais que ce projet serait bon non seulement pour moi mais pour l'ensemble de l'équipe.

— Je vois ce que tu veux dire. Oui, l'enthousiasme…

Difficile de ne pas être d'accord avec la directrice sur ce point. Un enseignant qui avait la flamme et s'investissait valait de l'or. Pas seulement pour les élèves, mais pour tout le monde à l'école.

Margaretha rajusta ses lunettes. Elle les ôta, souffla sur les verres et les nettoya, puis les rechaussa. Son regard s'accrocha à un tableau énigmatique sur le mur opposé.

— J'y ai tellement cru que je n'ai pas remarqué qu'il me bernait. Je ne me suis pas assez renseignée à son sujet.

Il avait apporté des documents, évidemment, et tout paraissait convaincant. Alors je n'ai contacté aucune des écoles où il avait travaillé auparavant. Ce qui est d'autant moins excusable que je connais plusieurs directeurs, j'aurais dû les appeler. Je l'ai fait hier, oui, à vrai dire je n'ai fait que cela depuis notre retour. Son attitude à Sankt-Anton a éveillé mes soupçons. Le genre de formation, l'hôtel… quelque chose ne collait pas.

— C'est donc lui qui a tout organisé ?

— Non, c'est moi, malheureusement. Mais lui nous a inscrits à la formation et m'a recommandé l'hôtel. Il m'a assuré qu'il y connaissait du monde et que sur place, nous pourrions obtenir une réduction. Une fois là-bas, j'ai découvert que cette formation était réservée à des moniteurs de ski de la région et que l'hôtel ne nous ferait aucune ristourne. Tout cela est très gênant.

Lisbeth la plaignait. Elle repensa à l'élégance de la directrice, le soir, s'imagina ses éventuelles attentes, ce qu'on lui avait fait miroiter.

— J'ai appris pas mal de choses, entre autres que Jonas Bonde n'est jamais resté très longtemps dans aucun établissement. Visiblement, il a déjà tenté le coup du projet d'école de ski, dans le passé ; une fois, il est même parvenu assez loin puis, du jour au lendemain, il a abandonné son poste et tous ses engagements. Je lui ai également demandé des attestations en bonne et due forme de ses qualifications en tant que sportif de haut niveau, mais il s'est défilé. Il vient de m'envoyer un mail dans lequel il dit les avoir perdues, malheureusement, dans l'un de ses nombreux déménagements. Maintenant je comprends qu'il s'est fait passer pour ce qu'il n'est pas. De toute évidence, il n'a pas les qualifications qu'il prétend avoir.

— On *peut* perdre des attestations.

Margaretha secoua la tête, détourna son regard du tableau.

— J'ai également appelé la Fédération suédoise de ski et ils ne le trouvent nulle part. Cela fait longtemps, bien sûr, c'est aussi ce qu'ils m'ont dit. Alors évidemment, à sa décharge, je n'ai aucune preuve qu'il m'ait dupée. Mais je suis sûre que c'est ce qu'il a fait.

Elle but une gorgée de café et reposa sa tasse avec un petit claquement.

— Tu sais, Lisbeth, poursuivit-elle, le pire c'est que je me suis terriblement déçue moi-même. D'habitude, je vois tout de suite si les gens me mentent, je ne me trompe jamais. Quand les élèves sont convoqués ici pour me dire s'ils ont ou non cassé une fenêtre, s'ils ont triché ou pas, eh bien je vois immédiatement ce qu'il en est. Dans leurs yeux. Il ne me viendrait jamais à l'idée, par exemple, de te contrôler, toi. Si tu me dis que tu as fait partie de l'équipe nationale junior, je sais que c'est vrai. Mais Jonas Bonde, lui, m'a leurrée. Tu as froid ?

— Non, non. Je, euh, merci, mais je ne crois pas que tu doives être aussi sévère envers toi-même. « On apprend de ses erreurs, dit le hérisson en descendant de la brosse de chiendent. » C'est ce que disait ma grand-mère, en tout cas.

Margaretha éclata de rire.

— Je m'en souviendrai. Quoi qu'il en soit, Jonas Bonde n'est pas près de venir travailler chez nous au printemps. Il m'a écrit que c'était vraiment dommage, mais que nous pourrions refaire le voyage en février. Il a écrit cela lundi soir, déjà, on venait à peine de se séparer à l'aéroport de Landvetter. Je n'ai pas répondu tout de suite, je ne l'ai recontacté que pour lui réclamer ses attestations. Vu qu'il n'a pu en fournir aucune et vu ce que m'ont dit les chefs d'établissement à son sujet, je serais encline à lui donner son congé immédiatement, avant même qu'il ait commencé.

— Quoi ? C'est possible ?

Margaretha avait un air déterminé.

— Je vais examiner la question. S'il n'est pas en mesure de fournir d'attestation, je peux sans doute alléguer qu'il a menti. Honnêtement, je ne sais pas. Mais j'ai le sentiment qu'en l'occurrence, il ne se battra pas. Il ne souhaite peut-être pas qu'on se penche de trop près sur son cas. De toute façon, il n'aurait pas pu commencer directement au trimestre prochain avec sa jambe cassée, il a l'air bien plus handicapé que toi. Ce qui en dit long aussi sur sa résistance et sa discipline.

On frappa à la porte. Un collègue entra, échangea quelques mots avec la directrice et déposa une liasse de papiers sur la table. Un répit qui arrivait à point nommé. L'air était un peu étouffant dans la pièce. Margaretha attendit que le collègue ait refermé la porte sur un « pas de chance, Lisbeth », et elle poursuivit :

— Pour résumer, je souhaiterais que tu gardes ton poste et toutes tes heures de sport. J'en ai parlé aux enseignants concernés, ils sont tous d'accord. Je vais aussi voir ce que je peux faire pour ton salaire. Je suis vraiment très heureuse de t'avoir dans cette école. Tu es un atout pour l'équipe et je veux te le montrer mieux que je ne l'ai fait jusqu'à présent.

Lisbeth se sentit rougir.

— Merci. Ça fait plaisir à entendre. Maintenant, je crois que j'aurai besoin d'une semaine de convalescence supplémentaire après les vacances de Noël. Est-ce que je peux la prendre ?

— Naturellement. Et puis, à l'heure qu'il est, je ne pense pas que nous deviendrons une école de ski. Il y a d'autres sports. Plus orientés vers la mer.

À travers la fenêtre leur parvinrent les joyeux éclats de voix d'élèves qui s'étaient attardés dans la cour. C'étaient bientôt les vacances, le trimestre touchait à sa fin et l'essentiel du programme avait été bouclé. L'école était un organisme que tous participaient à maintenir vivant. Un organisme dans lequel Lisbeth pourrait demeurer, récupérer ses heures et obtenir une augmentation de salaire. Ainsi qu'une semaine supplémentaire de congé.

Elle se demanda si elle devait redire merci et s'en aller, mais vit que Margaretha restait assise, comme si elle avait autre chose sur le cœur. À présent elle paraissait vulnérable. Triste.

— Il y a une chose encore, commença-t-elle. Tu te souviens peut-être que j'ai dû quitter la table précipitamment lors du dîner. J'avais reçu un appel de notre aide à domicile. En fait, mon mari est très malade depuis plusieurs années. Il n'a plus toute sa tête, n'est plus autonome et reste souvent alité. Il lui arrive parfois d'être agressif. Je suis près de lui le plus possible, j'ai du mal à le laisser. Alors l'opportunité de partir avec un nouveau collègue était trop tentante, et j'ai agi de manière inconsidérée. En tout cas cet appel téléphonique m'a ramenée à la réalité : mon mari a eu une nouvelle crise.

Ça s'est arrangé, ce n'est pas grave. Enfin, voilà, tu es au courant.

Dire cela avait dû lui coûter énormément. Lisbeth eut honte de s'être formalisée parce qu'elle n'avait pas été invitée à dîner chez la directrice.

— Je comprends. Ou plutôt, non… je ne peux qu'imaginer ta situation. Mais je trouve admirable de ta part d'être si présente pour ton mari. Je comprends que tu aies eu besoin de t'évader un peu.

Margaretha avait sans doute espéré qu'elle compatirait davantage. C'était naturel.

La directrice respira.

— En ce qui concerne ce voyage, c'est moi qui prendrai en charge tous les frais de bouche ainsi qu'une partie de la note d'hôtel. Dieu merci, mon mari et moi avons les moyens.

Margaretha écartait avec intelligence et honnêteté toute possibilité d'accusation.

— Maintenant que tu connais ma situation, poursuivit-elle, j'aimerais bien t'inviter à dîner un soir, au mois de janvier. J'aurais dû le faire depuis longtemps, mais je suis toujours un peu anxieuse quand j'ai du monde à la maison. Il faudra pendre les choses comme elles viennent.

— Absolument. Mais tu ne dois pas te sentir obligée.

— Non, j'en ai envie.

— Eh bien je viendrai avec plaisir.

— Bon. J'espère que certaines choses que j'ai dites ici resteront entre nous. Si tu estimes que ce n'est pas trop demander.

— Bien sûr.

Margaretha s'enfonça dans le canapé, Lisbeth se tortilla sur son fauteuil. La très probable éviction de Jonas Bonde, les heures qu'elle-même allait récupérer, les confessions de Margaretha : cela faisait sans conteste beaucoup à digérer.

Margaretha passa la main dans ses cheveux. Là au moins, tout était en ordre. Lisbeth repensa à leur voyage de retour. Après sa balade, elle était rentrée à l'hôtel, avait fait sa valise et rejoint les autres. Margaretha avait pris le volant, Jonas Bonde s'était glissé à l'arrière sans dire grand-chose. Il avait pianoté sur son portable pendant presque tout le trajet.

Ils n'avaient pas non plus beaucoup parlé durant le vol. Jonas Bonde avait systématiquement évité de croiser le regard de Lisbeth et s'était rapidement assoupi, à croire qu'il avait honte ou préférait ignorer ce qui s'était passé. À savoir qu'il avait dégringolé d'une piste et d'un lit sans que rien ne se concrétise, dans un cas comme dans l'autre.

Après l'atterrissage à Göteborg, il avait encore tenté un regrettable numéro de charme. Il les avait embrassées toutes les deux et gratifiées d'un grand sourire, disant qu'il devait rester à Göteborg mais espérait les revoir bientôt et bien sûr, il faudrait refaire ce voyage dans des *conditions plus favorables*. Ni Margaretha ni Lisbeth ne lui avaient répondu.

Elles étaient montées dans la voiture de Margaretha et rentrées à Frillesås. La directrice avait paru songeuse, elle était sûrement déjà en train de réfléchir à tout ce qu'elle venait de lui révéler, et Lisbeth lui avait été reconnaissante pour ce silence. Elle était épuisée. À bout de forces.

Margaretha l'avait déposée devant chez elle. En traversant le jardin, Lisbeth avait aperçu la mouette dans un coin et s'était sentie folle de bonheur d'être de retour chez elle, même si elle avait tremblé en mettant la clé dans la serrure. Elle était allée droit à la cuisine.

Presque tout était à sa place. Pas tout à fait, mais presque. Et cela sentait à nouveau le frais. Le bois et la mer. Quelques outils étaient remisés dans un coin, signe que Tobbe allait repasser. Même ce détail avait rassuré Lisbeth et elle était très vite allée se coucher. Le lendemain matin, elle avait repris la routine.

Et à présent elle était là.

Margaretha avait l'air pensif. On n'entendait que le chuintement d'un radiateur. Dehors, il faisait nuit, mais la neige tenait encore.

— Tu étais contente de rentrer chez toi, Lisbeth ?

— Oui. Je suis bien dans ma maison. J'ai dû faire faire quelques réparations dans la cuisine, mais ça devrait être terminé pour Noël, c'est une chance.

Margaretha approuva de la tête.

— Tant mieux. C'est important d'aimer rentrer chez soi. En te déposant, je me demandais ce que j'allais trouver à la maison. D'un jour à l'autre, je ne sais pas de quelle humeur sera mon mari, si ce sera un bon ou un mauvais jour. En tout cas, lundi, quand je suis arrivée, il était encore debout, en pyjama. Il aurait dû être couché, mais il m'attendait. Et il était tellement heureux de me voir. Il m'a enlacée et tapotée dans le dos, il a dit qu'il s'était senti seul, il était content que je rentre. Puis j'ai remarqué que la maison était décorée. Il avait dû demander à l'aide-soignante de sortir les affaires de

Noël. Tout était à sa place habituelle, la coupe pour les fruits secs devant la cheminée, le bouc de Noël en paille près de la porte d'entrée et les chandeliers à la fenêtre. Il était si fier quand je l'ai félicité.

Margaretha cligna des yeux et détourna le regard. Elle poursuivit d'une voix tremblante et Lisbeth en eut une boule dans la gorge.

— Certaines personnes estiment que je devrais le quitter ou le placer quelque part. Mes enfants ne m'en voudraient pas. Mais les êtres humains ne sont pas faits que de chair et de sang, nous sommes constitués aussi de nos souvenirs et, sans eux, je ne sais pas si nous valons grand-chose. En tout cas pas moi. Mon mari et moi avons passé de nombreuses années de bonheur ensemble, et il a toujours été là pour moi. Ce n'est pas de sa faute, si j'ai eu la chance de rester en bonne santé et lui la malchance de tomber malade.

Sur ce, Margaretha se leva et Lisbeth l'imita. Elles s'arrêtèrent à la porte et Lisbeth comprit que la directrice allait retourner à son bureau, peut-être avait-elle un autre rendez-vous.

— Joyeux Noël, Lisbeth. Nous nous reverrons avant les vacances, mais j'en profite pour te le dire dès maintenant.

Alors spontanément, Lisbeth embrassa Margaretha. La directrice eut un bref mouvement de recul avant de lui rendre une timide accolade.

— Merci, Margaretha. Joyeux Noël à toi aussi.

CHAPITRE VINGT-SEPT

Mercredi 20 décembre

Malgré son plâtre, elle passa par Torstensvik. Elle longea en boitant les cabanes de pêcheurs et s'arrêta tout au bout de la pointe.

Les îles se découpaient faiblement dans l'obscurité. Quoi qu'il se passe dans ce monde insaisissable peuplé de gens tout aussi singuliers, les îles étaient là. Elle ne pourrait sans doute pas y retourner de sitôt ; elle y allait parfois avec Sara et Berra, dans leur petit bateau à moteur. Comme il lui tardait de pouvoir poser le pied sur les rochers plats de Nordsten.

Elle prit plusieurs respirations profondes, sentit le vent marin sur son visage. Elle les imagina, en train de danser autour du sapin en se tenant par la main : il y avait Jonas Bonde, qui allait quitter l'école avant même d'avoir commencé, qui rafistolerait sa jambe et sa confiance en soi, mettrait les débris avec son nounours dans un sac à dos et continuerait vers sa destination suivante, il trouverait peut-être un peu de paix lors d'une messe de minuit dans une église reculée.

Il y avait Sara, qu'elle n'avait pas encore pu joindre, mais qui lui donnerait les dernières nouvelles quand elle passerait récupérer les vêtements de ski. Helena, aussi, à qui elle avait écrit dans un SMS qu'elle n'avait pas grand-chose à rapporter de sa conversation avec Micke sinon qu'ils feraient mieux de se parler directement tous les deux. Ce sur quoi Helena lui avait laissé tellement de messages furieux que son téléphone était vraisemblablement en train de rendre l'âme. Et puis Harry, qui avait encore envoyé un long texto où il disait qu'en l'entendant évoquer Sankt-Anton, il avait eu très envie d'y aller et réservé des billets lui aussi, alors peut-être avait-il provoqué cette situation, ils avaient tous un inconscient, comme elle disait, n'est-ce pas ? Tobbe, avec son gentil sourire et son attirail de *S.O.S. Fantômes*, Tobbe qu'elle avait appelé à son retour d'Autriche sans obtenir de réponse.

Elle s'installa avec peine dans un creux de la roche. Quand elle eut trop froid, elle prit le chemin du retour. Les rues étaient désertes, mais la plupart des jardins qu'elle longeait étaient joliment décorés. Deux semaines auparavant, elle avait décidé d'égayer un peu son propre terrain et cela s'était limité à sortir des placards deux ou trois bricoles dont le clou était une Lucia échevelée.

Ça ne valait plus la peine, maintenant. Il ne restait plus que quelques jours avant les fêtes. Mais ce qu'avait raconté Margaretha sur son mari et leurs décorations de Noël était tellement beau. La façon dont lui s'était accroché à leur histoire commune, à leur longue vie ensemble.

Elle bifurqua sur le bon chemin. En arrivant à proximité de sa maison, elle aperçut quelque chose dans son jardin. Elle plissa les yeux.

Autour de la haie s'enroulait une guirlande qui faisait scintiller le feuillage. Parmi les plates-bandes, des petits sapins lumineux répandaient une agréable clarté sur les plantes en sommeil et la pelouse couverte de neige. Au milieu du terrain se tenait un gracieux renne, blanc et doré, qui conférait au jardin un air de… oui, pourquoi pas de vitrine de Noël à New York ? En tout cas il en donnait le *feeling*.

Lisbeth remonta l'allée aussi vite que le lui permettait son plâtre. À l'intérieur de la maison, tout était comme d'habitude, sauf dans la cuisine. Là, il n'y avait plus aucune trace de travaux, tout était reluisant. Sur la table trônait une composition florale de saison, jacinthes et amaryllis, plantées dans de la mousse et agrémentées d'écorces d'orange et de bâtons de cannelle. Pas de carte. Mais le parfum emplissait toute la pièce. Plus aucune odeur de canalisation.

À l'étage, rien n'avait changé. Lisbeth se laissa tomber sur le lit, retira son pantalon et défit son plâtre. Quel soulagement ! Se promener avec ce truc était vraiment fatigant. Heureusement, il ne restait que quelques jours avant les vacances et là, elle pourrait souffler un peu. À la rentrée, elle en serait débarrassée. Elle n'aurait plus qu'à faire son compte rendu au docteur Girard et à le remercier encore une fois.

Elle redescendit dans la cuisine, fit du thé et sortit des restes. Elle admira de nouveau la composition florale, huma le parfum des jacinthes et de la cannelle. Ça sentait Noël. Et toutes ces lumières dans le jardin… ça ne pouvait être l'œuvre que d'une seule personne.

— Joyeux Noël en avance !

Lisbeth sursauta de frayeur.

— Oh, vous m'avez fait peur.

— Désolé, ça n'était pas mon intention.

Sur le seuil se tenait Tobbe. Il s'était introduit dans la maison derrière elle, avait ôté ses chaussures – évidemment. De même, c'était lui qui avait tout rangé et nettoyé.

Il semblait un peu embarrassé.

— Excusez-moi de ne pas avoir répondu, quand vous êtes rentrée. J'ai été assez occupé, je voulais d'abord terminer et vous faire une surprise. J'espérais y arriver pour votre retour, lundi soir, mais ça n'a pas été possible.

Lisbeth trouva qu'il ressemblait à un père Noël satisfait d'avoir distribué tous les paquets qu'il avait dans sa hotte.

— Ça ne fait rien, vraiment. Qu'est-ce que vous avez bien travaillé. Je ne sais pas quoi dire.

— Si vous êtes contente, ça me suffit. Aujourd'hui, j'avais quelques heures de libre, alors j'ai réglé les derniers détails et je me suis dit que ce serait pas mal de mettre un peu de fantaisie dans votre jardin.

— Naturellement je vous…

Elle allait dire « je vous paierai ».

— Pas question. Ça, c'était mon idée et je m'en suis payé le culot autant pour mon plaisir que pour le vôtre.

— Merci encore. Alors tout est terminé ?

— Ouais, c'est bon.

Il entra dans la cuisine et expliqua à Lisbeth ce qu'il avait fait exactement.

— … et je vous ai envoyé par mail tout ce dont vous avez besoin pour l'assurance.

— Merci.

Les formalités étaient réglées. Qu'allait-il se passer maintenant ? Il avait récupéré tous ses outils, ceci était donc une simple visite de courtoisie.

— Mais, et votre jambe ? Vous avez déjà pu enlever votre plâtre ?

Elle jeta un rapide coup d'œil vers le bas, comme si elle n'avait pas compris ce qu'il voulait dire et, stupeur ! Elle en aurait hurlé. Quelle imbécile ! Elle avait tenu si longtemps. Il ne lui vint pas l'ombre d'une explication, pas le moindre petit mensonge, et à mesure que les secondes s'écoulaient, ses possibilités de s'en tirer dignement diminuaient.

— Vous… eh bien… vous voulez une tasse de thé ? Je vais vous expliquer.

Un quart d'heure plus tard, ils étaient assis à la table de la cuisine et elle lui racontait l'idée de Margaretha d'ouvrir une école de ski, l'entrée en scène de Jonas Bonde, ses propres mensonges dus à la panique, l'aide du docteur Girard. Elle lui relata aussi la jambe cassée de Jonas Bonde, l'apparition d'Harry en Autriche, l'ex dont elle lui avait déjà parlé, celui pour lequel elle n'était jamais assez bien, elle évoqua l'horrible petite amie d'Harry, leur probable mariage, et enfin les conclusions de Margaretha sur tout ce projet. La seule chose qu'elle dissimula fut la tentative de séduction de Jonas Bonde. Elle n'avait aucune raison de le ridiculiser davantage qu'il ne l'avait déjà fait lui-même.

Quand Lisbeth eut terminé son récit, Tobbe hocha la tête, puis il éclata de rire. Quel rire merveilleux, se dit-elle. Il transforme complètement son visage. Il devrait rire plus souvent !

— Qu'est-ce qu'il ne faut pas entendre ! Ça m'en bouche un coin, je dois le dire. Vous avez bien joué la comédie, la dernière fois, je ne me suis douté de rien. C'est presque inquiétant. Mais alors, vous en êtes où, avec votre ex ?

— Ça va. En fait, je n'ai plus de sentiments pour lui, à part de la colère. Ou plutôt, il me fait pitié. Oui, c'est surtout ça.

— C'est une chance que vous vous en soyez sortie. Les gens qui mentent et vous traitent comme de la merde recommencent toujours. Je parle d'expérience. Je ne devrais peut-être pas dire ça, mais je le dis quand même.

— Pas de souci. Vous avez raison.

— Et votre pauvre directrice.

— Oui. Quand je pense que je l'ai leurrée, j'ai honte, mais d'un autre côté, avec tout ça, nos rapports se sont nettement améliorés, alors espérons que c'est de bon augure. La seule personne qui puisse tout détruire, c'est vous. J'espère vraiment que vous n'allez pas me trahir.

— Promis… Si je peux te revoir.

Cela lui avait peut-être échappé, il aurait peut-être souhaité attendre. Il n'avait pourtant pas l'air gêné, seulement gentil et un soupçon déterminé. Lisbeth comprit qu'il était inutile de faire des politesses. Dès le début, elle avait apprécié la présence de Tobbe chez elle, et pas seulement à cause de tuyaux percés.

Il lui procurait un sentiment de bien-être. Elle se sentait valorisée.

Elle le regarda droit dans les yeux.

— Oui, tu peux, volontiers.

En fait, elle était sur le point de dire qu'elle ne pouvait rien promettre, mais pour une fois elle avait eu la présence d'esprit de se retenir. Il venait de divorcer. Avait été profondément blessé par une terrible déception. Lui non plus ne pouvait sans doute rien promettre. Or il avait envie de la revoir. Ça suffisait pour l'instant.

Pourquoi ne pas lui proposer un petit glögg ? Mais il était venu en voiture ; et puis il ne fallait rien précipiter. Alors elle lui resservit du thé et demanda, un peu trop vite, ce qu'il allait faire pour Noël. Puisqu'il n'avait pas ses enfants, du moins pas pour le réveillon.

Tobbe tournait dans ses mains la Lucia en carton.

— J'aurai peut-être les enfants le jour de Noël. Pour le 24, je prévois quelques films et une provision de bonnes choses à manger. J'irai peut-être faire un tour en mer, j'ai un petit bateau très bien pour la balade. Mes parents passent les fêtes dans leur maison en Espagne ; ils m'ont invité, mais je n'ai pas envie d'y aller, cette année. Il y aura mon frère avec toute sa famille, je me sentirais de trop. Et puis je veux profiter un minimum de mes enfants, et vu comme ça se présente, ils ne pourront pas venir en Espagne avec moi. Je n'ai plus mon mot à dire sur grand-chose.

Nous sommes seuls tous les deux, songea Lisbeth. Nous tenons nos cœurs brisés dans nos mains et ne savons que faire de Noël, ce jour solennel porteur d'un message de paix, d'espoir et d'amour pour tous les hommes sur la terre. Dans cette pièce, on ne nous a pas vraiment attribué de rôle, à nous deux. Nous sommes ceux à qui l'on jette un costume de berger avec pour consigne de se fondre dans le décor et de combler les espaces vides ou, pire encore, nous sommes ceux qui n'auront le droit d'être qu'un cactus ou un âne.

— On pourrait peut-être faire quelque chose ensemble ? En tout cas l'un des jours fériés ? Je ne sais pas vraiment comment ça va se passer de mon côté. Habituellement on fête Noël en famille à Göteborg, avec mes parents, ma sœur et tous ses enfants, un peu comme chez toi mais tu as vu, ce n'est pas la franche harmonie là non plus à cause de ma sœur, alors rien n'est encore fixé, et je ne suis pas très bonne cuisinière mais on pourrait organiser quelque chose ?

Voilà, c'était sorti.

— Avec plaisir. Moi-même je voulais te poser la question, mais tu m'as devancé. C'est un peu particulier, Noël, on n'ose pas trop proposer aux gens de les voir à ce moment-là.

— Justement.

— Oui, justement.

Ils se sourirent. Quelques secondes de plus qu'il n'est d'usage, jusqu'à ce que Lisbeth tourne les yeux vers la fenêtre. L'obscurité n'était plus impénétrable, mais percée de points lumineux et éclaircie par un renne blanc et or. Tobbe regarda au-dehors, lui aussi.

— Tu vois, en installant tout ça, je pensais à une histoire que m'avait racontée mon père quand j'étais petit. Il s'agissait d'une petite annonce dans laquelle un agriculteur souhaitait rencontrer une dame qui posséderait un certain type de tracteur. Il exigeait une réponse avec photo… du tracteur. Papa m'avait dit alors qu'il fallait essayer de savoir ce que les gens attendaient quand ils voulaient se mettre avec vous. Je n'avais que dix-onze ans à l'époque, je ne comprenais pas vraiment ce qu'il entendait par là, mais j'y ai souvent réfléchi. Et là, je me suis souvenu qu'ici même je t'ai parlé de mon rêve d'une petite maison à rénover, au bord de la mer et que ça avait tout l'air d'une annonce de ce genre. Mais ce n'est pas le cas. Malgré les apparences.

— Je n'ai pas pensé ça un seul instant.

— Oups. Alors je viens de commettre une autre erreur contre laquelle mon père me mettait aussi en garde. Ne jamais en rajouter quand on a dit une ânerie. Exactement ce que je viens de faire.

— Ce n'est rien.

Ils se sourirent à nouveau. Lisbeth voulait lui demander des précisions sur ce petit bateau qu'il possédait, quand on frappa à la porte. Des coups énergiques et pressants, à la manière d'Helena.

— Tu attends de la visite ?

— Non, pas que je sache.

Elle se leva pour aller ouvrir, mais il la retint.

— Je ne veux pas me mêler de ce qui ne me regarde pas, mais tu devrais peut-être d'abord monter remettre ton plâtre ? Juste une suggestion de ma part.

Elle lui adressa un sourire reconnaissant.

— Bien sûr. Est-ce que je peux te demander d'aller ouvrir ? De faire patienter ?

Sur ce, elle grimpa l'escalier quatre à quatre, saisit les deux moitiés de plâtre et refit le bandage. Elle entendit Tobbe dire quelque chose et quelqu'un répondre. Elle enfila son pantalon, empoigna sa béquille et redescendit en boitillant. Les voix devenaient plus fortes.

Harry.

Quand il aperçut Lisbeth, il tenta d'écarter Tobbe pour passer.

— Ce cerbère m'empêche d'entrer. C'est lui qui décide, ici ?

— Je dis seulement que vous devez attendre que Lisbeth descende avant d'entrer.

— C'est qui, ce type ?

Ils se faisaient face, Tobbe en jean et pull tricoté, Harry arrivant sans doute encore une fois de quelque réunion. Ils se fixaient du regard, Harry furieux et Tobbe poli. Elle s'interposa comme elle put.

— Tobbe, je te présente Harry. Harry, je te présente Tobbe. Il a réparé un tuyau dans ma cuisine.

Tobbe fit un pas en arrière, Harry devint écarlate.

— Si tard ? Il est peut-être l'heure de partir, pour les artisans.

— Dis donc !

Devait-elle le jeter dehors ? Lui demander de décamper ? Mais alors elle manquerait l'occasion de lui régler son compte dans une ultime scène homérique.

— Lisbeth, s'il te plaît. Il faut que je te parle.

Une seconde. Deux. Trois. Assez pour que Tobbe prenne sa veste et remette ses chaussures.

— Bon, eh bien, je m'en vais. Au revoir.

Il fit un signe de la tête en direction d'Harry, leva la main pour saluer Lisbeth et avait déjà atteint la clôture quand elle réussit à le rattraper, retardée par son plâtre et sans chaussure à l'autre pied. L'humidité transperça aussitôt sa chaussette.

— Hou hou, attends ! Tobbe ! Attends !

Il se retourna.

— C'est donc lui, le fameux Harry.

Elle opina.

— Je ne lui ai pas demandé de venir, je ne sais pas ce qu'il veut. Je n'ai pas envie de me remettre avec lui, mais…

Tobbe l'interrompit, esquissa un sourire.

— Tu n'as pas besoin de t'excuser ni de te justifier pour moi, Lisbeth. Tu fais ce que tu veux. On se rappellera.

Sur ce, il partit et disparut dans une rue transversale. Un moteur vrombit et l'instant d'après, il passa devant elle, lui fit signe à travers la vitre. Elle crut voir qu'il avait l'air déçu.

— Je veux juste mettre un point final à cette histoire, lança-t-elle. Je ne veux absolument pas… Hou hou !

Elle cria ces derniers mots dans le vide, la voiture était déjà loin. Elle n'avait plus qu'à rentrer en boitant.

Pour la prochaine bataille. Elle était prête. Plus que jamais.

CHAPITRE VINGT-HUIT

Mercredi 20 décembre

Harry était entré dans la cuisine sans enlever ses chaussures et s'était assis devant la table.

Dommage qu'il n'ait pas réfléchi à ce qu'allait lui coûter ce simple faux pas. D'accord, ce n'étaient pas de vulgaires godillots, mais des chaussures anglaises, et il s'était sûrement essuyé les pieds avec un soin maniaque sur le paillasson.

Mais on ne débarquait pas dans la cuisine de Lisbeth Cederström sans y avoir été invité. On ne s'asseyait pas comme ça à sa vieille table de cuisine achetée aux puces, on ne posait pas ses coudes sur la nappe brodée d'Estrid et on ne balayait pas la pièce du regard en évaluant chaque objet. Cette fois-ci, il n'avait pas apporté de fleurs, et le vieux bouquet dans le salon avait triste mine, les tiges pourrissaient dans une eau croupissante.

Lisbeth se planta dans l'embrasure de la porte, croisa les bras sur sa poitrine.

— Qu'est-ce que tu fais là ?

Le visage d'Harry vira de la colère à l'agacement, en passant par le désespoir, la panique, le doute et le calcul. Dire que l'on pouvait si bien deviner les pensées et les sentiments de quelqu'un, et que ce quelqu'un perdait souvent tout intérêt à nos yeux, une fois que l'on connaissait ses artifices.

Il m'est complètement indifférent, pensa-t-elle. Lui, sa foutue chemise et ses chaussures, ses éternelles tergiversations entre vouloir et pouvoir, entre vanité et authenticité. Oui, Harry, tu te trouves à un carrefour et tu hésites entre deux chemins : l'un est jalonné par une Course à la carrière et aux Richesses, tandis que sur l'autre, il s'agit d'oser être toi-même. Tu sais que le premier te rendra malheureux, tu le sens dans chaque fibre de ton corps et dans les recoins de ta personnalité qui sont restés authentiques.

Pourtant tu n'écouteras pas cet avertissement intérieur, tu ne le percevras que lorsque ton cœur s'emballera ou que tu mourras d'ennui lors d'un dîner, ou quand tu te verras vieillir un peu plus chaque jour. Mais personne n'aura pitié de toi.

— C'était ton nouveau mec ? Apparemment tu en as plusieurs à la fois.

Tentative pathétique de reprendre le dessus. *Laisse tomber, Harry, je connais ta tactique, je ne marche plus. Me tourner en ridicule pour me faire de la peine et m'affaiblir, et ensuite frapper, afin d'obtenir ce que tu désires.*

— Je ne comprends même pas que tu me poses cette question, Harry. De quel droit ? Tu t'imagines peut-être que j'ai des comptes à te rendre sur mon ou mes éventuels petits amis ?

— Ce n'est pas ce que je veux dire, tu le sais bien.

Brève digression complaisante avant le coup suivant.

— Un genre d'artisan, hein ? lança-t-il.

Elle s'avança vers lui. Après mûre réflexion, elle s'assit, le regarda dans le blanc des yeux.

— Oui, un genre d'artisan. Il a réparé ma cuisine, si tu veux le savoir. De plus, c'est un bon ami.

Harry ne répondit pas. Bien sûr, il remarqua les deux tasses posées sur la table. Lisbeth n'avait pas l'intention de refaire du thé, encore moins de déboucher une bouteille de vin. Il pouvait toujours courir.

— Tu n'as pas répondu à ma question, reprit-elle. Qu'est-ce que tu fais là ?

À ce moment-là, le masque d'Harry tomba. Sans doute pour de bon, même. Il avait l'air épuisé, comme après une mauvaise grippe. Le teint blême, limite verdâtre.

— Tu ne réponds pas à mes appels, ni à mes SMS, mais il faut pourtant bien que je t'explique. Tu as dû trouver très bizarre de me voir apparaître à ton hôtel avec Agnès, et qu'elle se mette à parler de mariage.

— En effet, Harry, c'était très bizarre. Tu as une explication acceptable ?

Il secoua la tête, comme s'il avait été aussi surpris qu'elle de ce qui s'était passé.

— L'idée d'aller en Autriche m'est venue spontanément après t'avoir rendu visite. Je lui ai proposé cela pour échapper à Saint-Barth, je pensais que cette petite escapade m'épargnerait un autre voyage, à Noël. Je ne savais absolument pas dans quel hôtel tu descendais.

Il l'implorait du regard, mendiait sa compréhension. Il ne lui arracha qu'une grimace de dégout.

— Ça m'étonne. Tu savais que j'allais à Sankt-Anton et tu savais que le nom de mon hôtel finissait en *-hof*, ça restreint les possibilités. Alors pourquoi es-tu venu là, justement, tu aurais aussi bien pu choisir n'importe quelle autre station en Autriche, ou pourquoi pas en Suisse, en France, ou même en Suède, tiens ?

Harry secoua la tête, comme s'il n'en avait réellement pas la moindre idée.

— Je ne sais pas. Je n'avais pas prévu de chercher à te voir, mais j'en avais peut-être envie, c'est possible, en effet. Je le voulais peut-être sans le savoir. Enfin, j'ai eu un gros choc.

— J'ai remarqué.

— Oui, et Agnès qui a commencé à parler de Saint-Barth et de mariage… on n'a même pas abordé le sujet ensemble. Le mariage, je veux dire. Je ne sais pas à quoi elle joue.

— Eh bien demande-le-lui ! C'est ta petite amie, non ? Ça en a tout l'air, en tout cas.

— Je ne sais pas ce qu'elle est ! cria-t-il.

Lisbeth l'observait, amusée. Le voilà qui crie dans ma cuisine, maintenant. Intéressant.

— Bon, d'accord, reprit-il, on a bien évoqué une fois ou deux de se marier, en plaisantant, mais rien n'est décidé. Je n'ai pas envie de me mettre la corde au cou et je ne sais pas si elle est… enfin, je ne suis plus tellement amoureux d'elle, et puis je ne veux pas.

— Pourquoi est-ce que tu ne romps pas, alors ?

— Oui, je me le demande. Pourtant j'ai été assez clair, je crois.

— Visiblement non, puisqu'elle organise vos noces sans que tu protestes.

Harry tendit la main pour prendre celle de Lisbeth. Celle-ci l'évita et se pencha au-dessus la table.

— Tu vois, Harry, je crois que tu as parfaitement raison. Tu ne sais pas ce que tu veux. C'est pourquoi tu gardes toutes les possibilités ouvertes aussi longtemps que possible, et dès que ça commence à fleurer la stabilité, tu te tailles, tu vas voir ailleurs pour te rassurer, exactement comme quand je suis tombée enceinte, tout ça pour te prouver que tu as encore le choix. J'ai sûrement été la première étape, naïve comme je suis, alors tu fais le détour par chez moi, et il suffirait que tu t'amènes avec des roses, du vin et quelques paroles sentimentales sur notre relation brisée pour que je marche à nouveau. Sans parler des flatteries sur notre vie de couple. Envoyer à son ex-petite amie des photos de soi à moitié à poil quand on va se marier… Tu es tombé bien bas !

— Tu ne m'as pas demandé d'arrêter, il me semble. Puisque tu as répondu.

— Oui, tu as raison, j'ai répondu. De la manière la plus neutre possible, mais j'ai répondu. Parce que je ne savais pas comment réagir, en l'occurrence, et parce qu'après coup, j'étais contente que tu sois passé. Encore une fois, j'ai marché, non pas parce que j'avais succombé, mais parce que j'ai apprécié que tu veuilles parler de ce qui s'était passé entre nous. Maintenant je comprends que ce n'était qu'une comédie de ta part pour booster ta confiance en toi. Je parierais que je ne suis pas la seule à avoir reçu des photos.

Harry laissa errer son regard. Lisbeth sentit tout son corps se glacer. Quelle idiote elle avait été !

Le visage d'Harry changea à nouveau d'expression.

— D'accord, d'accord. Je vais être tout à fait honnête. Tu as sûrement raison sur beaucoup de choses. Mais tu es la seule que je sois allé voir et je, eh bien, depuis j'ai énormément pensé à toi. Crois-moi, tout ce que je t'ai dit, c'était sincère. Bon, j'ai peut-être envoyé des photos à d'autres, mais ensuite c'était seulement à toi. D'ailleurs, tu n'as pas été tout à fait honnête, toi non plus, n'est-ce pas ? Tu vas aussi te marier, visiblement, mais tu n'en as pas soufflé mot lors de ma visite. Tu étais assise sur cette chaise, là, tu m'as dit que tu étais seule, et voilà ce skieur, au restaurant, qui raconte que vous allez vous marier. Quel effet ça m'a fait, à ton avis ?

Lisbeth avait du mal à garder son sérieux. Pour la première fois, elle eut une pensée très chaleureuse pour Jonas Bonde. Comédien ou non, il avait placé avec un à-propos magistral les répliques décisives, dignes d'un Oscar.

— Je serais très tentée de te servir une véritable histoire à dormir debout, Harry. Mais je préfère m'abstenir, contrairement à toi. Jonas Bonde est un collègue, c'est tout. Il a été pressenti pour un poste chez nous, pour développer avec moi une filière spécialisée en ski alpin. Quand il a compris que tu étais mon ex et que je n'étais pas au courant de ton mariage, il a inventé ce canular par sympathie pour moi. J'estime que je ne te devais aucune explication, mais puisque tu me le demandes si directement, je n'ai pas envie de mentir. Et aucune raison non plus.

Juste enjoliver un peu la réalité. Ce n'était pas mentir, du moins pas lorsqu'il s'agissait de ce que l'on racontait à Harry. Elle remarqua qu'il ne lui avait pas posé la moindre question sur sa jambe, ni sur le vol en hélicoptère pour rejoindre le domaine hors-piste à Sankt-Anton, ni sur son niveau actuel en tant que skieuse. Ça commençait à bien faire.

— Alors tu ne te maries pas ?

— Non, je ne me marie pas. Et toi ?

— Je ne *sais* pas. Je… c'est allé trop loin, je ne sais pas comment je vais m'en dépêtrer. Mais toi et moi, on pourrait…

Lisbeth se leva. Elle tremblait de tout son corps. Du calme, surtout rester calme. Tu t'en es tirée brillamment jusqu'à présent, alors ne bousille pas tout en en rajoutant maintenant. Tu pourras hurler quand il sera parti. Déglinguer un coussin. Ou deux.

— Non, je ne crois pas, Harry. C'est allé trop loin, là aussi. Maintenant, je veux que tu partes.

— Lisbeth, s'il te plaît. Je n'ai pas apprécié de te voir à côté de ce mec. J'étais jaloux. Est-ce que tu peux comprendre ?

Toujours assis à table, il lui jeta un regard qui se voulait digne de foi. Chemise éblouissante de propreté et léger parfum d'après-rasage. La grande ville dans les veines, quoi. Perturbé, mais pas au point de négliger son apparence.

— Jaloux, toi ? Dis plutôt que tu n'as pas supporté que j'aille à Sankt-Anton. Il a fallu que tu viennes marquer ton territoire, là aussi. Tu ne voulais pas seulement comparer, tu voulais *me* rendre à nouveau jalouse, moi. Mais ça ne s'est pas passé comme tu l'escomptais et maintenant tu essaies de me faire croire que je compte pour toi. Tu t'imagines peut-être même que tu tiens à moi, alors qu'en vérité tu ne sais pas ce que tu veux. Si ce n'est que le monde entier soit en adoration devant toi, et devant personne d'autre. Va-t'en, Harry, avant que je te jette dehors.

Bizarrement, il se leva, la suivit jusque dans l'entrée. Il voulut poser une main sur elle mais au même instant, elle ouvrit la porte, laissant l'air froid s'engouffrer. Planté devant elle, une expression d'une niaiserie inhabituelle dans les yeux, il semblait avoir épuisé ses munitions, ne plus savoir sur quel bouton appuyer.

Dire qu'il avait presque réussi à la séduire, la dernière fois qu'il était venu. Quelle horreur.

Harry se dirigea vers sa voiture. Au moment où il allait ouvrir le coffre, elle fondit sur lui. La mouette. Il poussa un cri et se baissa juste à temps, tandis que l'oiseau reprenait de la hauteur, décrivait un élégant arc de cercle dans le ciel et se préparait à attaquer de nouveau.

— Sale bête !

Lisbeth observait la scène avec un intérêt délibérément exagéré. Harry triturait sa clé, la mouette le prit pour cible et il se précipita vers la maison.

— Tu ne devais pas partir ?

— Tu vois bien que je ne peux pas ouvrir ma voiture.

— Tu n'as tout de même pas peur d'une *mouette* ? Regarde, voilà, elle est partie.

Le ciel nocturne était dégagé. Pas de mouette en vue. Le jardin était joliment éclairé et le renne semblait avoir été placé là par le père Noël en personne. Ou, comme disait Harry, par *Santa*. Lisbeth prit Harry par la manche et le traîna plus ou moins de force jusqu'à sa voiture. Là, il tenta de la prendre dans ses bras.

— On était bien, quand même, hein ? Tu ne voudrais pas…

Elle se dégagea le plus rapidement possible, secoua la tête et allait répliquer, quand une voix s'éleva de la route :

— Comment ça va ici, par ce beau soir de décembre ?

CHAPITRE VINGT-NEUF

Mercredi 20 décembre

Jan. Juché sur Cassius. Ni Lisbeth ni Harry ne les avaient entendus approcher. Le cheval et son cavalier s'arrêtèrent près de la voiture d'Harry. Jan descendit de sa monture. Harry lâcha Lisbeth. Le regard de Jan allait de l'un à l'autre.

— Il t'importune ?

C'était la voix de Jan quand il était en colère. Il montait à cru. Lisbeth se faufila devant Harry et avança vers Jan en boitant. Cassius s'ébroua légèrement.

Sans leur adresser un regard, Harry les rejoignit, fit un geste en direction de Jan comme pour le chasser ou signifier à Lisbeth de le faire. Celle-ci ne s'était jamais tant réjouie de voir Jan qui, pour sa part, n'avait pas du tout l'air décidé à s'éloigner.

Harry tenta de lui tourner le dos.

— On peut quand même se téléphoner ?

— Je ne crois pas.

— Je t'appelle. Demain. Dans la soirée. Je t'appellerai le soir.

— S'il te plaît, Harry, tu peux partir, maintenant ?

— Vous entendez ce qu'elle dit ? Elle veut que vous partiez. Alors enfilez-vous dans votre boîte à sardines et dégagez d'ici, fichez la paix à Lisbeth !

Jan fit un pas vers Harry. Il était plus grand et plus costaud. Cassius se mit à donner des coups de sabot dans la voiture.

— Pourriez-vous faire en sorte que votre cheval cesse de vandaliser ma voiture ?

— Pourriez-vous faire en sorte de vous tirer rapido avant que mon cheval n'ait l'idée de taper plus fort ?

Le regard d'Harry passait de l'un à l'autre. Il était sans doute en train d'évaluer les possibilités qui s'offraient à lui. Finalement, il ouvrit la portière, monta en vitesse en faisant des contorsions pour éviter de toucher le cheval, claqua la portière et démarra. Il jeta un œil à travers la vitre, agita les mains dans un geste incompréhensible.

Il était parti. Toujours rouge de colère, Jan se tourna vers Lisbeth.

— Qui c'était, ce nul ?

— Un ex. Il ne m'aurait rien fait. Mais merci d'être intervenu.

— Quel snob !

Sur ce, il la prit par les épaules et la poussa vers la porte de la maison.

— Va chercher un manteau et mets des bottes, enfin une botte.

— Pourquoi ?

— On va faire un tour à cheval. Allez, active !

Elle était peut-être juste fatiguée d'avoir assisté coup sur coup au départ de deux hommes dans leur voiture. Un cheval, ça vous donnait le sentiment que les anciens dieux existaient encore, et en un clin d'œil, Lisbeth avait récupéré son manteau, le chaud, qui n'était toujours pas lavé. Jan la souleva et elle se retrouva devant lui, sur le dos de Cassius.

Ils avancèrent au pas sur la route, bifurquèrent vers la mer et suivirent la voie ferrée. Elle sentait le torse de Jan contre son dos. Elle n'avait jamais été aussi proche de lui, bien qu'elle ait des années durant rêvé d'un tel instant, et maintenant que cela arrivait, c'était complètement différent de ce qu'elle s'était imaginé alors. Incroyable, comme le temps pouvait vous faire changer de point de vue.

Elle s'accrochait à la crinière de l'animal, ne connaissait rien aux chevaux mais se sentait en parfaite sécurité. Elle pensa à Tobbe, il faudrait qu'elle l'appelle ; elle rit intérieurement d'Harry et de ses pitoyables explications. La mer s'étendait devant eux, un vol d'oiseaux monta vers le ciel et sur le sol la couche de neige immaculée tiendrait peut-être jusqu'à Noël.

Ils chevauchaient en silence, ce qu'elle apprécia. À l'approche du port, où la surface de l'eau était pareille à un miroir noir, Jan rompit le silence.

— Ma mère ne s'opposait jamais à personne, surtout pas aux hommes. Elle avait été élevée comme ça, et mon père n'était pas quelqu'un de facile. Pourtant, il y a eu des moments où je la méprisais à cause de cette faiblesse, parce qu'elle laissait papa nous traiter de la sorte tous les deux. Maintenant qu'elle est morte depuis longtemps et que je commence à vieillir, j'ai enfin compris : certaines personnes ne peuvent pas. C'est ancré trop profondément. La blessure.

Lisbeth se souvint de ce qu'elle avait entendu dire du père de Jan. Un homme qui ne battait pas que ses chevaux.

— Oui, c'est possible.

Cassius cherchait son équilibre entre les galets. Jan tint la bride plus serrée.

— Toi et moi, nous n'avons jamais été très bons amis, Lisbeth, et je sais que je ne t'ai pas toujours bien traitée. J'avais l'impression de retrouver en toi un peu de ce que je n'aimais pas chez maman. Je te trouvais lâche, tout simplement, parce que tu ne t'opposais pas. Alors je veux juste te dire une chose – et tu as intérêt à bien écouter parce que je n'ai pas l'intention de répéter –, voilà, je crois que tu t'es ressaisie. Tu t'es cassé la jambe et tu as quand même participé au stage de ski organisé par l'école, oui, les nouvelles vont vite, ici. Tu t'es acheté une moto et apparemment, tu fais de sacrées virées avec, tu passes des heures dehors à vendre les brioches au safran les plus sèches que j'aie jamais mangées, tout ça pour tes élèves. Et puis tu t'étais inscrite à un cours d'équitation alors que tu n'étais vraiment pas douée avec les chevaux, ça m'a presque rendu dingue. Mais il n'y a pas à dire, c'était courageux.

Maintenant, les joues de Lisbeth étaient brûlantes et elle ne savait que répondre. D'un autre côté, il ne semblait pas attendre de réponse non plus.

— Tu sais, le poème qui finit par « Tu cherchais une femme et tu as trouvé une âme et tu es déçu[1] » ? poursuivit-il. Tu vois de quoi je parle ? Je n'ai jamais saisi le truc avec ce poème et ça me rend furieux. Pas besoin de m'expliquer que les femmes ont une âme, là on dirait juste qu'une espèce de prétentieux a voulu faire son malin. Mais

1. Allusion au poème d'Edith Södergran, *Dagen svalnar*… (Le jour fraîchit).

depuis que Cassius est castré, j'ai un peu adapté ce poème pour moi-même. Quand je sors Cassius, je me dis : « Tu voulais un étalon mais tu as trouvé un camarade. » Tu comprends, hein ? S'il était resté un étalon, on lui aurait fait couvrir des juments à longueur de temps, remarque, il n'aurait sans doute rien eu contre. Mais maintenant, je peux le monter tous les jours et on aime ça tous les deux. Transposé aux humains, on croit qu'on fréquente certaines personnes pour obtenir certaines choses et puis on se rend compte que ça ne marche pas comme ça. Les gens vous surprennent en permanence, on ne peut pas les mettre dans des cases et penser qu'ils y resteront toute la vie. On est obligé de reconsidérer les choses.

— Jan, je me demande si ce n'est pas la chose la plus poétique que je t'aie jamais entendu dire.

Derrière elle, Jan gloussa. Ils regagnèrent l'asphalte, Cassius allait au pas, sans se soucier d'être au centre de leur conversation. Dans les maisons, bougies et étoiles de Noël répandaient leur lumière, çà et là des ombres bougeaient derrière les rideaux tirés. Sur la colline, on apercevait la pierre commémorative. Jan reprit la parole.

— Je sais que tu as essayé… enfin que tu éprouvais… bref, tu comprends, on n'a pas besoin d'entrer dans les détails. Il y a des choses où je suis bon et des choses où je ne suis pas bon, et en ce qui concerne les espoirs déçus des femmes je ne suis pas bon, et je suis particulièrement mauvais pour parler de sentiments et tout ça. C'est peut-être la raison pour laquelle je n'ai jamais réussi à devenir simplement ami avec une femme. Mais je me suis dit que je pourrais m'entraîner avec toi.

— Quoi ?

— J'aimerais bien avoir des copines et je peux m'exercer avec toi.

— Ah bon. Et après, quand on aura fini de s'exercer et qu'on sera devenus bons copains, qu'est-ce qui va se passer ?

— Ben ce sera bien.

— Jan, tu débloques.

Jan se remit à rire.

— Je prends ça comme un compliment.

Ils étaient revenus près de la maison de Lisbeth. Cassius s'arrêta, et elle se retrouva bientôt sur la terre ferme, dans la rue, appuyée sur le talon de son plâtre, la frange ébouriffée.

— Tu as bien arrangé ton jardin, aussi. Je te le dis, tu t'es ressaisie. Tu fais quoi pour Noël ?

Lisbeth leva les yeux vers Jan. Elle sentait la chaleur de Cassius. L'odeur du cheval.

— Je serai peut-être en famille à Göteborg. Avec mes parents et la famille de ma sœur. Mais pas tout le temps, j'imagine. On verra.

— J'ai invité des gens du cheval pour le réveillon, mais tu pourrais venir prendre un café le lendemain de Noël ?

Elle ne put s'empêcher de sourire.

— Pour qu'on s'entraîne à notre merveilleuse amitié ?

— Exactement. Tu pourras monter à cheval, aussi. Si tu es sage.

Lisbeth caressa l'encolure de Cassius. Puis elle tendit la main à Jan.

— Cela me tente bien. D'ici là, joyeux Noël, Jan. Merci pour la promenade à cheval.

— Joyeux Noël, Lisbeth. Et puis, juste pour te prévenir : je vais faire des brioches au safran.

CHAPITRE TRENTE

Mercredi 20 décembre

Elle rentra d'un pas mal assuré, suspendit son manteau et se traîna jusqu'en haut de l'escalier. Elle s'assit sur son lit, retira son plâtre. Il était peu probable qu'un autre visiteur déboule de manière inattendue et la prenne en flagrant délit. Le Cabinet Thérapeutique Lisbeth était fermé pour ce soir. Pour la saison. Jusqu'à la fin de l'année.

Avec un soupir de soulagement, elle laissa les deux moitiés du plâtre tomber par terre. Le plâtre et la bande élastique étaient sales. Mais dans quelques jours, ce serait fini. Restait à savoir comment elle allait faire pour Noël. Devait-elle continuer son petit jeu aussi avec sa famille ? Il y avait du pour et du contre. Elle marquerait peut-être quelques points pour son courage, mais écoperait vraisemblablement aussi de réprimandes pour son imprudence. Rouler sur cette moto, qu'elle n'aurait jamais dû acheter d'ailleurs, et partir dans les Alpes, en plus. À quoi pensait-elle ? Pas à ses parents, en tout cas.

Question à laquelle elle n'avait aucune envie de répondre une veille de Noël. À supposer qu'elle y aille.

Elle fut surprise d'avoir eu cette pensée. Comme si celle-ci avait enfin osé faire surface. Il n'était effectivement pas écrit dans le Code civil suédois que Lisbeth Cederström devait fêter Noël chez ses parents à Göteborg. Ce n'était ni gravé sur les tables de la loi tel un onzième commandement, ni une loi de la nature du style le printemps succède à l'hiver. Non, il s'agissait plutôt d'un phénomène qui s'était enraciné par la répétition, l'habitude et l'absence de remise en question.

Rien n'empêchait de se demander où et comment on allait fêter Noël. Rien n'empêchait de rendre ce moment agréable aussi pour soi-même. D'avancer ses pions dans cette partie de Noël.

Elle se massa la jambe puis enfila des vêtements souples. Elle descendit et tira les rideaux. Elle faisait certes confiance à Tobbe pour qu'il garde son secret, mais elle ne voulait plus prendre de risque. En tout cas, Jan n'y avait vu que du feu. Jan, avec qui elle allait maintenant devenir bonne copine, et qui l'avait invitée le lendemain de Noël. Franchement, la vie vous réservait de ces surprises !

Elle prit son téléphone. Aucun message. Elle réfléchit puis écrivit un SMS à Tobbe, dans lequel elle le remerciait encore une fois pour son travail et pour le jardin. Elle terminait en disant qu'elle se réjouissait de le voir à Noël, comme ils étaient convenus. Elle ajouta qu'Harry était parti juste après lui, mais effaça. S'il croyait vraiment qu'elle avait laissé Harry rester chez elle, c'était son problème.

Elle passa dans le séjour, alluma les lampes, arrangea un plaid, remit un livre dans la bibliothèque. Son regard tomba sur le carton contenant les décorations de Noël, elle le tira au milieu de la pièce. Elle en sortit la carte de Noël qu'Annabella lui avait un jour envoyée et la posa sur le rebord de la fenêtre. Elle plaça la crèche sur la commode. Elle avait voulu attendre, ne pas la sortir trop tôt, mais les jours passaient, c'était bientôt Noël.

Elle resta un instant immobile, la figurine représentant Marie dans les mains. Elle la déposa avec précaution près de la mangeoire où son fils nouveau-né dormait sur une couche de paille. Quelle femme, quand même. Enfin, une femme, plutôt une enfant. Une fille qui n'avait pas accouché chez elle avec une sage-femme à proximité, mais dans une étable, avec Joseph pour seul soutien. Marie, qui posait à présent son regard sur tous les êtres humains, statue à Sankt-Anton ou figurine dans le séjour de Lisbeth, Marie dans des églises ou sur des tableaux. Tandis que les hommes autour d'elle faisaient éclater leur joie ou leur fureur, Marie gardait toutes ces choses, et les repassait dans son cœur.

Oui. C'est ce que l'on devrait faire plus souvent. Garder et méditer en son cœur. Ne pas se laisser contaminer par cette nouvelle épidémie qui est en passe de paralyser le genre humain : la croyance qu'il faut en permanence, où que l'on se trouve, faire savoir au monde entier ce que l'on pense sur absolument tout.

Lisbeth retourna à la cuisine. Le fromage avait séché et le thé était froid. Elle refit chauffer de l'eau et, à peine avait-elle réussi à se préparer une tartine à peu près acceptable qu'à nouveau on cognait à la porte.

Bon, ça suffisait, maintenant. *S'il te plaît, Marie, aide-moi et chasse tous les intrus qui osent venir ici ce soir !*

Puis elle entendit la voix qui l'appelait à travers la porte. Elle entrouvrit. Sara s'engouffra à l'intérieur et se jeta à son cou. Elle sentait la laque.

— Hello ! Je passais par là et je meurs de curiosité, il faut que tu me racontes tout. Je ne te dérange pas ? Dis-moi que je ne te dérange pas ! Oh, et puis je m'en fiche, j'ai envie de déranger.

— Tu me déranges. Entre. Nous sommes entre amies, ici. Cuisine ou canapé, à toi de décider. Dans la cuisine il y a du vieux fromage et un bout de pain, et dans le séjour j'ai installé la crèche. Tu choisis.

— La cuisine.

Sara se débarrassa de son manteau et l'accrocha. Elle jeta un rapide coup d'œil dans la glace, ébouriffa un peu ses cheveux. Elle resta clouée sur place au milieu de la cuisine, constatant que tout était beau, et que ce Tobbe devait être assez compétent, finalement. Elle se laissa tomber sur une chaise en face de Lisbeth, posa énergiquement son sac par terre et en retira une bouteille.

— Sors des verres, on va trinquer.

— Qu'est-ce que c'est que ça ?

— Comment, qu'est-ce que c'est que ça ? Primo ça n'a aucune importance, et deuzio seul le meilleur est assez bien pour nous. Tu as tout de même bien encore un peu de place pour un verre de champagne un mercredi soir, non ?

— Si tu me le demandes gentiment…

Sara ne prit pas la peine de répondre. Elle déboucha la bouteille, cela fit un gros « pop », et elle servit. Elle leva son verre et goûta avant de trinquer.

— Tu achètes chat en poche, comme on dit. Tu ne sais même pas comment ça s'est passé.

Sara fit la grimace.

— Dorénavant, je commence par imaginer que tout va bien avant d'imaginer le pire. À ta santé, vieille filoute.

Son amie paraissait d'excellente humeur, cela fit chaud au cœur à Lisbeth. Il y avait des histoires qui finissaient bien, et pour Noël de surcroît.

— Allez, raconte-moi tout, reprit Sara, et surtout n'omets aucun détail, si insignifiant soit-il.

Lisbeth sentit les bulles lui monter à la tête d'un seul coup. Elle commença par le tout début, avec la tête de Margaretha quand elle l'avait vue entrer en chancelant dans le hall des départs, à l'aéroport de Landvetter. Elle poursuivit avec l'hôtel, dont Sara avait reçu des photos, enchaîna sur la première soirée, la séance de ski le lendemain, la fracture de Jonas Bonde, l'apparition d'Harry avec sa future épouse et, pour finir, la tentative de séduction avec double plâtre.

Sara en demeura d'abord muette, puis fut prise d'un tel fou rire qu'elle avala de travers et se mit à tousser.

— C'est à se tordre, réussit-elle enfin à articuler. J'aurais bien aimé être une mouche sur le mur pour observer la scène.

— Ça m'étonnerait. Je t'aurais écrasée.

Sara partit d'un nouvel éclat de rire et Lisbeth reprit son récit. Elle résuma les messages et appels obstinés d'Harry, dévoila que Jonas Bonde ne prendrait probablement pas son poste à l'école et qu'Harry avait débarqué juste au moment où Tobbe était avec elle, dans la cuisine. Il y avait à peine quelques heures de cela.

Sara plissa les yeux.

— C'est donc Tobbe qui a aussi installé toutes ces jolies décorations dehors ? Quand je les ai vues en arrivant, je me suis dit que tu étais folle d'avoir fait cela avec ton pied dans le plâtre. C'est très mignon.

— Oui, mais quand Harry est arrivé, Tobbe est parti.

— Aïe. Enfin, ça se comprend.

Lisbeth eut la nette impression qu'elle n'allait pas tarder à être soumise à un interrogatoire en bonne et due forme sur les éventuelles intentions de Tobbe. Mais pour l'instant, Sara préférait la féliciter pour le succès de l'aventure.

— Alors personne n'a rien soupçonné, là-bas, dans les Alpes ? demanda-t-elle. Tu es montée en haut des pistes dans ta tenue super chic et tu as vu ce Jonas tomber et se casser la jambe ?

— Ouais. Il m'a même complimentée. Avant sa chute, enfin, avant de dégringoler, parce qu'il a dévalé la moitié de la pente. Il s'est fait une fracture simple de la cheville. Ça te dit quelque chose ?

— C'est à mourir de rire. À la tienne, encore une fois ! Qu'est-ce qu'on rigole avec toi.

Lisbeth se sentait un peu éméchée. Elle eut à nouveau conscience d'avoir jusqu'à présent réussi à ne pas perdre la face. Ces prochains jours, il fallait tout faire pour ne pas être démasquée. Sinon, elle n'aurait plus qu'à déménager.

Et ce serait terrible. Parce qu'elle était heureuse, ici. Peut-être bien plus qu'elle ne l'aurait cru. Elle aimait dire bonjour aux gens et qu'ils lui disent bonjour, être un individu unique parmi d'autres individus, elle aimait les amis qu'elle s'était faits. Elle était heureuse que ses rapports avec sa directrice s'améliorent, heureuse d'être d'appréciée à son travail, d'être bientôt la bonne copine cobaye de Jan. Elle aimait la mer, le port, la place, le centre médical. Que Sara soit là. Sara qui l'avait aidée, s'était décarcassée pour elle alors qu'elle était elle-même dans la détresse. Sara qui avait apporté du champagne pour célébrer la victoire.

Lisbeth leva son verre.

— Merci, Sara. Je ne sais pas ce que j'aurais fait sans toi.

— Bah !

— Et cette tenue de ski. Merci aussi pour ça. Tu remercieras encore la maman de Nadine de ma part, si elle sait que c'est moi qui la lui ai empruntée.

Ceci n'avait pas grande importance, répondit Sara, la mère de Nadine ne poserait sans doute même pas la question. Ce n'était pas son genre, apparemment.

— Je l'ai lavée. Tu n'auras pas à avoir honte.

Sara but et réfléchit. Elle semblait avoir une nouvelle idée. Et pour cause.

— Tu vas le revoir, ce Tobbe ?

La question rappela à Lisbeth qu'elle avait envoyé un message à Tobbe mais n'avait pas reçu de réponse. Elle était inquiète.

— Le fait est que nous avons parlé de passer un des jours fériés ensemble. Il est tout seul pour le réveillon, et rien ne m'oblige à fêter Noël en famille, après tout. Alors peut-être. On n'a rien décidé.

Sara parut surprise.

— Comment ça, tout seul ?

— Il est divorcé. Sa femme s'est taillée avec son meilleur ami. Les deux enfants sont chez leur mère le soir de Noël.

— Oh ! Le pauvre. Enfin, si jamais tu ne sais pas quoi faire, tu es la bienvenue chez nous. On fera simple, seulement nous trois et le père de Berra, il faudra accepter ce qui se présente. Juste pour que tu sois prévenue.

— C'est gentil, merci.

En même temps, Lisbeth eut le sentiment désagréable d'être devenue le genre de personne qu'on se croit obligé d'inviter le soir de Noël. Mais ce n'était pas le cas. Et puis, cela pouvait arriver à tout le monde d'ailleurs.

Lisbeth soupira, balaya la cuisine du regard. Quoi qu'il advienne, elle avait sa maison à elle. Une maison qui sentait bon, habitée par l'amour depuis de nombreuses années. Combien de pauvres gens n'avaient même pas cela ?

Elle leva les yeux. Sara l'observait, son petit sourire de psychologue sur les lèvres.

— Qu'est-ce qu'il y a ? demanda Lisbeth.

— Tu es différente. Je ne sais pas, mais quelque chose a changé. Tu es, eh bien, tu es pareille à toi-même, mais plus que d'habitude. Si tu vois ce que je veux dire.

— Je me suis fait couper les cheveux, comme tu le sais peut-être.

Sara secoua la tête.

— Non, ce n'est pas ça. C'est autre chose. Tu es… tu es *toi*.

La dixième sentence. Sagesse stoïcienne.

— Je m'en réjouis. Jan m'a dit quelque chose de semblable, un peu différemment. Il a dit que je m'étais ressaisie.

— Jan a dit ça ? Quand donc ?

Lisbeth aurait préféré ne pas en parler. En tout cas pas ce soir-là. Le fragile enchantement de cette promenade à cheval sur le dos de Cassius, les bras de Jan autour de sa taille, il serait si facile d'en rire. Une remarque mordante, et elle n'aurait plus rien à garder et à méditer en son cœur. Mais elle en avait déjà trop dit, alors elle fit à Sara un résumé neutre de la balade à cheval, concluant qu'elle irait boire le café chez Jan, à l'occasion.

Dieu merci, elle s'en tirait à bon compte. Sara se contenta d'observer sèchement que c'était ce qu'elle avait toujours dit. Se morfondre ne servait à rien et n'avait jamais rendu une femme heureuse. En revanche, il n'y avait aucune contre-indication à se faire plâtrer la jambe pour obtenir ce qu'on voulait.

Puis elle se tut. Lisbeth allait lui demander des nouvelles de Solo, quand elle aborda elle-même le sujet.

— Je voulais te parler d'une chose. À propos de Solo.

— Oui, je me demandais justement s'il y avait du nouveau.

Sara rentra une peau au coin d'un ongle. Concentrée sur ses mains, elle déclara que cette série de vols semblait en bonne voie d'élucidation. Solo et Nadine n'étaient plus soupçonnées de quoi que ce soit et la police avait été très obligeante, ils étaient restés une demi-heure à leur expliquer, à elle et Berra, ce qui allait se passer maintenant.

Les jeunes qui avaient commis les faits seraient effectivement inculpés, mais comme tous étaient mineurs, ils n'iraient pas en prison. Ils devraient peut-être effectuer une sorte de travail d'intérêt général. Aucun d'entre eux n'avait un entourage familial délinquant, la police ne semblait pas estimer qu'ils représentaient une menace. Ils étaient plusieurs à regretter amèrement leurs actes et à beaucoup s'inquiéter des conséquences pour leur avenir. Rien de plus légitime, du reste. Parce que les objets avaient bel et bien disparu. Vendus dans des circonstances plus ou moins bizarres.

— On est sortis de cette affaire, c'est un grand soulagement. Pourtant, pendant le dîner après la visite au commissariat, on a bien vu que Solo avait encore quelque chose sur le cœur, et Berra a fini par lui demander à quoi elle pensait. Je ne sais pas si j'aurais osé, j'étais déjà tellement contente que tout se soit arrangé. Mais Berra voulait tirer les choses au clair une fois pour toutes.

Chapeau, Berra ! Même si Lisbeth comprenait très bien Sara, en l'occurrence.

— En tout cas, reprit celle-ci, et tu garderas ça pour toi, – Solo est d'accord pour que je t'en parle, je n'agis donc pas dans son dos –, eh bien il se trouve que cette Nadine n'est pas seulement une bonne copine de Solo, mais sa petite amie. Cela fait quelques mois qu'elles sortent ensemble, Solo nous a dit qu'elles ne craignaient ni l'une ni l'autre la réaction de leurs parents, elles voulaient juste attendre d'être bien sûres d'elles-mêmes. Voilà. Ma fille a une petite amie, elle préfère les filles aux garçons.

— C'est bien qu'elle le sache déjà. Et qu'elle vous le dise.

Sara leva les yeux. Lisbeth espérait que son amie n'avait jamais douté de la réaction qu'elle aurait en apprenant cela. Sara se gratta la gorge puis reprit la parole.

— Tu sais ce que c'est, on réfléchit longtemps à une chose et on voit bien qu'on n'a aucun souci à se faire, mais on n'est quand même pas sûr à cent pour cent de la réaction des gens. Tout ça, je l'avais senti chez Solo et je pensais à l'immense amour que j'ai pour elle, et la seule chose que je souhaite, c'est qu'elle soit heureuse. J'ai même essayé d'imaginer ce que ça me ferait d'avoir éventuellement une belle-fille plutôt qu'un gendre, eh bien ça ne m'a rien fait. *Strictement rien.*

Lisbeth posa sa main sur le bras de Sara et la regarda dans les yeux tandis qu'elle poursuivait son récit.

— Dommage que tu n'aies pas entendu Berra. Quand Solo s'est arrêtée de parler, il est d'abord resté muet. Puis il lui a demandé quand est-ce qu'elle nous présenterait Nadine. Comme ça. De but en blanc. Solo a répondu qu'elles viendraient toutes les deux un soir avant Noël. Nadine a dû parler à ses parents, elle aussi. J'ignore ce qu'ils ont dit, j'espère que ça s'est bien passé.

— Sûrement.

On ne pouvait jamais savoir. Mais on pouvait espérer, croire et lutter pour le droit de chacun à être soi-même. On pouvait se battre pour les enfants, les jeunes et les moins jeunes, les vieux et les très vieux, on pouvait clamer haut et fort que la dignité humaine était sacrée et que c'était la règle à laquelle tous devaient se tenir immanquablement. On pouvait en même temps être soi-même, la version de soi-même que l'on aimait et dont on était fier, celle dont on croisait volontiers le regard dans la glace avant de sortir dans la nuit de décembre, par exemple.

L'idée que Tobbe avait peut-être été plus déçu qu'elle ne l'imaginait attrista Lisbeth ; elle pensa à la crise persistante que traversaient Helena et Micke, au repas de famille à onze heures, mais aussi qu'elle n'était pas sûre d'être débarrassée d'Harry pour de bon. Il restait encore pas mal de choses à résoudre. Elle se réjouissait donc d'autant plus que cette histoire-là, au moins, se termine bien.

Elle remplit leurs deux verres, leva le sien.

— Je suis tellement contente pour toi, pour Solo, et pour Berra. Tu as une famille formidable, et la plus chic fille du monde. Même si je ne reçois aucun cadeau de Noël cette année, eh bien je t'aurai eue toi comme amie. Cela comble toute une année.

CHAPITRE TRENTE ET UN

Jeudi 21 décembre

Elle était assise dans l'église, entourée de ses élèves. Certains enfants avaient des bonnets de père Noël sur la tête ou des guirlandes dans les cheveux, la plupart semblaient heureux, ou du moins contents.

Heureux pour diverses raisons, sans doute. Heureux parce qu'ils allaient fêter Noël dans la tradition ou parce qu'ils ne fêteraient pas Noël dans la tradition. Heureux parce qu'ils partiraient au ski, ou parce qu'ils ne partiraient pas. Heureux de voir la famille, ou de ne pas voir la famille. Ses élèves à elle étaient encore petits, ils ne se formulaient peut-être pas encore bien ce qu'ils vivaient et ressentaient, mais tout cela serait mémorisé dans ce tiroir de souvenirs dédié spécialement à Noël, auquel la plupart d'entre eux seraient toujours attachés, d'une manière ou d'une autre.

Deux sapins montaient la garde à l'entrée de l'église, le parfum des aiguilles et de la forêt pénétrait dans l'édifice, les étoiles à leurs sommets penchaient un peu mais les bougies étaient du plus bel effet. Il faisait un temps magnifique, un étincelant manteau de neige recouvrait l'herbe et les pierres.

Une petite fille joua de la flûte à bec puis le chœur se joignit à elle. Lisbeth se redressa sur son banc. Le chant libéra en elle un sentiment venu du fond des âges, en lien avec la marche des générations, la succession des époques qui naissaient et disparaissaient. Ce cycle dont tous faisaient partie, d'où certains étaient rejetés trop tôt, alors qu'il était accordé à d'autres de faire encore quelques tours de manège. À certains, les pertes étaient épargnées, d'autres devaient en revanche apprendre à les affronter prématurément, mais tous avaient des joies et des peines. Voilà, entre autres, ce que la fin de l'année donnait à méditer.

La directrice s'avança. Elle portait la même robe qu'à Sankt-Anton. Une tenue qui convenait bien mieux ici, devant les collègues et les élèves. Margaretha rappela le message de paix de Noël en même temps qu'elle encouragea l'assistance à profiter des vacances, simplement ça. Être en vacances. Recharger ses batteries, voir sa famille et ses amis. De préférence sans téléphone.

L'orgue annonça la fin de la cérémonie. Les gens se dirigèrent vers la sortie en se bousculant dans les travées, ils se saluaient et se souhaitaient un joyeux Noël. Lisbeth tendait la main, disait bonjour, souriait. On lui posa des questions sur sa jambe, on lui souhaita un bon rétablissement, on lui offrit ici des fleurs, là une bougie parfumée et, dans la cour, elle reçut le cadeau de Noël de sa classe, un énorme lutin en laine dont le bonnet pointu dépassait du papier d'emballage.

Ses élèves étaient pareils à d'heureux petits oiseaux aux yeux vifs, qui ne tenaient pas en place. Ils piaffaient d'excitation, impatients qu'elle ouvre et regarde, ce qu'elle fit, en affichant une surprise et une joie à la mesure de leur attente. Elle leur assura que ce lutin-là aurait droit à une place d'honneur chez elle.

Puis ils s'égaillèrent aux quatre vents, disparurent comme un vol de moineaux, et tout continua à défiler comme au ralenti, Lisbeth ne s'éveilla qu'une fois revenue dans son jardin, avec ses cadeaux dans un sac et une fatigue monumentale ; elle aurait pu s'allonger par terre et s'endormir sur-le-champ.

Dans un coin, la mouette couvait quelque chose. Sûrement pas des œufs, à moins d'être complètement déphasée. Peut-être protégeait-elle le pain que Lisbeth lui avait jeté, en dépit des explications débiles d'Helena. Cette mouette avait fait fuir Harry, qui n'avait d'ailleurs donné aucun signe de vie depuis. Preuve indéniable d'intelligence et d'esprit de solidarité de cet oiseau, alors, encore une fois, cela méritait bien un bout de pain, non ?

Lisbeth rentra en claudiquant dans la maison, posa le lutin dans un coin, fit du thé et mit les fleurs dans l'eau. Elle en profita pour jeter les vieilles roses d'Harry à la poubelle. Elle s'égratigna sur une épine et pensa à ce pauvre Micke qui ne supportait pas la vue du sang ni d'une seringue ; quelle angoisse il avait dû avoir à l'idée qu'Helena accouche chez eux.

Sa sœur n'avait pas répondu à son dernier message, ni rappelé. Lisbeth se demandait si c'était bon signe ou pas. Cela indiquait peut-être qu'Helena avait repris la situation en mains. Que Micke était rentré au bercail, où il s'était probablement fait remonter les bretelles et avait été remis au boulot avec l'avertissement que, cette histoire d'Italie, il pouvait tirer un trait dessus. Et l'affaire était réglée.

Cependant, cette idée ne la tranquillisait pas tout à fait. Pas du tout, même. Elle avait le sentiment qu'il se passait quelque chose. Le fait que ni son père ni sa mère ne se soient manifestés pour lui donner les dernières instructions concernant le repas de Noël l'inquiétait un peu. D'un autre côté, sa mère estimait peut-être avoir été assez claire la dernière fois qu'elles s'étaient parlé.

Il restait trois jours jusqu'à Noël.

Lisbeth s'affala sur la chaise, but son thé. Elle n'avait même pas eu la force de retirer son plâtre. Elle s'y était presque habituée. Mais quel bonheur ce serait d'être débarrassée de tout ce bazar, d'avoir une fois pour toutes sauvé la mise et que plus personne ne puisse la démasquer. Seuls le docteur Girard et Sara étaient au courant. Et Tobbe, bien sûr.

Tobbe, oui.

Il n'avait toujours pas rappelé, ni envoyé de facture ; ils devraient donc se recontacter prochainement. S'il persistait dans son silence, elle le reléguerait dans le tiroir mental des choses à brûler. Quitte à prendre une bonne résolution pour Noël, autant se promettre de ne fréquenter que des gens gentils et pas trop compliqués.

Soudain, on cogna à la porte. Non, mais décidément. Le Cabinet Thérapeutique Lisbeth était fermé pour la saison. Sara et sa famille nageaient dans le bonheur, elle-même avait fait la paix avec Jan et envoyé Harry au diable Vauvert, ce qui lui convenait tout à fait. Restait Tobbe, mais lui ne cognerait pas comme un sourd à la porte. Il avait la clé, du reste. Tiens, c'est vrai, il ne la lui avait pas rendue.

Elle ouvrit : c'était Helena.

Plus imposante que jamais. Comment ce ventre arrivait-il à tenir en équilibre sur deux jambes ? Un vrai mystère. Sinon, elle était un peu mieux coiffée et davantage maîtresse d'elle-même, mais encore bien différente de la Helena habituelle et là, sur le perron, on aurait dit une opulente matrone, une sorte de valkyrie à la force insoupçonnée.

— Bonjour, qu'est-ce qui t'amène ? Je rentre tout juste de la fête de l'école, pour un peu tu aurais trouvé porte close. Entre.

Mieux valait prendre les devants. Deuxième visite de sa sœur en très peu de temps. Pas de doute, ça chauffait.

— Entre, répéta Lisbeth, je viens de faire du thé. Assieds-toi. Il ne s'est rien passé, au moins ?

— Qu'est-ce que c'est que ça ?

Ah oui, le plâtre. Voilà qui allait l'obliger à trancher sur la question de tromper ou non aussi sa famille sur sa fracture de la cheville.

— Je suis tombée de moto peu après ta visite.

— Quel drôle de plâtre. Qui te l'a fait ?

— Le docteur Girard, au dispensaire.

Helena poussa un soupir de dédain.

— Celui dont maman parle tout le temps ? Il ne m'a pas l'air très compétent en matière de plâtre. Je peux regarder ?

Lisbeth recula jusqu'à l'évier.

— Non, tu ne peux *pas*. Et si ça t'intéresse, il a travaillé dans les Alpes et plâtré un tas de gens.

— Je te crois, quand je vois ça.

— Tu veux du thé, oui ou non ? Réponds, avant que je change d'avis.

— Bon, ne t'énerve pas. Oui, s'il te plaît. Si ça ne te dérange pas trop.

Lisbeth sortit une deuxième tasse. Sa main tremblait. Elle posa la tasse et serra le torchon. Sa vue se brouilla.

Elle se retourna. Helena était assise jambes écartées, ventre saillant, à peu près comme la dernière fois. Juste légèrement pire.

— Qu'est-ce que tu veux, en fait ? À part me dire des vacheries ?

Helena eut l'air surprise. *Surprise.*

— Comment ça, des vacheries ? Qui est vache, ici ? Je suis venue te demander un peu d'aide et tu n'es même pas fichue de m'appeler. Tu m'envoies un message pour me dire que tu as parlé à Micke, c'est tout, je ne sais même pas ce qu'il t'a dit, et tu t'étonnes que je sois là ?

Lisbeth posa sèchement la tasse devant Helena, un peu de thé gicla. Elle laissa remonter sa colère envers Harry, et toute la colère qu'elle avait accumulée en général, envers Helena et tous ceux qui s'imaginaient qu'ils pouvaient dire n'importe quoi, n'importe quand et n'importe comment, parce que c'était « seulement Lisbeth ». Il était grand temps d'enterrer cette Seulement-Lisbeth. De la laisser reposer en paix.

— Voilà ton thé, et après tu peux te tirer, tu m'entends ? Ça fait combien de temps que j'habite ici ? Cinq ans. Cinq. Tu es venue combien de fois ? On peut les compter sur les doigts d'une main. Dont deux ces derniers jours. Parce que tu attendais quelque chose de moi. Là, ça vaut la peine. Pour ça, je suis assez bonne. Mais tu étais où, quand j'avais besoin de toi ? Que j'étais au trente-sixième dessous ? Mon Dieu, Helena, tu étais au courant que j'avais fait une fausse couche au milieu du cinquième mois, mais tu ne m'as pas appelée, je me demande même si tu en as parlé un jour. Tu savais aussi que je venais m'installer ici parce que tout avait périclité avec Harry, mais je ne crois pas que tu m'aies invitée une seule fois à Göteborg, ni que tu m'aies proposé qu'on fasse quelque chose ensemble, seulement toi et moi.

Helena ne semblait pas comprendre ce qui se passait. Elle ne comprenait sans doute pas. Elle mit les mains sur son ventre en faisant une grimace.

— C'est maman qui nous avait demandé de ne pas parler de ta fausse couche, parce que ça te fichait le cafard. Et puis c'est très courant, les fausses couches, rien ne dit que tu ne pourras pas retomber enceinte. En même temps…

— Arrête, avec ton baratin rationnel de médecin. Arrête ! Je ne veux rien entendre, ça ne m'est d'aucun secours. Et tu accuses maman ? Mais qu'est-ce qu'elle vient faire là-dedans ? Tu es tout de même capable de penser par toi-même, non ? Tu l'as toujours fait, en tout cas. Toi qui es médecin, tu devrais savoir ce qu'on ressent après une fausse couche, vous avez bien eu quelques cours de psychologie, j'imagine, même si ça ne t'a pas particulièrement marquée à ce que je vois, parce que tu n'as visiblement aucune empathie pour tes semblables.

Helena fronça les sourcils, signe qu'il valait mieux battre en retraite.

— Bon, maintenant ça suffit avec ça. Est-ce que *toi* tu t'es déjà demandé comment j'allais, *moi* ? J'aurais préféré ne pas te le dire, mais tu l'auras voulu : en fait tu n'as aucune idée de ce que c'est qu'une maison pleine de gamins, tu n'as que toi à t'occuper. Combien de fois m'as-tu proposé de venir garder les enfants, par exemple ? D'entretenir un peu le contact avec tes neveux ? Deux fois ? Trois ?

Lisbeth porta la main à sa tête, sa respiration s'accéléra.

— Bien sûr que si, je les ai gardés, tes enfants, et plus souvent que tu ne le dis. Mais je n'ai peut-être pas seulement envie de jouer à la baby-sitter pendant que toi tu sors t'amuser avec tes vraies copines, tu comprends ?

— Tu vas arrêter, maintenant ! Une fois je t'ai proposé de partir en voyage avec moi et des amies pour un week-end prolongé, mais tu as tout de suite refusé en râlant. Tu crois que ça donne envie de redemander ?

— Je n'avais pas les moyens, Helena. *Je n'avais pas les moyens.*

— Mais pourquoi n'as-tu rien *dit*, alors ? On aurait très bien pu s'arranger, non ? Je ne peux pas lire dans tes pensées.

Le visage d'Helena commençait à s'empourprer. Lisbeth lui coupa la parole au moment où elle allait continuer.

— J'ai parlé avec Micke. Quand j'étais en Autriche. Parce que tu me harcelais, alors je n'ai pas osé reporter ça à mon retour. Au lieu de me balader et de profiter des Alpes, j'ai appelé ton mari. Je ne peux pas intervenir dans vos problèmes, ils ne me regardent pas, et je veux encore moins prendre position, mais une chose est claire, Micke est un sacré dégonflé d'être parti comme ça, de t'avoir plantée avec les gamins et tout, oui, un homme qui s'imagine pouvoir conquérir le monde mais qui n'a même pas le courage de parler avec sa femme, tiens à propos de parler, tu as marqué un point, c'est vrai, il faut se parler, et Micke est loin d'être un héros, pour ça, mais peut-être qu'il n'en peut plus d'être marié avec Superwoman, il en a peut-être aussi carrément ras le bol de faire toujours ce que *toi tu* veux, Helena. Tout le monde ne peut pas en permanence se plier à tes quatre volontés et se conformer à ton plan quinquennal qui est encore plus rigide que dans la bonne vieille Union soviétique, tout le monde ne peut pas être aussi organisé que toi. On fait notre possible, nous, mais on n'a pas toujours l'énergie, on a nos propres problèmes, et on n'est pas des pièces à ta disposition pour ton joli puzzle.

Helena parut d'abord sur le point de s'étrangler. À nouveau, elle se prit le ventre et se mit à gémir. Puis, changement de tactique, elle ferma les yeux, jouant le mépris ou l'indifférence. Elle esquissa même un sourire. Opta pour l'indulgence envers cette souris qui rugissait. Lisbeth eut envie de la frapper. Il ne fallait pas que cela se prolonge, sinon elle finirait par le faire. Elle éliminerait ce sourire narquois du visage d'Helena. Lui passerait un savon mémorable.

— Comment vas-tu, Lisbeth, en ce moment ?

Sa voix. Douce, se voulant compréhensive et attentionnée.

— Comment je vais ? Mieux que depuis bien longtemps, en effet. Parce que maintenant je fréquente des gens gentils. Tu sais ce que ça veut dire ? Ça veut dire qu'ils n'essaient pas d'enfoncer les autres, qu'ils n'ont pas besoin de rappeler continuellement au monde entier combien ils sont bons, compétents et appréciés, et…

— Stop ! Stop, stop, stop, stop, stop !

Helena s'était redressée, hors d'elle. Elle tapait du pied, se tordait les mains, gesticulait, hurlait. Puis elle s'interrompit et se plia en deux, les mains sur le ventre.

— Aïe !

Elle regarda entre ses jambes. Lisbeth regarda aussi. Elle vit des traînées sombres apparaître sur le pantalon d'Helena et recouvrir rapidement l'intérieur de ses cuisses.

— Helena, que se passe-t-il ? Qu'est-ce que c'est que ça ?

Helena la fusilla du regard, des gouttes de sueur perlaient sur son front.

— J'ai perdu les eaux. Il arrive. *Tu vois bien que le bébé arrive !*

CHAPITRE TRENTE-DEUX

Jeudi 21 décembre

Helena se plia à nouveau en deux. Elle hurlait comme un animal. Lisbeth la saisit par le bras tout en débitant des paroles incohérentes.

— Qu'est-ce que je dois faire ? J'appelle une ambulance ? Il faut appeler qui, dis-moi ce que je dois faire, est-ce que je dois appeler, j'appelle où ?

Sa sœur haletait. Elle réussit à articuler quelques mots entre ses lèvres serrées.

— Appelle… ambulance… mais aide-moi… je dois… m'allonger… je crois… il va arriver… dans mon… pantalon.

Mille scènes de films défilèrent dans la tête de Lisbeth. Des mères accouchant à l'hôpital, entourées de médecins, des sages-femmes caressant doucement le front en sueur de jeunes mamans. Tiens, les mères, justement : presque toujours jolies, coiffées et maquillées avec soin, poussant des gémissements qui ne sonnaient pas toujours vrai, sans parler de l'enfant qui sortait en dix minutes et que l'on déposait, tout propre et, ô miracle, déjà âgé de cinq mois, dans les bras de sa mère.

Tout ça, c'était du cinéma. En réalité, les femmes accouchaient désormais dans les taxis, avec l'aide des chauffeurs. Que faisaient-ils quand une femme enceinte se mettait à gémir sur la banquette arrière ?

De l'eau. On faisait bouillir de l'eau, dans ce genre de situation, non ? C'était bien ça qu'ils criaient toujours, dans les films, que ce soit au XVIIIe siècle ou à notre époque ?

— Tu veux que je mette de l'eau à chauffer ? Je vais mettre de l'eau à chauffer, d'accord, Helena, je mets de l'eau à chauffer ?

— Merde, avec ton eau. Je… aaaaaaïïe !

Helena se mit à vaciller. Elle tenait à peine sur ses jambes. Lisbeth la soutenait de son mieux. *Le lit*, pensa-t-elle. *Elle ne peut quand même pas accoucher sur le sol de la cuisine.*

— Helena, s'il te plaît, Helena, ça va aller, viens avec moi, il faut qu'on monte dans la chambre, viens, voilà, appuie-toi sur moi, on va monter l'escalier, est-ce que tu vas y arriver, oui tu vas y arriver, une marche à la fois, allez, viens.

Helena protesta, voulut s'allonger sur place, mais Lisbeth la maintint debout et la tira vers l'escalier. Chose plutôt étonnante, Helena finit par obéir, s'accrocha à Lisbeth et avança à grand-peine. Soudain, Lisbeth dérapa sur le talon de son plâtre et faillit entraîner Helena dans sa chute. Elle réussit au dernier moment à se retenir à la paillasse de l'évier. Elle essaya de réfléchir de manière rationnelle.

Faire monter Helena jusqu'au lit. Préparer un tas de serviettes de toilette, mettre cette fichue bouilloire à chauffer. Appeler l'hôpital, absolument, les urgences, les faire venir ici. L'hôpital le plus proche était certes à quelques dizaines de kilomètres, mais avec le gyrophare, – et puis un accouchement, ça durait parfois longtemps, ils arriveraient peut-être à temps, ils pourraient peut-être l'aider par téléphone ?

Elles atteignirent enfin l'escalier, Helena se hissa en s'agrippant à la rampe. De temps à autre, elle s'immobilisait, laissait passer une contraction, criait. Lisbeth était au bord de l'évanouissement.

— Helena, comment ça va, on y est presque, ça va, oui, allez, c'est très bien, plus que quelques marches, voilà, allez, encore un petit effort, quelques marches, bien, bravo.

Une fois le lit atteint, Helena réussit à s'asseoir puis à se laisser tomber en position allongée, soutenue par Lisbeth qui se précipita ensuite hors de la chambre et rapporta les plus grandes serviettes de toilette qu'elle put trouver, les fit glisser sous sa sœur et lui cala un oreiller sous la tête.

— Je peux te laisser ? Je vais juste mettre un peu d'eau à chauffer, je reviens tout de suite.

— *Tu peux commencer par me retirer mon pantalon ?*

Telle une baleine échouée, Helena gisait sur un drap de bain bleu avec un motif de canard. Son ventre saillait, on le voyait vibrer ; à l'intérieur, une vie avait décidé qu'il était temps de découvrir la lumière du monde. Lisbeth avait la nausée. L'inquiétude et le remords lui donnaient envie de vomir. Était-ce elle qui avait provoqué tout cela en disant à sa sœur ses quatre vérités ? Était-ce possible ? Pouvait-on provoquer une naissance en engueulant quelqu'un ? Si tel était le cas, Helena lui en voudrait jusqu'à la fin de sa vie. Elle imputerait tous les échecs du petit à sa méchante tante qui n'avait eu aucune pitié pour une femme enceinte.

Elle saisit la ceinture du pantalon et tira vers le bas. Elle sentit ses mains devenir moites, déglutit, continua à tirer. Une fois le pantalon complètement ôté, elle retira la gigantesque culotte. Elle essayait de regarder sans regarder. Personne ne pouvait lui imposer de scruter ainsi le Saint des Saints de sa sœur. Ce n'était pas *juste*.

Cependant, même à elle, toute profane qu'elle était, il ne pouvait échapper que quelque chose était en train de se passer. Là en bas, tout s'était dilaté, et puis lors d'un accouchement, ce n'était pas seulement un enfant qui sortait, il y avait aussi le cordon ombilical et le… le placenta, n'est-ce pas ?

Helena gémissait, les yeux écarquillés.

— Helena, je descends appeler l'ambulance et mettre de l'eau à chauffer, je peux te laisser un court instant ?

— Oui, mais dépêche-toi. Dépêche-toi !

Lisbeth avait-elle perçu une pointe de désespoir dans la voix d'Helena ? Se pouvait-il que *Superwoman* elle-même soit effrayée par la situation ? Elle avait voulu accoucher à la maison, eh bien elle accouchait à la maison : de toute évidence, il fallait être prudent avec ses vœux. Le destin les transformait légèrement, à sa guise.

À cette pensée, Lisbeth sentit un certain calme se répandre dans son corps, quelque chose émergea en elle, s'ébroua et sortit à la lumière. En cet instant, une femme était en train de donner naissance à un enfant et une autre allait l'aider. Cela s'était produit des milliers, des millions de fois déjà. Cela se passerait bien cette fois aussi.

— Je descends mettre de l'eau à chauffer et téléphoner pour faire venir quelqu'un. Je reviens tout de suite. Ne t'inquiète pas, ça va aller.

Helena fit signe que oui. Lorsque la contraction suivante se déclencha, elle se mit à haleter, à gémir et à se tordre de douleur. Ne fallait-il pas compter les secondes entre les contractions pour pouvoir déterminer un truc, mais quoi au juste ? Un peu comme quand on comptait les secondes entre un éclair et le coup de tonnerre afin de savoir à quelle distance se trouvait l'orage. N'était-ce pas à peu près le même principe ?

Lisbeth descendit en hâte, essaya de retrouver ce sentiment de miracle qu'elle avait eu là-haut. Elle brancha la bouilloire, sortit une bassine. Elle farfouilla autour d'elle comme une poule mal réveillée, pour trouver son téléphone. Il était dans sa main, elle composa le numéro des secours, une voix calme lui répondit. Elle cria : « Ma sœur est en train d'accoucher », son appel fut transféré, puis on l'informa qu'on lui enverrait une ambulance le plus vite possible. On lui promit une assistance par téléphone, elle attendit, rien ne se passa, elle était prête à s'égosiller dans le combiné, quand la solution lui apparut.

Le docteur Girard.

L'eau bouillait. Elle entendait les hurlements d'Helena à l'étage. Ses mains tremblaient tellement qu'elle eut un mal fou à taper le numéro. La manœuvre enfin accomplie, elle tomba sur un répondeur ; elle en aurait pleuré de dépit.

— Allô, c'est Lisbeth. Lisbeth Cederström. Ma sœur est chez moi, en train d'accoucher, je crois que ça va être rapide. S'il vous plaît, pouvez-vous venir le plus vite possible ? Appelez-moi quand vous aurez ce message, que je sache ce que je dois faire.

Elle raccrocha, tapa à nouveau le numéro, retomba sur le répondeur. Elle fourra le téléphone dans sa poche, prit la bouilloire d'une main, la bassine de l'autre et monta. Elle posa le tout près du lit, versa de l'eau dans la bassine.

— L'ambulance va venir, est-ce que je dois les rappeler pour qu'ils nous aident par téléphone, qu'est-ce que je dois faire, Helena, est-ce que…

Helena secoua la tête et ferma les yeux. Lisbeth n'osait plus s'éloigner. Elle n'avait plus qu'à espérer que sa sœur contrôlait la situation pour l'instant. Elle trempa un gant dans l'eau, se brûla la main, réprima elle aussi un cri de douleur. Elle essuya délicatement les jambes d'Helena. Celle-ci ne protesta pas, elle ne semblait se rendre compte de rien.

Lisbeth regarda à nouveau entre les cuisses d'Helena. Indéniablement, il se passait là un tas de choses. La gorge de Lisbeth se serra, tout se mit à tourner. Juste devant ses yeux, un vrai miracle était en train de se produire, le plus grand miracle de toute l'histoire de l'humanité, de tout l'univers. Des êtres humains pouvaient donner la *vie*. Ils se rencontraient, s'unissaient, et quelque chose se mettait à grandir dans le ventre d'une femme, partageait les battements de son cœur, se nourrissait dans son corps puis sortait, – un être à part entière.

Peut-être encore un message de Noël, cela aussi. Les hommes étaient capables de donner la vie.

Elle continua de baigner le corps d'Helena, lui essuya le visage, les bras, les jambes. Helena gémissait, des larmes coulaient de ses yeux. Lisbeth plaça ses mains sur le ventre de sa sœur, se demandant si elle l'aiderait en appuyant, mais elle n'osait pas poser la question. Il fallait s'en remettre à l'expérience d'Helena, c'était son quatrième enfant, encore que d'un autre côté, chaque naissance devait être différente.

Les minutes s'égrenaient. Une demi-heure passa. Une heure. Une heure et demie. Pas d'ambulance. Lisbeth demanda à Helena si elle devait rappeler et à nouveau, celle-ci secoua la tête, murmura que tout suivait son cours normal. Comment le savait-elle ? Enfin, elle était compétente. Et admirable. Jamais Lisbeth n'avait été aussi fière de l'indiscutable professionnalisme de sa sœur.

Une nouvelle contraction fit hurler Helena et Lisbeth sentit que sa sœur allait perdre le contrôle. *Pousse.* C'était ça qu'on disait, non ? Il fallait peut-être qu'elle commence à pousser ?

— Helena, tu devrais peut-être pousser un peu ?

— *Qu'est-ce que je suis en train de faire, à ton avis ?*

Puis vint une nouvelle contraction, monumentale. Helena respirait de plus en plus vite, elle poussa un cri et soudain la tête fut là, Lisbeth la soutint de son mieux, réussit à la prendre entre ses mains, Helena haletait, une épaule apparut, puis une deuxième, Helena hurlait, le reste suivit, fut expulsé si rapidement que Lisbeth eut juste le temps d'attraper le corps humide, elle le souleva, regarda le petit visage, la touffe de cheveux sur le crâne, les yeux fermés, les mains, les pieds – les plus petits qu'elle ait jamais vus –, puis il y eut un cri, clair et pénétrant. Quelqu'un avait commencé à respirer, et… et…

Mon Dieu.

Helena respirait profondément. Un sourire de bonheur se dessina sur ses lèvres. En regardant sa sœur, Lisbeth se dit qu'elle ne l'avait jamais vue aussi belle. Elle posa à nouveau les yeux sur le bébé et se rendit compte que tout n'était pas encore terminé.

— Helena, qu'est-ce qu'il faut faire avec le cordon ombilical ?

— Va chercher des ciseaux. Et une pince à linge. Ou une pince pour les sachets alimentaires.

Le bébé dans les bras, Lisbeth restait plantée là, hésitante. Finalement, elle attrapa une serviette, l'enroula avec précaution autour du nouveau-né, et elle déposa le paquet sur le ventre d'Helena. Elle redescendit en vitesse. Sa jambe lui faisait passablement mal. Saleté de plâtre. Mais bon, ce n'était pas le moment de se plaindre. Elle trouva les ciseaux de cuisine et une pince, remonta en boitant.

Helena n'avait pas bougé, le bébé à présent silencieux sur le ventre, dans sa serviette. Elle lui chuchotait des mots pleins d'amour.

— Tu veux que je coupe ?

Helena secoua la tête, marmonna qu'il fallait attendre. Lisbeth se tenait prête, ciseaux et pince à la main. Finalement, sa sœur lui fit signe.

— Serre avec la pince et coupe. Et il faut sortir le placenta. Entier… si possible.

Lisbeth souleva doucement la serviette sans déplacer le bébé, pinça le cordon un peu en dehors et coupa. Elle faillit en avoir un haut-le-cœur. Elle tira délicatement sur ce qui restait tandis qu'Helena se remettait à pousser comme si un autre enfant devait sortir. Au bout d'un moment, elle réussit à extraire une masse qui ressemblait à une méduse, une espèce de grosse crêpe rouge foncé qui lui donna à nouveau la nausée.

Elle soupesa la chose dans ses mains, s'obligea à tenir bon et déposa finalement le tout dans la bassine. Elle s'essuya les mains sur une serviette.

— Helena, comment te sens-tu ? Ça va ?

Helena fit signe que oui. Elle semblait à peine l'entendre. Lisbeth les observa tous les deux, approcha doucement la main et caressa la tête chevelue du bébé. Comme un petit oiseau. Mais un petit oiseau vigoureux et déterminé.

On sonna à la porte. Lisbeth redescendit, ouvrit et se trouva nez à nez avec le docteur Girard. Elle lui aurait volontiers sauté au cou.

— Merci *mille fois* d'être venu !

Le docteur Girard se débarrassa de son manteau, se frotta les mains et lui prit les bras.

— C'est normal. Alors, où est-elle ?

— Là-haut, elle est déjà couchée, euh, elle a déjà accouché, enfin, le bébé est déjà sorti.

Le docteur Girard alla se laver les mains dans la salle de bains puis il fila à l'étage. Lisbeth se traîna derrière lui dans l'escalier, épuisée, infiniment soulagée. Un médecin était enfin arrivé. Lui savait ce qu'il fallait faire, il allait endosser la responsabilité, en décharger ses trop maigres épaules à elle.

Elle resta dans l'embrasure de la porte et observa la scène. Le docteur Girard salua aimablement Helena et commença aussitôt à examiner la mère et l'enfant. Lisbeth se laissa tomber sur une chaise, n'eut même pas la force de pousser le tas de vêtements qui l'encombrait. Elle entendit le docteur Girard parler un peu et échanger avec Helena quelques termes médicaux, tandis que le nourrisson semblait parfaitement satisfait d'être au centre de leur conversation.

Le docteur Girard se tourna finalement vers elle.

— Je n'ai pour ma part plus grand-chose à faire maintenant, je dois dire que vous avez mené cela de main de maître, Lisbeth. Vous pourrez venir assurer les accouchements à Varberg, s'ils manquent de personnel. Et vous, dit-il en se tournant à nouveau vers Helena, je n'ai plus qu'à vous féliciter pour cette magnifique petite fille.

— *Une fille ?*

Lisbeth avait espéré qu'Helena le découvrirait elle-même. Et qu'elle accepterait non seulement que l'enfant soit arrivé trop tôt, mais qu'il avait déjà défié sa mère en décidant de ne pas être du sexe établi par les examens antérieurs.

Il y eut un silence. De l'incrédulité, l'expression d'Helena passa à l'étonnement et à quelque chose qui ressemblait à de la joie.

— Approche, Lisbeth.

Celle-ci s'approcha, croisa le regard du docteur Girard puis regarda Helena, qui avait toujours un vague sourire sur les lèvres.

— Tu veux la prendre ? demanda Helena en lui tendant le bébé.

Lisbeth la prit avec la plus grande précaution. Elle sentit sa chaleur contre son propre corps.

— Merci, Lisbeth, merci pour ton aide, dit Helena.

— C'est toi qui as tout fait, moi j'ai juste suivi tes instructions.

— Tu veux être sa marraine ?

Il n'y avait plus de doute, Helena n'avait jamais eu l'air aussi heureux. Lisbeth sentit les larmes affluer sur ses joues.

— Oui, oh oui.

Elle berça la petite dans ses bras. L'enfant bougea les mains, ouvrit les yeux et considéra Lisbeth d'un regard plein de sagesse. Une voiture freina devant la maison et juste après, on cogna à la porte. Le docteur Girard descendit ouvrir. L'ambulance arrivait enfin.

— Comment s'appellera-t-elle ? Qu'en penses-tu ?

Lisbeth posa un baiser sur la tête de la petite. Du coin de l'œil, elle remarqua quelque chose, tourna son regard vers la fenêtre et s'aperçut qu'il avait commencé à neiger, de gros flocons tombaient en virevoltant. Elle inspira profondément.

— Maria. Je crois qu'elle doit s'appeler Maria.

CHAPITRE TRENTE-TROIS

Vendredi 22 décembre

— Un café, s'il te plaît, ou bien, non, plutôt un chocolat chaud.

— Comment ?

— Un chocolat chaud. Et un biscuit au gingembre.

Cela avait l'air modeste. Cela ne l'était pas. Le chocolat serait agrémenté de crème fouettée, une suggestion d'Elina que Lisbeth avait déjà acceptée la dernière fois qu'elle était venue. Et le biscuit au gingembre serait recouvert d'un généreux glaçage. En d'autres termes, c'était exactement ce dont on pouvait avoir besoin le lendemain d'un accouchement réussi.

— À propos, félicitations pour le bébé. Félicitations à la tata. Tu as été héroïque, à ce qu'on dit.

Bénédiction et malédiction des petites villes : tout le monde était tout de suite au courant de tout.

Lisbeth se retourna vers Elina dont le tablier était maculé d'éclaboussures de pâte et de taches de confiture. Ces jours-ci, elle devait être sur le pont vingt-quatre heures sur vingt-quatre, afin d'approvisionner chaque foyer en douceurs pour les fêtes. Il y avait donc encore un large choix de biscuits au gingembre, beignets de Noël et bonbons au caramel. Et bien sûr, des brioches au safran.

— J'ai fait ce que j'ai pu, c'est tout. Heureusement, Helena n'en était pas à son premier accouchement. Et puis elle est médecin, alors elle a pu me donner des instructions.

— Quand même. Tu n'es pas tombée dans les pommes.

— Non, c'est vrai.

« Je n'ai pas osé », se retint-elle d'ajouter.

— Et toi, Lisbeth, comment vas-tu ?

— Ça va. Je serai contente d'être en vacances.

Elina lui fit un clin d'œil malicieux.

— Je pensais à ta jambe.

Ah oui, sa jambe. Il était grand temps que ce petit jeu se termine.

— Ce n'est rien.

Elle appuya son propos d'un signe de tête pour confirmer qu'il n'y avait pas lieu de s'inquiéter de sa fracture de la cheville, et elle alla s'asseoir avec sa tasse et son gâteau à la fenêtre, afin d'échapper à un interrogatoire plus détaillé. De notoriété publique, Elina et ses sœurs étaient plus ou moins douées de seconde vue. Ou peut-être étaient-elles seulement de fines observatrices d'un monde imparfait.

Elina retourna dans l'arrière-boutique et Lisbeth reprit des forces en buvant quelques gorgées de chocolat chaud et en humant le parfum des jacinthes disposées çà et là par Elina.

La place Kung Frille était très jolie, sous la neige. Le sapin de Noël y répandait vaillamment sa lumière et des compositions florales en pots décoraient le parking. Le stand de poissons était orné de guirlandes et de quelque part parvenait de la musique de Noël. Les voitures arrivaient et repartaient, comme la dernière fois qu'elle était venue s'asseoir ici, les gens tiraient des caddies pleins à ras bord. Il fallait faire les derniers achats et tout rapporter à la maison. Quelqu'un ne tarderait certainement pas à entrer dans la boutique l'air paniqué et à demander un pain de seigle au moût de bière frais.

Lisbeth sortit son portable. Elle ouvrit le brouillon du mail qu'elle avait écrit le matin mais pas encore envoyé.

Chers papa et maman,

J'ai essayé de vous joindre plusieurs fois ce matin, mais ça ne répondait pas. J'imagine que vous n'avez pas arrêté. Se retrouver à nouveau grand-père et grand-mère juste avant Noël ! Et de votre première petite-fille, en plus. J'avoue après coup que c'était épique. Mais ça s'est bien passé, et Helena a été très courageuse. Vous pouvez vous imaginer mon soulagement.

Aujourd'hui je vous écris pour une tout autre raison. En fait, pour vous dire que je ne serai pas avec vous pour Noël cette année. En tout cas pas pour le réveillon.

Cela me fait tout drôle de vous dire ça. J'ai trente-huit ans et j'ai toujours fêté Noël chez vous, sauf les fois où Harry et moi étions chez ses parents. Depuis que je suis seule, il a toujours été logique que nous fêtions Noël ensemble. C'est toujours un plaisir, toujours bon, toujours chaleureux, on est bien tous ensemble, là n'est pas la question.

Mais cette année, je veux fêter Noël chez moi, à ma manière.

Noël, c'est d'abord la fête des enfants. Et comme moi je n'ai pas d'enfant, il était normal qu'on s'organise en fonction d'Helena et de sa famille. On s'est parfois aussi alignés sur vos désirs à vous d'aller à certains concerts, de manger certaines choses ou d'inviter certaines personnes. Je suis la seule sur laquelle on ne s'est jamais alignés. Il faut que j'arrive quand ça vous convient, que je mange à l'heure qui vous convient et ce qui vous convient. Je dois vous paraître ingrate d'écrire cela, je le comprends. Il y a assez de gens seuls, qui ne demanderaient pas mieux que de passer Noël avec quelqu'un, et moi je me plains justement de ça.

Mais la solitude a de nombreuses facettes et parfois, même quand nous sommes tous ensemble, je me sens seule. Ou plutôt un peu en dehors. Je suis la tante célibataire, la fille et la sœur qui suit le mouvement, et cela me pèse de plus en plus. Je sais, j'aurais dû vous en parler depuis longtemps déjà, mais nous ne sommes pas très doués pour ces choses-là, dans la famille. Personne ne parle de ses problèmes ou de ses difficultés, on fait tous l'autruche en espérant qu'avec le temps ça finira par passer, qu'il suffit d'être patient.

Mais maintenant je parle. Ou j'écris, en tout cas. Moi aussi je suis une enfant. Votre enfant. Et cette enfant n'a pas envie de manger un repas de Noël à onze heures du matin. Elle n'a pas envie d'arriver chez vous et qu'un avocat que vous avez invité lui offre un négligé.

Je suis aussi une enfant. Qui a perdu son enfant. Pourquoi n'en avons-nous jamais parlé ? Pourquoi aucun d'entre vous ne m'a-t-il jamais demandé comment j'allais ? Tu m'as dit que tu avais fait une fausse couche, maman, mais jamais quand ni comment cela s'était passé, rien, aucun détail. Helena non plus, et j'ai dû me contenter d'une rapide remarque, que cela arrivait à des tas de gens. Sauf que moi je ne suis pas des tas de gens, je suis votre fille et j'aurais eu besoin de votre soutien.

Personne ne sait ce que c'est qu'être moi, dans cette famille.

Pardon. Tout sort pêle-mêle, je n'arrive pas à ordonner mes pensées. Il y a tellement de choses que j'aime dans

Noël. Quand on mangeait des tartines au jambon et des biscuits au gingembre avec du bleu, la veille du réveillon, et les cadeaux au pied du sapin décoré, et toutes ces lumières partout, les étoiles aux fenêtres, le chandelier sur la table, et toutes ces décorations que j'adore. Cette atmosphère d'attente et de tension est l'un de mes plus beaux souvenirs d'enfance. Peut-être est-ce de prendre conscience que j'étais une enfant à l'époque et que maintenant je suis adulte, que le temps passe si vite et que je n'ai pas encore créé mes propres traditions, qui me donne à réfléchir ?

Tout cela seulement pour vous dire que cette année, je veux passer Noël, en tout cas le réveillon, chez moi. Dans ma maison. Et ne venez pas me dire du reste que je ne vous ai pas invités, parce que je l'ai fait. Je vous ai déjà proposé de passer le premier ou le deuxième jour de Noël chez moi, mais il y avait toujours quelque chose qui vous en empêchait, toujours quelqu'un qui était pris ailleurs. D'accord, je ne sais pas ce que c'est que d'avoir une famille nombreuse. Mais je sais ce que c'est que d'être moi.

Donc je ne viendrai pas le 24. On parlera du reste plus tard.

Je vous embrasse, Lisbeth

Elle lut et relut son mail. Déplaça son doigt.

Effaça.

Elle mangea quelques bouchées de son biscuit au gingembre et rappela sa mère.

Tomba à nouveau sur le répondeur.

La sonnette de la porte tinta et il se forma bientôt une queue de sept personnes qui attendirent leur tour pendant qu'Elina servait l'un tout en souhaitant un joyeux Noël à l'autre. Lisbeth remit son manteau, rassembla sa tasse et son assiette sur un plateau qu'elle déposa dans un coin. Elle termina son biscuit, fit un signe de la main à Elina pour la remercier et sortit en boitant, non sans avoir été gratifiée de quelques « bon rétablissement » et d'un ou deux « joyeux Noël ».

Une fois dehors, elle inspira une bouffée d'air et se mit en route, de sa démarche à présent bien rodée. S'appuyant sur la béquille, qui était devenue une bonne compagne, elle pensa à Jonas Bonde et se demanda sur quels chemins il était lui-même en train de claudiquer comme elle, enfin à ceci près que lui avait vraiment mal. Elle se surprit à lui souhaiter un joyeux Noël, où qu'il se trouve. Se reverraient-ils un jour ? Qui sait ?

Elle s'arrêta au milieu du pont qui enjambe la voie ferrée, considéra les rails en contrebas. Elle attendit que lui viennent des pensées profondes, sur les départs en voyage et les retours chez soi, sur ce que signifiait partir et avoir un chez soi. Mais il ne lui vint rien, si ce n'est qu'elle avait envie de rentrer et de retirer son plâtre, alors elle se remit en route. La neige tombait plus dense, le sol était blanc. On voyait ici et là des bonshommes de neige, quelqu'un avait allumé une lanterne dont la douce lueur faisait scintiller les cristaux de glace sur le sol.

Son jardin était recouvert d'une neige légère et sa petite maison, encadrée par la haie, plongée dans le calme. *Ma maison.* Lisbeth jeta un coup d'œil alentour puis elle s'allongea par terre. Elle regarda le ciel, tira la langue, avala un flocon et éclata de rire. Elle écarta et referma plusieurs fois les bras et les jambes, se releva, épousseta ses vêtements et contempla l'ange qui venait de prendre forme dans la neige.

Son téléphone sonna.

Elle réussit à le trouver à temps et, les doigts gelés, elle prit la communication.

— Bonsoir, maman.

— Bonsoir, Lisbeth, j'ai vu que tu avais essayé de me joindre. Excuse-moi de ne pas t'avoir rappelée plus tôt, mais on était très occupés. On vient de rentrer de chez Helena. Oui, tout ça n'était pas prévu, mais quelle joie. Et tu as été drôlement efficace, elle nous a dit. Mikael te passe le bonjour et te remercie, lui aussi.

— Micke était à la maison ?

— Bien sûr qu'il était à la maison, où veux-tu donc qu'il soit ? Il s'est libéré de son travail, et je crois qu'il a droit à ce congé paternité juste après la naissance. Ah, si on avait eu ça, oui, si papa l'avait eu, ça m'aurait déchargée un peu. Enfin, au moins certaines choses s'améliorent, avec le temps, c'est positif.

Voilà. L'affaire était réglée. Quand bien même il y aurait sûrement des suites.

— C'est formidable.

— Oui, tout est sous contrôle. Mais dis-moi, on peut se rappeler un peu plus tard ? Il faut que je déballe les courses. Ah oui, à propos, si tu viens vers dix heures, dimanche, on aura plus de marge, et achète donc un peu de pain au safran à la bonne boulangerie, chez vous. On n'en trouve nulle part de meilleur. Bon, si tu n'as rien de spécial à me dire, je…

— Je ne viendrai pas dimanche.

— Quoi ?

— Je dis que je ne viendrai pas chez vous le 24. Je fais Noël ici.

CHAPITRE TRENTE-QUATRE

24 décembre

Le bateau fendait les flots, laissant derrière eux un sillage brillant. Assise à l'avant, Lisbeth voyait se rapprocher les îles enneigées. Elles semblaient avoir été jetées dans la mer par des géants.

Lisbeth enfonça son bonnet sur ses oreilles. Elle avait mis ses vêtements les plus chauds. Elle tendit son visage vers le ciel, laissa les pâles rayons du soleil d'hiver la réchauffer. Elle ferma les yeux. Quand elle les rouvrit, ils étaient presque arrivés à Nordsten. Elle se retourna et fit un signe de la main à Tobbe.

Un petit hors-bord, comme il avait dit. Idéal pour accoster le long d'un rocher. Cordes et ustensiles étaient prêts pour l'amarrage. Tobbe cria, Lisbeth répondit en criant, et il réduisit la vitesse.

Elle s'assit, les jambes pendant à l'extérieur du bastingage, visa une surface sèche, trouva une prise puis se glissa hors du bateau sans mettre les pieds dans l'eau. Elle explora les rochers à la recherche d'une entaille adéquate dans la pierre. Tobbe coupa le moteur. Elle fit un amarrage provisoire, retourna au bateau et attrapa les cordages que Tobbe lui lança avant de mettre lui-même pied à terre et de terminer l'opération.

Lisbeth déchargea leurs affaires et les emporta sur un rocher plat. Elle interrogea Tobbe du regard pour savoir si l'endroit lui convenait et il lui renvoya un signe de tête approbateur. Elle retira son gilet de sauvetage, sortit la couverture et l'étala. Elle s'installa, dos appuyé sur l'aplomb rocheux, plissa les yeux vers le large. Tobbe vint s'asseoir à côté d'elle.

Mer d'huile. Rayons de soleil dansant tels des elfes à la surface de l'eau. Air limpide. Quelques cris d'oiseaux marins. Personne.

Lisbeth inspira profondément. Tobbe passa son bras autour d'elle et elle s'appuya contre son épaule.

— Joyeux Noël, Lisbeth.

— Joyeux Noël.

Au bout d'un moment, elle regarda discrètement sa montre. Dix heures.

— Thé ? Café ? Glögg ?

— Tout.

Tobbe plongea la main dans le sac à dos et en sortit bouteilles thermos, sandwichs, brioches au safran, biscuits au gingembre, raisins secs et amandes.

— Qui l'aurait cru ? Un Noël sous la neige.

— Oui.

Lisbeth regarda le bateau complètement immobile dans son creux de rocher. Tobbe lui avait expliqué qu'il le laissait à terre, en haut de la plage, en attendant d'obtenir une bonne place dans le port. Cela avait des avantages. Quand on avait envie de sortir, il suffisait de descendre le moteur et de tirer le bateau.

Ils s'étaient recontactés presque en même temps, elle juste après le coup de fil de sa mère, lui environ une heure plus tard.

Sans détours, il s'était excusé de ne pas l'avoir rappelée tout de suite, il n'avait pas voulu s'imposer et préféré lui laisser le temps de réfléchir. Si elle était toujours partante pour le voir à Noël, et même dès le 24, il avait préparé son bateau et lui proposait de faire un tour en mer, de profiter de la matinée, et quand ils seraient frigorifiés ils pourraient rentrer et aller au sauna à Torstensvik.

Il avait réservé facilement, même sans être membre du club. De toute façon, personne ne voulait aller au sauna un 24 décembre. Elle n'était pas obligée de répondre immédiatement, il comprenait qu'elle avait autre chose à faire, avec sa famille et tout ça. Mais si elle acceptait, il serait le plus heureux des hommes.

Elle ne l'avait même pas laissé finir sa phrase, avait simplement dit oui, avec plaisir, pas besoin de réfléchir.

— Comment ça s'est passé hier, avec ta famille ?

— Bien, c'était bien.

Le silence de sa mère, stupéfaite, au téléphone, quand Lisbeth lui avait annoncé qu'elle ne viendrait pas. Son léger ton de reproche, mais surtout sa consternation. Elle avait demandé si quelque chose n'allait pas. Lisbeth s'était efforcée de lui donner des explications sans culpabiliser personne, ni ses parents, ni Helena, ni elle-même. Pour une fois, elle voulait juste fêter Noël de son côté, voilà. À sa manière. Et puis avec sa jambe, elle avait un peu de mal à se déplacer. Un argument auquel tous pourraient se raccrocher s'ils étaient trop déçus.

Sa mère avait mis fin à la conversation sans grand commentaire. Une heure plus tard, elle avait rappelé et proposé à Lisbeth une petite réunion familiale le 23, comme autrefois, dans leur pavillon, seulement eux quatre, et la petite Maria bien sûr. Papa se ferait un plaisir de venir la chercher en voiture.

Oui, tout s'était bien passé.

— Papa est venu me chercher, je n'ai eu qu'à mettre mon plâtre et à me laisser conduire. Que Dieu me pardonne, une veille de Noël en plus, mais je crois que cela a fourni à maman une bonne explication : j'avais mal et étais un peu hors circuit. En tout cas, elle avait arrangé une très jolie table et servi une version réduite du repas de fête. On était tous les quatre, on a parlé de tout, mangé du jambon de Noël grillé, de la Tentation de Jansson, du hareng et tout le reste. Elle m'a donné un tas de choses, nous allons faire bombance nous aussi.

— Magnifique.

Lisbeth tourna à nouveau les yeux vers la mer. Un indicible sentiment de paix l'envahit.

— La petite Maria a dormi sagement dans son couffin, Helena était d'une douceur inhabituelle, elle n'a régenté personne. Incroyable qu'elle soit déjà sur pied. Mais elle a affirmé qu'elle allait bien, quelle battante, il faut le reconnaître. Papa et maman ont fait en sorte que tout soit agréable. À un moment, papa est allé aider maman à sortir un plat du four, et quand je les ai vus là, tous les deux, j'ai eu l'impression qu'ils avaient rétréci, en quelque sorte. Papa avec ses cheveux un peu ébouriffés, à côté de maman qui avait du mal à ouvrir le four. Tout était… plus petit. La maison aussi. Ça m'a fait tout drôle.

Tobbe lui dit qu'il comprenait et la secoua un peu. Lisbeth repensa à cette vision de la veille, qui l'avait poursuivie jusque dans son sommeil. La conscience qu'ils vieillissaient tous, qu'un jour ils ne seraient plus là, aucun d'entre eux, et rien que pour ça, il valait peut-être la peine, parfois, d'aller fêter Noël à onze heures. Parfois.

Pas toujours. Pas aujourd'hui. Ce jour merveilleux.

— J'y retourne demain, finalement, tout s'arrange au mieux. Papa reviendra me chercher. Et toi, tu vas voir tes enfants ?

— Ouais. Ils seront chez moi demain.

Tobbe fit une grimace de contentement. Au bout d'un moment, il sortit son portable tout en s'excusant mille fois. Un jour comme celui-ci, on avait plutôt envie de jeter ce truc à la mer.

— Mais tiens, voilà mes enfants.

Elle se pencha plus près de lui, abrita le téléphone du soleil avec sa main et distingua un garçon et une fille qui avaient l'air adorables. Sur la photo était écrit « Joyeux Noël, papa ».

— Qu'ils sont mignons. Tu veux voir ma filleule ?

Elle sortit elle aussi son portable et sélectionna une photo de la petite Maria endormie. Combien de photos semblables n'avait-elle pas déjà reçues, de gens qui attendaient qu'elle se répande en compliments sur tel ou tel enfant si exceptionnel et si beau. Sornettes. Aucun d'entre eux n'égalait ce bébé-là, à qui tata Lisbeth avait dit dès son tout premier instant qu'il était le plus mignon du monde.

— Mignonne.

Lisbeth lui donna une telle bourrade qu'il faillit basculer.

— Elle n'est pas mignonne, elle est *super mignonne.*

Tobbe la poussa à son tour.

— C'est bien ce que j'ai dit, elle est *super mignonne.*

Ils se turent. Lisbeth repensa à sa mère qui l'avait entraînée un peu à l'écart, pendant qu'Helena et son père faisaient la vaisselle. Elle avait chuchoté qu'Helena lui avait touché un mot sur, oui, enfin bon, inutile d'entrer dans les détails maintenant, elle voulait juste lui dire que s'il y avait quatre ans d'écart entre elles deux, c'était parce qu'il aurait dû y avoir un autre enfant au milieu. Or elle avait fait une fausse couche elle aussi, elle s'en était bien remise, ce n'était pas la question, puisque après elle avait eu Lisbeth. Mais elle aurait dû en dire davantage, alors elles pourraient peut-être se voir toutes les deux, un jour, pour parler de ça et… pardon.

Prise de court, Lisbeth s'était contentée de hocher la tête et avait accepté la proposition de sa mère. Après quoi celle-ci, infiniment soulagée, était allée jusqu'à dire qu'elle trouvait merveilleux de faire la fête avec sa propre famille. Non que les conjoints ne soient pas les bienvenus, mais cela faisait plaisir, parfois, d'être *seulement entre nous.*

— Tiens, pendant qu'on y est, j'ai autre chose à te dire. Je n'ai jamais beaucoup apprécié Harry. J'ai fait ce que j'ai pu, par égard pour toi, je t'assure. À sa décharge, il adorait mon jambon de Noël, mais à part ça, je ne le trouvais pas bien pour toi, et papa non plus d'ailleurs. Et surtout, on n'aimait pas ses parents. Ils te traitaient avec condescendance et ça, on ne le supportait pas.

Lisbeth en était restée stupéfaite. Elle qui croyait que sa mère avait été terriblement déçue qu'elle rompe avec

Harry, eh bien il était bon d'apprendre qu'elle ne voulait pas d'un gendre à n'importe quel prix, avait-elle répliqué. Comme par exemple un avocat esseulé. Là, sa mère avait renchéri, indignée, qu'elle et papa avaient invité cet homme parce qu'il venait de perdre sa femme et non parce qu'il aurait été un bon parti pour Lisbeth. Eux aussi avaient été choqués qu'il lui offre un négligé.

— D'ailleurs pour ta gouverne, quand papa et moi avons fait nos testaments, il y a un petit moment, nous ne nous sommes pas adressés à lui.

Papa et Helena ayant fini la vaisselle, ils avaient demandé de quoi elles parlaient et la conversation s'était aussitôt interrompue. Peut-être pas définitivement toutefois. Peut-être une brèche avait-elle été ouverte pour une conversation plus approfondie, un autre jour.

Lisbeth observa la mer. Elle prit une brioche au safran. Elle n'en avait jamais mangé d'aussi bonne. Elle eut une pensée pour Elina et ses pouvoirs magiques.

— Regarde !

Tobbe leva les yeux dans la direction indiquée par Lisbeth et vit la mouette décrire des cercles dans l'air puis se poser non loin d'eux.

— Je parie que c'est ma mouette.

— Celle de ton jardin ?

— Oui, je crois que c'est une mouette porte-bonheur. Je crois qu'elle est de mon côté.

— Quelle mouette ne le ferait pas, vu que tu es assez généreuse pour la nourrir ?

Il l'embrassa. Elle ne se donna pas la peine de répondre. Que lui importait qu'on la trouve un peu trop naïve, du moins pour ce genre de choses. Elle lança son dernier morceau de brioche au safran à la mouette. L'oiseau le happa au vol.

Elle replia les jambes, les entoura de ses bras. Elle songea aux vœux qu'on lui avait adressés et qu'elle avait lus, tôt le matin. Une carte électronique représentant un père Noël qui conduisait son traîneau au son de *Vive le vent*, le tout élaboré avec l'aide de SeniorNet et envoyé fièrement par sa mère. Un message de Sara, qui joignait une photo avec elle, Berra et Solo enlaçant une jolie fille, certainement Nadine. Un autre de Jan, avec une simple question : « Le 26 à deux heures ? » Une carte de Margaretha écrite à la main et déposée dans sa boîte aux lettres : « Merci pour ton implication, je te souhaite un très bon Noël, bon rétablissement et à bientôt, pour le prochain trimestre. »

Margaretha, qui lui avait si facilement accordé une semaine supplémentaire de congé. Semaine dont Lisbeth avait l'intention de profiter pour partir quelque part. Au ski peut-être, dans un endroit où personne ne la reconnaîtrait. Pourquoi pas avec Tobbe ? Elle lui en parlerait ce soir.

Elle sourit pour elle-même, pensa à deux autres messages qu'elle avait reçus, plus discutables. Celui d'Harry, une photo de lui dans un chandail aux motifs de Noël, tenant à la main le père Noël en bois de son enfance, l'ancien cavalier de la Lucia en rouleau de papier toilette ; sur la photo étaient écrits deux mots : « Merry Christmas ». Le dernier message était un fragment de vidéo, des images tremblantes d'un paysage enneigé dans un pays indéterminable, accompagnées d'une voix qui déclarait : « Vise les étoiles, tu atteindras au moins la cime des arbres. » Non, Jonas Bonde n'avait pas encore dit son dernier mot.

La rencontre de deux êtres[1]. Une chose chaque fois aussi étonnante.

Elle se tourna vers Tobbe.

— J'avais une très bonne amie, quand j'étais petite, ma meilleure amie. Je l'admirais, elle était brillante en tout et très mignonne. Oui, super mignonne, elle aussi. J'ai pensé à elle parfois, ces temps-ci.

— Vous n'avez plus de contact ?

Lisbeth s'appuya à nouveau sur l'épaule de Tobbe, de manière à ce qu'il ne puisse pas la regarder dans les yeux.

— Ils ont déménagé quand j'avais dix ans. Pendant les vacances d'été cette année-là, nous étions à la campagne, et Annabella était quelque part à l'étranger avec sa famille. Je me souviens, je tournais en rond, j'attendais la rentrée des classes avec impatience pour pouvoir la retrouver. Mais quand nous sommes rentrés de vacances, leur maison était vide. Je me suis précipitée chez nous, complètement désespérée, et il s'est avéré que mes parents savaient depuis le début qu'Annabella allait déménager, parce que son père avait trouvé du travail aux États-Unis. Ils n'avaient pas voulu me le dire pour ne pas me gâcher tout l'été.

Tobbe la serra plus fort. Elle pressa sa main.

— Cela fait longtemps, continua-t-elle, mais je crois qu'Annabella était mon premier amour, et personne ne s'est douté de la peine que j'ai eue à être séparée d'elle.

1. Allusion au titre du poème de Hjalmar Gullberg, *Människors möte*, évoqué au chapitre quatorze.

J'ai mis longtemps à accepter l'idée que mes parents avaient fait cela pour mon bien, tout comme ceux d'Annabella. Ils ne m'avaient rien dit non plus, pas plus qu'à elle sans doute.

Elle se tut. Tobbe lui caressait le dos.

— Vous n'avez jamais repris contact ?

— J'ai eu son adresse, je lui ai écrit et elle ne m'a pas répondu. Puis un jour, quelques années plus tard, j'ai reçu une carte de vœux. Juste « Joyeux Noël. Annabella ». Mais j'étais aux anges. Je l'ai gardée. Je lui ai répondu une longue lettre, et ça s'est arrêté là. Je pourrais sûrement la retrouver, si je cherchais, ce n'est pas la question. En fait, je me suis sentie trahie. Les adultes croyaient savoir ce que je ressentais et comment je réagirais, or ils se trompaient. Ils n'en savaient strictement rien.

— Je comprends.

Lisbeth scruta les rochers plats à l'horizon, qui brillaient dans des tons de gris et de rose là où la neige ne les avait pas recouverts.

— Depuis, quand j'ai affaire aux autres, je ne me base jamais sur ce qui me semble le mieux à moi. Si je devais avoir une maxime dans la vie, ce serait celle-là : je ne suis pas un critère pour les autres et les autres ne peuvent pas non plus me juger d'après leurs critères, même s'ils y sont enclins. Et je peux te dire qu'en ce moment précis, je suis exactement à l'endroit où j'ai le plus envie d'être. Merci, Tobbe. Merci pour cette merveilleuse matinée.

Elle leva les yeux vers lui, il souriait, il était aussi heureux qu'elle. Alors elle se pencha et l'embrassa. Il l'embrassa à son tour, la prit dans ses bras, et quand il relâcha son étreinte, un tel bonheur brillait dans ses yeux qu'elle se mit à rire.

Tobbe l'embrassa encore. Puis il s'écarta.

— J'ai un cadeau pour toi.

— Vraiment ? J'en ai un pour toi aussi. Mais il est à la maison.

Elle avait fait un joli paquet, d'ailleurs. Le téléphérique de Sankt-Anton.

— Je te donne quand même le tien maintenant.

Il replongea la main dans le sac à dos et en retira un paquet oblong, enveloppé dans le beau papier cadeau du magasin de jouets de Mariana. Lisbeth défit le ruban, déballa prudemment la boîte et ouvrit le couvercle.

Une marionnette. Un Petit Chaperon rouge aux cheveux blonds bouclés.

— Oh ! Mais… Merci ! J'en rêvais depuis mon installation ici, mais je n'ai pas trouvé l'occasion de m'en acheter une.

Parce qu'elles coûtent très cher, pensa-t-elle avec une pointe d'inquiétude. Fabrication artisanale locale, rien de moins.

Tobbe était ravi.

— Tant mieux. Un jour, après avoir travaillé chez toi, j'ai flâné dans le coin et je suis tombé sur cette boutique. Je suis entré, j'ai regardé les marionnettes et je me suis dit que celle-ci te ressemblait. C'est aussi ce que pensait la propriétaire de la boutique.

— Tu lui as dit que c'était pour moi ?

— Je lui ai dit que je faisais des travaux dans ta cuisine et voulais te remonter un peu le moral, vu que le chantier était plus important que prévu.

Lisbeth espérait que Mariana avait baissé le prix. Ça n'était pas impossible. Elle contempla encore les jolis traits bien dessinés de la poupée, les fils fixés à ses mains.

— Merci Tobbe. C'est le plus beau cadeau que je pouvais imaginer.

Elle entoura de ses mains le visage de Tobbe et l'embrassa une nouvelle fois. Se serra plus fort contre lui et crut entendre son cœur battre à travers l'étoffe de sa veste.

Ils restèrent ainsi une heure à admirer le paysage, bavarder, grignoter leurs provisions et écouter le clapotis des vagues. Puis ils se remirent en route. Pour le sauna et un plongeon dans l'eau, pour un déjeuner de Noël et une après-midi tranquille dans une petite maison en bord de mer.

Tobbe redescendit au bateau avec les affaires. Lisbeth resta sur le rocher, elle balaya le paysage du regard. « Joyeux Noël », chuchota-t-elle pour elle-même. « Joyeux Noël. »

Elle pencha la tête en arrière, ouvrit grand les bras, et son rire se mêla aux cris de la mouette qui, au même instant, s'envola au-dessus de l'eau vers l'horizon.

POSTFACE

Quand on m'a demandé si j'avais envie d'écrire un roman de Noël, j'ai tout de suite accepté. D'innombrables souvenirs personnels ainsi que d'autres récits de Noël m'ont fourni un matériau abondant.

De plus, comme je retourne volontiers à Frillesås, le paradis de ma famille et mon propre paradis d'été, la tentation était grande d'y planter l'action. Les libertés que je me suis permis de prendre quant aux personnes, boutiques, entreprises, bâtiments, écoles, etc., sont à mettre au compte de l'imagination de l'auteur. Mais la mer, elle, est à sa place, de même que les îles et pas mal d'autres choses.

Lisbeth, que nous accompagnons dans ce livre pendant l'Avent et Noël, est déjà présente dans un de mes livres précédents, *Les Filles des marionnettes*[1]. On y retrouve également le village ainsi que certains personnages qui peuplent cette histoire.

Merci à Sofi Ackermand, Peter Fredriksson, Eva Thorsén et Lars, Anders et Elinor Odeback pour leurs commentaires éclairés, tant en matière de jambes plâtrées que de bouchons de champagne, d'odeurs équines, de relations familiales et d'accouchements.

1. *Marionetternas döttrar* (2012) n'est pas traduit en français.

Ce livre est dédié à ma mère, Kerstin, que je veux remercier pour tous les merveilleux Noëls qu'elle a concoctés dans mon enfance sans montrer aucun stress. Peut-être nous sommes-nous tous un peu énervés la seule fois où nous avons voulu confectionner une maison en pain d'épices et qu'elle s'est écroulée. Mais ça, c'est une autre histoire.

Le lendemain du jour où j'avais mis le point final à mon roman, j'ai ouvert par hasard un tiroir qui contenait de vieilles lettres. Je suis tombée sur une carte postale de maman, envoyée vingt-cinq ans plus tôt, un 7 décembre, jour où commence cette histoire. La carte se termine par ces mots : « Bonne Sainte-Lucie, nous avons sorti ta Lucia en rouleau de papier toilette et pensons à toi. »

Maman a conservé cette Lucia que j'avais fabriquée, petite, et elle continue à la sortir chaque année, le premier jour de l'Avent. Parfois la réalité dépasse la fiction.

MARIA ERNESTAM,

Frillesås, le 1er mai 2018.

OUVRAGE RÉALISÉ
PAR L'ATELIER GRAPHIQUE ACTES SUD
REPRODUIT ET ACHEVÉ D'IMPRIMER
EN FÉVRIER 2022
PAR NORMANDIE ROTO IMPRESSION S.A.S.
À LONRAI
POUR LE COMPTE DES ÉDITIONS
ACTES SUD
LE MÉJAN
PLACE NINA-BERBEROVA
13200 ARLES

DÉPÔT LÉGAL
1re ÉDITION : JANVIER 2022
N° impr. : 2200777
(Imprimé en France)